Joachim N. Heinrich
Der Schmerz so schwarz

in memoriam

herbert »herbie« baumann

Joachim N. Heinrich

Der Schmerz so schwarz

Kriminalroman

ISENSEE VERLAG
OLDENBURG

Lektorat:
Michael Karhausen, Köln
Michael Olsen, Oldenburg

Grafik- und Umschlagentwurf:
Wolfgang Müller-Limbach, Oldenburg

Anmerkung des Lektors:
Ob der aktuellen Diskussion über die „Reform" der Rechtschreibung möge die geneigte Leserschaft bitte verzeihen, dass der Text zum Teil in den Regeln der „Neuen Rechtschreibung" verfasst wurde. Dass diese „Reform" durchaus auch einige wenige(!) sehr sinnvolle Regeländerungen vorsieht, haben wir zum Anlass genommen, die wirklich sinnvollen Änderungen in diesem Buch anzuwenden. Alle anderen „erneuerten Verwirrungen" haben wir schlicht unter den Tisch fallen lassen! Viel Freude beim Lesen.

michael olsen

Die Deutsche Bibliothek - CIP-Einheitsaufnahme

Heinrich, Joachim N.:
Der Schmerz so schwarz : Kriminalroman / Joachim N. Heinrich. -
Oldenburg : Isensee, 1998
ISBN 3-89598-473-6

Gedruckt bei Isensee in Oldenburg

Inhalt

I Piet Meiners

Das Auto steht am Waffenplatz. Piet Meiners kann zu Fuß über die Lange Straße und die Wallstraße schnell dorthin gelangen, ohne dass er sich zu sehr verausgabt.
Mit seinen 1,90 Metern, der hageren Gestalt, dem kantigen, länglichen Kopf und leicht angegrauten, dunkelblonden Haaren und seiner legeren Kleidung, Lederjacke, Jeans und Lederstiefel, hebt er sich deutlich von den anderen Menschen im Straßenbild ab. Wenn er sich unbeobachtet fühlt geht er fast stocksteif. Der Körper ist unproportioniert. Sein Kopf erinnert an einen der vier eingemeißelten US-Präsidenten George Washington, Thomas Jefferson, Abraham Lincoln und Theodore Roosevelt auf dem Mount Rushmore im Bundesstaat Dakota. Die Kantigkeit seiner Gesichtszüge ruft die Erinnerung an die amerikanischen Monumentalköpfe hervor. Der Schädel wirkt auf seinem Oberkörper überdimensioniert, und dieser wiederum nimmt nahezu 2/3 seiner Körperlänge ein. Die Beine sind zu kurz geraten, sie vermitteln den Eindruck ständig schneller zu sein als alle anderen Körperteile. Seine Schritte sind nicht raumgreifend und erobernd, wie seine 1,90 Meter vermuten lassen, sondern eher tastend und sondierend, dabei trippelnd. Seine Bewegungen sind eckig und kantig, nicht fließend. Das könnte eine Erklärung für seine Bewegungsarmut sein. Piet weiß ob seiner Wirkung im öffentlichen Straßenbild und präsentiert sich deshalb lieber mit einem fahrbaren Untersatz. Von seiner eigenen Ausstrahlung und Wirkung auf andere Menschen sagt er: „Wenn ich auf einer Bank, Stuhl oder Sofa sitze bin ich für meinen Gesprächspartner wie Paul Newman in ‚Cloud', alle starren mich fasziniert an. Sowie ich beginne zu gehen ist der ‚Paul Newman-Effekt' wie weggeblasen. Irgendwie hängt das mit meiner Figur zusammen ... oder?"
Schnell weg aus dem Menschengewimmel und ins Auto. Tabak raus, Blättchen und eine Zigarette drehen. Perfekt, perfekt, wie immer. Ein Genuss ... die Selbstgedrehte.
Binnen kurzem ist der Innenraum eingenebelt, das Autofenster bleibt hartnäckig geschlossen. Er denkt über die Informationen nach, die er vor wenigen Minuten im Innenstadtcafé ‚Bastian' von Brommen erhalten hat.
Brommen - Nachbar, Verwalter des Schießstandes und Restaurantbetreiber im Johannes-Roggebusch-Weg - und Piet haben sich dort getroffen, einen Cappuccino getrunken, über Nachbarschaftsprobleme gesprochen und sind dann zum eigentlichen, für Piet interessanteren, Thema gekommen.
Für seine Arbeit, seinem augenblicklichen Fall, brauchte Piet Informationen über Waffen:
Preise, Gesetzgebung, Typen usw. usw., einfach alles, was mit Waffen zu tun

hat. Solche Ermittlungen sind der Schlüssel zu seinem Erfolg und ohne umfassende Kenntnisse wird Piet keinen Erfolg haben. Er vertritt eine These, die das Geheimnis seines Erfolges ist: aus 120 Büchern einen Satz finden und ihn am richtigen Ort und zur richtigen Zeit erwähnen, vor den richtigen Leuten einfließen lassen. Nur - Piet liest keine Bücher, dafür sammelt er Informationen, spricht mit Leuten, hört Radio, hängt sich vor den Fernseher. Kaum zu glauben, wieviel Informationen da zusammenkommen.
So ist es ihm mit der Waffenproblematik gegangen: Wie aus heiterem Himmel drängte sich ihm das Problem auf - durch einen Anschlag auf einen Linienbus der AVAG. Der Ton einer Radiomeldung vor einigen Tagen ist noch in seinem Kopf. Er erinnert sich noch ganz genau an die Situation. Das eigene Autoradio war wie immer eingeschaltet und er hörte, zeitweise abgelenkt durch den Verkehr oder Passanten auf der Straße, mit halbem Ohr die 12°° Uhr Nachrichten auf NDR 2:
„Tausend Vulkan Arbeiter..., Steuerreform der Bundesregierung..., Landesregierung..., Scharping..., In Oldenburg ...“
Und da war es, er hörte interessiert hin, drehte den Ton lauter: *„... in der Dunkelheit auf Bus geschossen.“*
Sofort war er hellwach. Um ja nichts zu verpassen drehte er das Radio noch etwas lauter. Weiter der Sprecher:
„... kein Fahrgast bei dem Anschlag verletzt! Am Montag abend hatten die Insassen eines Linienbusses der Allgemeine Verkehrs Aktien Gesellschaft großes Glück.
Unbekannte Personen schossen in der Gartenstraße in Höhe des Handelshauses, also in unmittelbarer Nähe zur Innenstadt, mit einer vermutlich scharfen Waffe auf einen gut besetzten Bus des Nahverkehrsunternehmens. Es wurden zwei Fensterscheiben auf der Fahrerseite zerstört. Die Fahrgäste in dem Bus blieben unverletzt. Die Täter konnten entkommen. Von ihnen fehlt bislang jede Spur. Die Kripo ermittelt derzeit wegen versuchter gefährlicher Körperverletzung gegen Unbekannt.
Nach Angaben von Kriposprecher Rolf Riesner wurden die Schüsse gegen 19.15 Uhr abgefeuert, gerade nachdem der Bus die Haltestelle verlassen hatte. Zur Waffe können die Ermittler noch keine genauen Angaben machen. Laut Riesner ist jedoch davon auszugehen, dass eine langläufige Waffe, beispielsweise ein Kleinkalibergewehr, benutzt wurde. Bei der kriminaltechnischen Untersuchung des Busses und des Tatortes fanden die Beamten gestern vormittag allerdings keine Projektile.
Wie die AVAG auf Anfrage des Senders mitteilte, wird der Bus umgehend repariert. Der entstandene Sachschaden beliefe sich auf 2000,- bis 2500,- DM. Der Sprecher der AVAG betonte, dass der immaterielle Schaden durch die Sicherheitsgefährdung bei der Personenbeförderung nicht zu beziffern sei.

AVAG und Kripo setzen bei der Aufklärung der Straftat jetzt auf die Mithilfe der Bevölkerung. Wer verdächtige Personen zu den angegebenen Tatzeiten beobachtet hat, wird gebeten, sich bei der Polizei unter Tel. 99023 12 zu melden.“

Piet fuhr am besagten Tag gegen Mittag mit seinem hellen Peugeot 104, eine richtig heiße Kiste, ordnete sich in der Ofener Straße in die Schlange der stadtauswärts fahrenden Autos ein. Er wollte eigentlich über die Ammerländer Heerstraße und Schützenweg nach Hause fahren. Auf der Gegenspur quälte sich der Verkehr wie so häufig meterweise vorwärts. Vor sich sah er einen roten Ford Escort mit links und rechts bogenförmig angeordneten, gespannten Kunststoffantennen. Am Eissalon „San Marco“ verbog sich der Fahrer seine Figur in Richtung der Tische, die immer auf dem Rasenstück aufgestellt sind. Einige Mädchen saßen dort, vor sich ihr Eis. Der Fahrer vor ihm wurde einige Zentimeter größer, reichte mit seinem Kopf bis unters Autodach. Es war klar! Die Mädchen sollten ihn sehen. Piet dachte so für sich: ‚Das Auto und die Musik sollen wohl Potenz und Schnelligkeit demonstrieren.‘ Er kurbelte sein Fenster einen Spalt runter. Er hatte es geahnt, die Musik aus dem Auto vor ihm übertönte den sowieso schon starken Straßenlärm beträchtlich. Piet schloss sein Fenster gleich wieder. Der Zigarettennebel entwich nur minimal. ‚Wo hab‘ ich das Auto und den Typen schon mal gesehen? Der rote Escort. Wo?‘ Falten gruben sich auf seiner Stirn ein, die Adern an seinen Schläfen nahmen an Volumen zu. Das Blut wurde mit erhöhter Geschwindigkeit durch die Adern getrieben, trieb seine Denkleistung zu höherer Intensität. Angestrengt durchforstete er sein Gehirn. Die Falten gruben sich immer tiefer in die Stirn. ‚Klar, im Johannes-Roggebusch-Weg, so ist das gewesen! Ich stand mit Brommen in der Einfahrt am Schießstand und drei, vier Männer kamen aus dem Restaurant. Ein jüngerer Mann ging auf den Parkplatz und schoss dann wenig später wie blöde mit seinem Auto auf die Straße, die Musik auf volle Lautstärke gestellt.‘
„Das zieht mir die Schuhe aus, wenn ich sowas sehe. Der Kerl ist bescheuert und die Musik zum Kotzen.“ Brommen war richtig sauer, sah grimmig hinter dem Escort hinterher.
‚Der kam vom Parkplatz am Schießstand.‘
Piet war zufrieden mit seiner Denkleistung, räkelte sich entspannt in seinem Sitz und widmete sich dann wieder dem Fahrzeug vor sich. Auf der Straße waren die Bässe dumpf und dröhnend zu hören. Vorbeikommende Fußgänger und Radfahrer nahmen erst die Vibrationen, die Luft war voll davon, und kurze Zeit später den höllischen Lärm wahr. Die Aufmerksamkeit vor allem der jüngeren Leute war dem Fahrer gewiss. Im Auto musste sich ein wahres Dezibel-Inferno abspielen. Es schien so, als ob sich die beiden Au-

totüren nach außen wölbten und den verzweifelten Versuch unternahmen, sich aus ihrer Martersituation zu befreien, um dann zu entfliehen. Die Lautsprecher waren offensichtlich in die Türverkleidungen eingebaut, das Höllen-Lärm-Zentrum suggerierte eine Außenverbeulung der Türen. Jeder Akustiker hätte diese Vermutung mit einem wunderbar farbig gestalteten Diagramm untermauern können - „Lärmeinfluss auf Materialverhalten". Ein Hörgeräte-Vertreter wäre angesichts des in einigen Jahren zu erwartenden Geschäftsabschlusses in Verzückung geraten.
‚Musik bis zum Abwinken, das passt zum Auto und dem Fahrer.'
Den Fahrer konnte er mit viel Phantasie erahnen. Für eine Personenbeschreibung reichte es nicht aus. Ein jüngerer Mann, voll mit seiner Musik beschäftigt und hingerissen von ‚seiner' Wirkung auf vorbeigehende junge Mädchen und Frauen. Er beobachtete seine Kopfbewegungen von hinten, wie er beifallsheischend mal zur einen, dann wieder zur anderen Seite sah und dabei mit abgehackten, eintönigen Handbewegungen sein Lenkrad bearbeitete. Begleitet wurde dies von synchronen Auf- und Abbewegungen des Kopfes.
‚Seht alle her, ich bin der Schärfste!' Die Signale mussten von der Außenwelt wahrgenommen werden.
Der Knabe war ‚bei der Musik!' Irgendwie ist es so drin in seinem Beruf, Piet Meiners machte im Geiste eine Personenbeschreibung, die er in eine Ecke seines Gehirns schob, sie dort parkte und wieder hervorholt, wenn er sie braucht:
‚Blonde, lange Haare mit einem rot-schwarz gepunkteten Halstuch, könnte auch rot und blau gepunktet sein.'
An der nächsten Ampel wollte er abbiegen, sein Instinkt sagte ihm: ‚Folge dem Ford.' Die Radiomeldung drängte sich ihm wieder in sein Bewusstsein. Ein Gedankenblitz schoss ihm durch den Kopf - erst bruchstückhaft, dann immer klarer - roter Ford Escort, Schießstand, schießen, langläufige Waffe, Kleinkalibergewehr. Wie ein geistiger Brummkreisel bewegten sich die Worte auf einer imaginären Instinktbahn in seinem Kopf - roter Ford Escort, Schießstand, schießen, langläufige Waffe, Kleinkalibergewehr - immer wieder - immer wieder. ‚Ich will verdammt sein, wenn der Escort-Typ nichts mit der Bus-Ballerei zu tun hat.'
Piet folgte dem Escort übers Westkreuz, bog links in den Prinzessinweg ab und weiter Bloherfelder Straße, dann in Richtung Kennedystraße. Er notierte sich Adresse und Hausnummer auf einem Notizblock. Zurück zum Westkreuz an die Plomal-Tankstelle. Es blieb genügend Zeit über den Fahrer nachzudenken. Dann zur Gartenstraße gefahren, vielleicht gab es ein, zwei Spuren vom Busanschlag, einschlägige Kneipen besucht und Ohren ge-

spitzt, dann noch mit Brommen vom Schützenverein geredet. Er stellte Überlegungen an und ihm fielen verschiedene Routinejobs zu dem Anschlag ein. Schließlich landete Piet bei: ‚Bin gespannt, was Anton dazu sagt!' Anton wohnt in seinem Haus.
Die Ampelphasen an der Berufsschule der Ammerländer Heerstraße waren kurz geschaltet, er brauchte fast 10 Minuten, um am Westkreuz abbiegen zu können und bis zum Handelshaus in der Gartenstraße weitere 10 Minuten. Nochmals 10 Minuten, bis er einen Parkplatz hinter dem Handelshaus am Alten Gymnasium gefunden hatte, es war noch Unterricht und der Parkplatz rappelvoll. Dann weiter zu Fuß.
Piet stand mit dem Rücken zum Eisenzaun am Schlossgarten, vor sich die Bushaltestelle. Von hier aus muss der Schütze im Bereich des Schlossgartens gestanden und geschossen haben.
‚*19.15 Uhr in der Gartenstraße in Höhe des Handelshauses*', erinnerte er sich an die Radiomeldung.
Es war schon leicht dämmrig und wenig Menschen auf der Straße. In der Meldung hieß es auch: ‚*... gut besetzter Bus*'. Er ging am Zaun entlang und entdeckte nichts Auffälliges. Durch das Gebüsch konnte er ein Pärchen im Schlossgarten ausmachen. Eine genaue Beschreibung war ihm trotz der brauchbaren Lichtverhältnisse aber nicht möglich.
Im Schlossgarten untersuchte er die Büsche nahe des Zauns. Keine Chance, es waren schon Untersuchungen durchgeführt worden.
‚Die Polizei hatte den gleichen Gedanken.'
Die Fußabdrücke am Eisenzaun interessierten ihn aber dann doch. Vier Abdrücke, je zwei gleiche, etwas verwischt, gegeneinandergestellt. ‚Das ist es! Es waren <u>zwei</u> Personen!'
Er drehte sich eine Zigarette und ging zurück in Richtung Gartenstraße, zum Zaun am Schlossgarten. Auf dem Rückweg beschäftigten sich seine Gedanken wieder mit dem Ecort-Fahrer. Zufall? Die Sache mit den geparkten Bildern im Gehirn. Genau an diesem Tag hatte ihn die Anschlagsache endgültig gepackt. Er war zwar schon vorher dran, war einige Male mit Schießereien beschäftigt gewesen, die nicht aufzuklären waren. So richtig gefesselt hat es ihn aber erst an diesem Tag. Da schießen Menschen auf ahnungslose Menschen, einfach so.

Ein Fall ist es genau genommen nicht. Er hat weder Auftrag, noch einen Auftraggeber, keine klar definierte Aufgabe, kein formuliertes Ziel. Er arbeitet auf eigenes Risiko, in der Hoffnung, dass er den ‚Fall' löst und am Ende Kohle für ihn dabei rausspringt. Er beschäftigt sich trotzdem seit Monaten mit dieser nicht abreißenden Serie von Anschlägen.

Unter wirtschaftlichen Gesichtspunkten ist es eine höchst riskante Zukunftsinvestition. Viel Zeit, Sprit- und Telefonkosten und, ... allein Gott weiß, was noch alles. Bis zu diesem Zeitpunkt ist völlig offen, wer die Nase vorne haben wird, er oder die Polizei, oder ob die Banditen sich gar selber umbringen, auszuschließen ist es bei denen nicht, ist auch schon vorgekommen. Das macht den Reiz seines Berufes aus. Wenn dann noch alle Beteiligten im Dunkeln tappen, und zwar alle Beteiligten, eingeschlossen der Polizei natürlich, wird es kribbelig, bringt den richtigen Kick, kurbelt ihn auf höchste Höhen. Die Polizei lähmt solche Misserfolge, die werden richtig unsicher, machen Fehler, verhaften Leute, die nichts mit der Sache zu tun haben und behindert sich gegenseitig. Das alles kann Piet nicht passieren. Er ist das Einmann-Unternehmen Piet Meiners. Privatdetektiv, und nur sich selber, seinen Auftraggebern und dem Gesetz - manchmal - verantwortlich. In diesem Fall jedoch nur sich selbst!

Die Motive für diese Anschläge sind bisher noch nicht bekannt, nicht zu erklären. Teil seiner Arbeit ist die Beschaffung von Hintergrundmaterial. Sein Nachbar Brommen ist ein ausgewiesener Experte. Er ist, um im Bild mit den Büchern zu bleiben, mindestens zehn Bücher oder ein Semester Uni wert und führt ihn sehr umfassend in die Materie der Gesetzgebung ein. Ein Jurist hätte das nicht besser gekonnt:
„Jäger haben das Privileg, Waffen ohne bürokratischen Aufwand kaufen zu können. Sie brauchen nur den Jagdschein vorzulegen. Nach dem Kauf müssen sie das Gewehr dann beim Ordnungsamt registrieren und in ihre Waffenbesitzkarte eintragen lassen."
Brommen doziert weiter:
„Für alle Nichtjäger aber gilt:
Der Weg zum eigenen Schießgewehr ist recht mühselig. Er führt zunächst in einen Schützenverein. Dort muss man eine gewisse Zeit, in der Regel ein Jahr, regelmäßig am Übungsschießen teilnehmen und Kurse über Waffenrecht und Sicherheitsvorschriften besuchen. Dann stellt der Verein eine Bescheinigung darüber aus, dass man über die notwendige Sachkunde verfügt und als Sportschütze eine Waffe benötigt. Damit geht man zum Ordnungsamt, um eine Waffenbesitzkarte zu beantragen, die erteilt wird, wenn die persönliche Zuverlässigkeit des Antragstellers überprüft ist.
Als Sportschütze kann man dann Schusswaffen erwerben, für die auf der Waffenbesitzkarte eine Genehmigung eingetragen ist. Einen ‚Waffenschein' hat er damit nicht. Der berechtigt nämlich zum Führen von Schusswaffen außerhalb eines Schießstandes oder der eigenen vier Wände und wird einem ‚normalen' Bürger nie erteilt.

Man fürchtet ‚Amerikanische Zustände‘ - und lässt sich von den Hollywood-Versionen dieser Zustände in Kino und Fernsehen faszinieren.“

Piet Meiners hatte Brommens Waffenexkurs sehr beeindruckt. Seine Zusammenfassung war präzise und informativ. Er ist nicht nur ein beschlagener Gesetzeskenner, sondern auch ein unendlicher Schnacker vor dem Herrn. Man musste aufpassen, den richtigen Zeitpunkt zu erwischen, seinen Redeschwall zu unterbrechen und ihn wieder zum Stoppen zu bringen. Das war das eigentlich Anstrengende an dieser Begegnung, aufzupassen wie ein Schießhund. Trotzdem aber hatte er den Eindruck einen neuen Freund gewonnen zu haben. Es kommt heute ja auch nicht mehr so oft vor.
„Das ist genau das, was ich mir vorgestellt habe, danke!“
„Du kannst Waldemar zu mir sagen“, sagte Brommen gerührt.
„Piet!“ antwortete er daraufhin spontan und sie gaben sich die Hand: stehend am Tisch, mitten im Café ‚Bastian‘ - ein historischer Moment.

Der Johannes-Roggebusch-Weg ist sein Lebensmittelpunkt, da steht sein Haus, da ist sein Büro. Da ist er anzutreffen, es sei denn er ist auf Achse, unterwegs mit einem seiner vielen, beweglichen Untersätze wie dem Peugeot, der Moto Guzzi, seinem Elektroroller und ...
Der Johannes-Roggebusch-Weg beginnt genau betrachtet unter einer Autobahnbrücke. Kompromisslos hässlich, profillos und eine Beleidigung für jedes ästhetische Empfinden: Beton und Asphalt. Architekten, die so etwas bauen, müssten verpflichtet werden, sich ihr Bauwerk jeden Tag eine Stunde anzusehen, ohne Bezahlung - versteht sich!
Hinter einem Buchen- und Eichenwald und einem leichten Knick nach links Bebauung mit Einfamilienhäusern. Linksseitig versteckt reihen sich auf: ein Straßenbauhof, einige Lagerhallen, Kfz-Werkstatt, Tennisanlage, Schießstand und ein sich anschließendes ‚verbotenes Gebiet‘, eine ehemalige Abdeckerei. Im Winter, der laublosen Zeit, ein Blick durch die Büsche: eine trostlose, zersiedelte Kleingewerbelandschaft.
Direkt gegenüber der Einfahrt zum Schießstand des Schützenklubs, da ist Piet Meiners zu finden, da steht sein Haus! Es gibt Leute, die sagen, es sei ein Charakterhaus. Sie haben recht, es spiegelt seinen Charakter wider.
Kein Flachdachferienbungalow, eher eine Schiffskommandobrücke, sagen einige wohlwollende Freunde. Rechts ein nach hinten abfallendes Flachdach, davor ein weißer Anbau, ähnlich einer Schiffsbrücke, mit großem, rundem Fenster in der Küche. Im ersten Stock ein Wohnzimmer mit zwei ebenfalls großen, runden Fenstern. Zwei kleine Fenster im Erdgeschoss, dahinter verborgen das kleinste Bad von Oldenburg.
Ein Fahnenmast, umrahmt von einem nachgestalteten Edelstahlbugkorb für

die ‚Firmenflagge PM‘ - Piet Meiners- überragt das Flachdach um ca. drei Meter. Wer kann schon von sich sagen, dass er eine eigene Flagge hat? Es ist eigenwillig? Es passt zu ihm! Nein, nein, ... kein besonders schönes Haus, überhaupt kein schönes Haus, aber eben ein Unikat, ein Charakterhaus!
Es gibt noch einen zweiten Fahnenmast im Johannes-Roggebusch-Weg, der allerdings direkt vor der Beton-Hochburg von Frantz Mörtel steht und einen krassen, aggressiven Kontrast zu der erwähnten anderen, eleganten, Flaggenführung bildet.
Die Straße hat sich, dank der Initiative von Frantz Mörtel und unterstützt von hiesigen Politikern, von einer ländlich verträumten Eichenallee zu einer Rennstrecke der Autos anliegender Betriebe, Institutionen, Universitätsinstitute, Arztpraxen, dem AOK-Gesundheitszentrum, einem Dialysezentrum und Besuchern einer Kleingartenanlage entwickelt. Ein Bundesinstitut mit Staatsemblem bildet die vorläufige Krönung der Entwicklung. Ein besonders belebendes Element, verkehrsmäßig gesehen, ist ein Studentenheim am Ende der Straße. Da können Autos mit den Kennzeichen BRA - FRI - DEL - CLP - EL und VEC den Oldenburgern mal so richtig zeigen, was eine Harke ist - eine Geschwindigkeitsharke!
Die Entwicklung der Straße ist häufiger Anlass für seine Träume. Keine schönen Träume, eher Alpträume, doch davon später.
Neben der bedingungslosen Ausübung, ja täglichen Zelebration des Radfahrens - jeder Oldenburger hat mindestens zwei Fahrräder, die bewegt werden wollen - gipfelt die bekennende Lebensphilosophie der Oldenburger in der Erkenntnis:
„Nur mit Einfamilienhaus ein Oldenburger.“
Diese Lebensphilosophie hat er sich zu eigen gemacht, zeugt von seiner Flexibilität, sie ist gepaart mit seinem unbedingten Integrationswillen. Jetzt sitzt er in seinem Einfamilienhaus am Johannes-Roggebusch-Weg, Marke Piet Meiners.

Es gibt Dinge im Leben eines Mannes, über die er nicht gerne spricht. Piet würde es auch nicht tun, wenn da nicht ...
Irgendwann gab es mal ein wüstes Gelage mit guten Kerlen und ein paar Frauen. Genau kann er sich nicht mehr erinnern, aber er hatte am nächsten Tag eine riesige Birne, Pelzgeschmack im Mund und einen gewaltigen Durst und ... Sybille neben sich im Bett. Unbequem, höchst unbequem.
Es kam, wie es nicht kommen sollte, aber es kam ein dicker Bauch. Ungewollt ... erneut riesige Birne, Pelzgeschmack im Mund und gewaltigen Durst und ... ohne Sybille. Die hat sich in ihr Dorf verdrückt, Trost gesucht und bei Eltern und Schwestern gefunden. Ihren Bauch hat sie mitgenommen und ward dann nicht mehr gesehen. Der Junge bekam den Namen Knut.

„Das ist nicht mein Ding!“ Das war sein Kommentar - damals. Damit war das Thema für ihn erledigt. Wolbuscher Männer, er kommt ursprünglich aus Wolbusch (*), können nicht nur riesige Mengen saufen, sie sind auch richtige Ekelpakete, wenn ihre Freiheit bedroht ist - Freiheit, die sie meinen.
In drei Jahren ungefähr sechs bis sieben -ausdrücklich- geschäftliche Telefonate zwischen Sybille und Piet oder Piet und Sybille. Es gibt etwas zu organisieren, rechtliche Dinge müssen geklärt, die Finanzen geregelt werden. Auch kleine Kinder kosten Geld. Die Metapher ‚Kommunikation zwischen zwei Eisbergen‘ beschreibt exakt die Ebene der Beziehung.
Eines Tages, um Ostern rum, stand ein Auto aus Sybilles Dorf, oder aus der Gegend, auf seinem Grundstück. Sein Untermieter, Mitbewohner, gelegentlicher Saufkumpan, Kneipenbegleiter und Freund saß vor dem Haus auf dem Rasen und spielte mit einem kleinen Jungen Ball.
‚Wo hat er denn den bloß her?‘ Piet meint weniger den Ball. Er sieht den Jungen. Blitz und Donner, Sonne, Schnee, Hagel, Feuerball. Alles zugleich.
„Mein Junge!“
Es war um ihn geschehen. Unumkehrbar! Unwiderruflich!
„Mein Junge!“
Ein paar Mal bei ihm schlafen, abends Brote machen, ins Bett bringen und vorlesen. Knut, ... nicht Knutti, oder ..., Knuttilein oder ... Knuttileinchen, hatte ihn mit Überschallgeschwindigkeit erobert, ohne Worte, ohne Gesten, einfach nur: „Ich Knut.“
Er gibt es zu, unumwunden: „Ich bin mächtig stolz, immer noch.“
So kam von ihm der Vorschlag: Wohngemeinschaft mit dieser Frau ... das ging. Daraus entstand der Kommandobrückenanbau mit integrierter Garage. Sybille zog in die Schiffsbrücke - mit Rundfenstern!- ein und Knut hatte Mutter und Vater, ohne gemeinsame Liebe, aber dafür komprimiert ... einzeln und immer wieder.
Funktioniert hat das nie so richtig. Keiner weiß genau warum, aber Schwierigkeiten führten zur Auflösung dieses Vorhabens.

In dieser Zeit beschäftigte er sich stark mit seiner eigenen Vergangenheit,

---

(*)Es sei hier nur am Rande erwähnt, dass Millionen Menschen in aller Welt den Namen Wolbusch - unwissentlich - kennen. 1987 wurde von der Samtgemeinde der Antrag auf Namensschutz für die Kombination ‚www‘ - zurückzuführen auf die Wortkombination Wolbuscher-Wasser-Wirtschaft - beim Bundesamt für Urheberrecht gestellt. Der Antrag ist dort angeblich nie angekommen. 1989 hat sich Internet gegründet und die Faszination der drei ‚www‘ für sich schamlos ausgenutzt, ohne die berechtigten Forderungen der Urheber der ‚www‘ zu berücksichtigen.

nicht als Akt bewusster Auseinandersetzung, mehr Jugenderinnerungen, die als einzelne Filmsequenzen abliefen, sich wiederholten, neu zusammengesetzt wurden, wieder abspulten.
Piet wurde häufig nach dem Beginn seiner Karriere gefragt. Seine zahlreichen Besucher gaben ihm Gelegenheit aus seinem reichen Erlebnisschatz zu erzählen. Er saß in solchen Fällen meist auf dem Zweisitzer-Sofa seines Wohnzimmers. Der Realität entrückt und versunken in seinen Werdegang. Jüngere Leute fragten ihn sehr direkt nach seiner Laufbahn als Privatdetektiv und fingen das Gespräch häufig mit der Frage nach seinem ersten Fall an. Nie ... nie sprach er über seinen ‚Ersten Fall', den gab es zwar - der wurde nicht erwähnt, er wurde totgeschwiegen. Er gab aber zu, wenn von seiner Karriere als Privatdetektiv gesprochen wurde, dass es einen ersten Fall gegeben hat, nur erblickte der nie die Erzählwelt, und das soll auch so bleiben. Einzig einem intimen Kenner der Wolbuscher Verhältnisse hatte er in einer schwachen Stunde etwas über seinen Einstieg in seine kriminalistische Laufbahn erzählt. Und dieser Kenner der Szene war ausgerechnet Kriminalkommissar Erich Riemer, der jetzt in Oldenburg ein Kommissariat leitet.
Über seinen zweiten Fall hingegen konnte er mit feurigen Formulierungen glänzen, seine Zuhörer hingen an seinen Lippen und genossen die ungewöhnlichsten Gegebenheiten:

„Mein erster Fall, eigentlich kein Fall, sondern die Feststellung: „Mein Vater ist nicht mein Vater." Ich war damals dreizehn Jahre alt! Daraus ergab sich mein zweiter Fall. Nach meiner Erinnerung aus der Jungmannenzeit die Recherche nach meiner Wurzel in Bremen. Leider war sie nicht so erfolgreich. Das ist das Los eines jeden Detektivs. Höhen und Tiefen, Weinen und Lachen, Reichtum und Armut. Zwischen den Extremen leben, in den Extremen leben, das ist das Lebenssalz eines guten Detektivs. Die Erinnerung an beide Fälle bilden noch heute im guten Sinne Antrieb und Messlatte für mein Berufsleben. Es war bestimmt nicht nur Sonnenschein für mich, ich habe psychischen Hagel und Sturm erlebt, aber unvergessen auch die Glücksmomente beim Erkennen der Wahrheit nach meiner Herkunft. Diese Höhen und Tiefen gab es auch bei ‚meinem' zweiten Fall:
Das Umherirren in den Straßen der großen Stadt Bremen, die Suche nach meinen Wurzeln, die Suche nach Niemand, die Suche nach meinem Vater: Peter Olbricht. Das Telefonbuch gab nichts her, es gab eine Eintragung Olbrich, es gab sogar zwei Peter Olbrich, aber Olbricht ... nichts. Keine Spur, nicht der kleinste Hinweis.
Regen, der mich während meiner Suche in der Stadt überraschte und von oben in den Hemdkragen schwappte, unters Hemd, in die Hose, Unterhose, die Strümpfe und die Schuhe lief. Selbst mein Moped war abgesoffen. Jede

Bewegung produzierte unter der Kleidung und in den Schuhen unanständige Gullygeräusche: knatschen, quietschen, gurgeln, blubbern und ein unangenehm nasses und reibendes, kaum hörbares, ziehendes Geräusch auf der Haut. Das war das Unangenehmste, bildete Gänsehaut mit erbsengroßen Poren, es schmerzte mich sehr. Die Erinnerung daran bewirkt noch heute die Erbsenbildung auf der Haut - vielleicht nicht ganz so groß, aber genauso schmerzhaft.
Der Straßengully zwei Meter weiter produzierte das gleiche Klangsammelsurium. Ein dritter Gully und ich hätten ein Orchester ergeben!
Eine interessante Vorstellung: Drei Gullys und ein Solist spielen vom Unwetter unterstützt die Erste Vollendete von Jan Heini Regenmacher.
In einer nicht enden wollenden Feuchtigkeit kniete ich vor meinem Moped auf dem Bürgersteig und verfluchte die Neugierde nach meiner Wurzel.
Tiefen ... Weinen ... Armut.
Ein Klopfen an einer Fensterscheibe veranlasste mich, den Blick zu heben. Ich drehte mich von meinem Gefährt weg und bemerkte einen Mann hinter einem Restaurantfenster. Er winkte mir zu und versuchte unter Aufbietung einer ganzen Gestenpalette mich ins Restaurant zu locken. Eine Handbewegung, die ich erst im zweiten Anlauf als Aufforderung zum Kommen deutete. Die rechte Hand mit der Innenfläche nach unten, in Hüfthöhe, die Finger in rhythmischem Takt zum Körper hin abknickend und wieder ausstreckend, die darunterliegende Luft sanft streichelnd. Dieses Bild habe ich bis heute als Erinnerung im Kopf. Der Mann leicht undeutlich, verschwommen hinter der großen Scheibe zu sehen, auf italienisch winkend, seine weiße Schürze wie eine Reklame für gute Küche als Trophäe vor dem Körper tragend. Er lachte, wandte sich nach hinten ins Restaurant und sprach mit Personen im Hintergrund, beide Hände gestikulierend in die Luft ragend, dann wieder mir zugewandt. Schließlich die Handbewegung, die ich unmissverständlich als Aufforderung zum Kommen deutete. Ich erhob mich und quietschte, knautschte und gurgelte mich zum Restauranteingang vor.
Dort endlich wurde ich von einem jüngeren Mann empfangen, klar als Pizzabäcker auszumachen, mit weißer, mehliger Schürze vor dem Bauch, durchtränkt von roten Tomatensaucenspuren, und einer etwa gleichaltrigen jungen Bedienung ... ein Engel mit runden, tiefschwarzen Augen und langen, schwarzen Haaren. Bis zu diesem Moment glaubte ich, Engel seien blond. Ich war überwältigt von dem Empfang und kam gar nicht zum Überlegen. Der Engel packte meine Jeanskappe, platschte sie auf einen Stuhl, warf mir ein weißes Frotteehandtuch auf den Kopf und rubbelte ihn trocken. Sie musste sich dabei auf ihre Zehenspitzen stellen. Eine schöne, erregende Nähe, weggewischt und vergessen die Feuchtigkeit. Der Pizzabäcker machte sich an meinen Schuhen zu schaffen und Sekunden später stand ich ohne

Schuhe und Hose im Restaurant. Ich spürte ein anderes Handtuch an meinen Lenden rubbeln, trockenen Stoff auf meiner Haut und binnen fünf Minuten hatte er mich in einen italienischen Pizzabäcker verwandelt. Ich hatte noch nicht einmal Zeit rot zu werden, weil der Engel mich in bestimmten Körperregionen entblößt gesehen hatte.
‚Engel haben keine Hintergedanken', beschloss ich künftig. Der Mann mit der weißen Schürze als Körperfahne betrachtete die Aktion wohlwollend, klatschte nach vollbrachter Tat in die Hände und ein anderer junger Mann stellte mir eine Tasse auf den Tisch. Kaffeegeruch stieg mir in die Nase. Noch heute habe ich diesen Geruch in der Nase. Übrigens: Bei meinen ‚Fällen' ist Geruch ein untrügliches Zeichen für die bevorstehende Lösung des Falles, die Nähe eines Täters oder der Hinweis auf ein Beweisstück. Der Geruch ist immer anders und für mich ein untrüglicher Hinweis auf einen bestehenden Zusammenhang mit einem zu lösenden Fall.
Das war meine erste Begegnung mit einem Cappuccino. Ich war von Allem begeistert. Vergessen die Demutshaltung vor meinem Moped, die reißenden Flüsse unter meinem Hemd und meiner Hose, dem Quatschen und Quietschen in meinen Schuhen.
Höhen ... Lachen ... Reichtum."

Neu bei diesem Überfall in Oldenburg ist, dass auf Menschen geschossen wurde. Bei den letzten Anschlägen im Herbst handelte es sich um eine Attacke auf einen Bauern bei der Rübenernte. Die Aggression galt der Erntemaschine, ansonsten standen Traktoren, Überlandbusse oder Lastwagen auf der Zielliste. Alles aus dem ländlichen Bereich. Wenn es nicht eine Häufung dieser Vorfälle gegeben hätte, wäre niemand auf die Idee gekommen, dahinter eine Systematik zu vermuten. Sogar die Polizei nimmt mittlerweile diese Anschläge sehr ernst.

Bei einem Kurztrip mit Knut an die Nordsee konnte Piet aus großer Entfernung selber beobachten, wie zwei Männer vom Strand aus scharf schossen. Aufs Meer und in den Deich. Er hat, nachdem keine Gefahr mehr für beide bestand, leere Patronenhülsen aufgesammelt und mit Erfolg nach Fingerabdrücken untersuchen lassen.
Eine Entdeckung, die ihm irgendwann nützlich sein wird. Schießen am Jadebusen, weit draußen am Deich oder auf den Feldern des Oldenburger Landes darf keine neue Sportart werden. Es gibt aber Leute, die es spannend finden und im Anlegen und Abfeuern auf bewegliche Ziele einen großen Reiz verspüren, ohne sich Gedanken über mögliche Gefahren zu machen.
‚Bisher sind nur Erntemaschinen, Fahrzeuge, Boote, Traktoren oder Last-

wagenhänger die Ziele gewesen. Wann sind Menschen dran? Das ist hier die Frage.‘

Ideen müssen sofort in die Tat umgesetzt werden. In der Gartenstraße überquert er in Höhe des Handelshauses die Straße und nimmt eine Abkürzung, indem er nicht zum Theaterwall geht und von dort zum AGO-Parkplatz, sondern über die Handelshaus-Auffahrt dorthin gelangt. Er hat seinen weißen Peugeot nicht in der gebührenpflichtigen Zone geparkt, vielmehr steht sein Auto auf einem Parkplatz, der zum Handelshaus gehört. Piet hat sich an die Frontscheibe einen Polizeiaufkleber gebappt, um vor aggressiven Hausmeistern geschützt zu sein.

Piets Devise ist: „Intime Ortskenntnisse erleichtern das Leben und eröffnen manche neue Perspektive.“ Über seine notorische Lauffaulheit schweigt er sich aus, ja, er mauert geradezu, wenn ein Gespräch über körperliche Ertüchtigung beginnt. Er geht dann in seine innere Immigration, hüllt sich in Schweigen, dreht sich Zigaretten auf Vorrat, straft die Diskutanten mit Missachtung und versucht, wenn die Diskussion auszuufern droht, durch ein Statement die Aufmerksamkeit auf sich zu lenken. Da sowohl seine Bewegungsbequemlichkeit als auch seine Statements bekannt sind gelingt es ihm immer weniger.

Am Auto angekommen öffnet er die Beifahrertür und holt eine Flasche HKT unter dem Sitz hervor. Er verstaut die Flasche unter seiner Lederjacke und sieht sich sichernd um, ob ihn jemand beobachtet, vielleicht ein Hausverwalter vom Handelshaus?

Piet nimmt den Weg über die Brücke, überquert den Theaterwall und gelangt danach über den Lambertihof zum Rathausplatz. Im Rücken das Rathaus, der dunkle Backsteinbau der Lamberti-Kirche mit ihren vier kleineren und dem schlanken, hohen Turm, gegenüber die Galeria Kaufhof und die Bremer Landesbank ... das Zentrum von Oldenburg. Links vor dem Café ‚Markt 4‘ stehen Tische und Stühle, die von einigen sonnenhungrigen Müßiggängern besetzt sind. Er hatte gehofft, dass der eine oder andere Stadtstreicher, Obdachlose, Penner oder Alki auf den Stufen zum Marktplatz sitzen würde. Es ist jedoch niemand zu sehen.

Er will gerade enttäuscht zum Auto zurückkehren als ihn von hinten, es klingt wie von einem übriggebliebenen Gast aus den tiefen Gewölben von ‚Wein Krüger‘, eine rauhe Stimme fragt: „Hast‘ mal ’ne Mark?“ Piet kennt den Tonfall. An bestimmten Plätzen der Stadt kann man sich diesem Spruch nicht entziehen. Er hat sich für solche Fälle eine eigene Strategie zurechtgelegt. Im gleichen Tonfall, und ohne sich umzudrehen, quetscht sich ein „Was-willst‘-damit-mach‘n?“ durch seine Zähne ... Ohne Zeitverzögerung, wie mit der Pistole abgedrückt, kommt es zurück: „’N Brötchen kauf’n!“ Piet dreht

sich um, lässt sich nicht anmerken, dass er überrascht ist und drückt dem Alki 'ne Mark in die Hand: „Na, Georg, hast' Hunger oder Durst?"
„Ich heiß' Heiner ... Meine Kumpels sagen Henne zu mir. Die Mark iss' geg'n Durst." Piet ist sich nicht sicher, ob er ab sofort zu den Kumpels von Henne gehört. Bei jedem Atemzug von Henne weht eine abgestandene, von kalten Rauchfetzen durchwirkte, Bierfahne um seine Nase. Instinktiv weicht er einen Schritt zurück, mustert sein Gegenüber und fragt ihn nach fünf Sekunden eingehender Musterung: „Was weißt du von dem Busanschlag, Henne?" Henne wittert weitere Märker und schon macht er mit der linken Hand eine Zahlbewegung mit Daumen und Zeigefinger. Piet zeigt sich großzügig: „Bei Volltreffer garantiere ich ein Luxusessen." Henne tritt von einem Bein aufs andere, Piet spürt seine Unruhe, ganz sauber scheint der ihm nicht zu sein, dieser Henne. Er fährt ihn an: „Los, sag schon was du weißt, sonst geht's dir dreckig." Henne versteift sich und wendet sich ab, er will gehen. Piet hält ihn an einem Arm fest, greift zum anderen Arm und drückt ihm eine weitere Münze in die Hand.
Henne windet sich ein bisschen unter Piets Druck.
„Du finn'st Walli unn Krissa, die seine Frau iss', am Schlossgarten die wiss'n wass, muss' du frag'n, bringst den' aba was mit, sonss red'n die nich'."
Jetzt lässt Piet ihn los: „Wie heißen die? Walli und Krissa?"
„Ja, W a l l i unn' K r i s s a!" Mühselig artikuliert Henne jeden einzelnen Buchstaben.

Piet hat ein neues Ziel. Er macht auf dem Weg zum Park einen kleinen Umweg, er braucht unbedingt einen Cappuccino. Im ‚Lamberti-Café' gönnt er sich eine Pause und dreht sich eine Zigarette während er auf seine Bestellung wartet. Er sitzt auf einem Hocker am Verkaufstresen, neben sich als Lehne für seine Schulter eine Säule. Er kann durch die Tür in Richtung Theaterwall die gelbe Öljacke von Henne sehen. Der sitzt auf den Stufen einer Treppe und gibt sich Mühe unsichtbar zu wirken. Piet lehnt sich an die Säule und kippelt auf seinem Hocker.

An dem anderen hohen Tisch steht ein älterer, kleiner Mann mit braunem Hut und verwaschenem, zementgrauen Mantel. Seine überdimensionierte Nase - ein Zinken - steht in einem gewissen Widerspruch zu den kleinen Augen, die unstet auf dem Tisch, Piet und dem Innenhof hin und her huschen. Sein Hut hat seine ursprüngliche Form verloren. Die Hutkrempe berührt fast die Schultern, hängt dem Mann resigniert über die Ohren. Aus einer mitgebrachten Tüte nimmt er Kekse, die er in ein Glas Tee einstippt.

Als der Cappuccino vor Piet steht beobachtet er, wie sich ein jüngerer Mann über das Treppengeländer beugt und auf Henne einredet. Der hebt seinen Arm und zeigt in unterschiedliche Richtungen. Dabei redet er, gibt einige Erklärungen ab. Piet macht es daran fest, dass er seine Hände zur Hilfe nimmt und an den Fingern abzählt, unterstreicht und bestärkt. Er hätte zu gerne gewusst, was die beiden miteinander besprechen.

Der Mann greift in seine Jackentasche und holt ein Stück ... Papier? ... Geld? heraus, gibt es Henne und geht weg. Er entschwindet Piets Blicken. Piet trinkt seinen Kaffee aus, legt Geld auf den Tisch und verlässt den Lambertihof durch einen Seitenausgang zur Kleinen Kirchenstraße. Er umgeht den Lambertihof von außen in für ihn ungewohnt schnellen Schritten und entdeckt Henne vor sich, wie der durch die Tür in den Lambertihof sieht. Er sucht Piet und kann ihn nicht entdecken.

Mit einigen Schritten nähert sich Piet von rückwärts, baut sich hinter Henne auf und tippt ihm auf die Schulter. Der fährt erschrocken zusammen, dreht langsam den Oberköper und streckt ihm resigniert beide Hände entgegen, die Beine und Füße vollziehen erst jetzt die Drehung. Sekundenlang wirkt der Mann wie die Spirale eines Korkenziehers. Er rechnet wohl mit einer Festnahme. Piet muss einerseits über die Situation grinsen: ein ertappter, kleiner Ganove, der schuldbewusst seine Hände ausstreckt und seine Festnahme erwartet, andererseits deutet das Verhalten des Mannes auf ein schlechtes Gewissen hin.

„Na Henne, was gibt's?“ Der Mann windet sich und steckt die Hände in seine Jacke.

„Was soll's groß geben ... 's gibt nichts ... wirklich nicht ... 's gibt nichts!“ Ganz so glatt kommen ihm die Worte nicht über die Lippen. Er hat Mühe seine Unsicherheit zu verbergen. Piet denkt sich, dass er jetzt schnell handeln muss. Er baut sich vor ihm auf: „Rück raus mit der Knete, du hast doch gerade Knete gekriegt.“

„Iiiich Knete, mir gibt keiner freiwillig Knete. Nee, ... hab‘ keine müde Mark gekriegt.“

Mit einem Ruck zieht ihm Piet die Hände aus den Taschen. „Und was ist das?“ Er grinst Henne an, der in einer Hand einen Zwanzigmarkschein hält. „Das hat dir doch der Blonde zugesteckt.“

„Welcher Blonde? Kenn‘ kein‘ Blonden.“

„Fang nicht an mich zu verarschen, Henne. Ich will wissen, wofür der Blonde dir den Zwanni gegeben hat.“ Piet fasst Henne etwas härter an und der gibt unter dem Druck auf seinem Arm nach und gesteht, dass er von einem Mann Geld bekommen hat. „Wofür hast du den Zwanni bekommen, bist 'n Dealer?“

Henne ist empört: „Ich 'n Dealer, nee, bin kein Dealer. Hab‘ gesaggd‘ wo 'n Kiosk iss‘, hab‘ ich gesaggd, dafür hat er mir Geld gegeb'n. Iss‘ nich‘ strafbar, oder?“ Sein Gesicht nimmt eine dunkelrote Färbung an, seine Augen irren im Gesicht von Piet hin und her, weichen seinen Augen aus.

Der Alki bleibt bei seiner Darstellung, das Geld für die Kioskauskunft erhalten zu haben.

Am Eingang zum Park findet Piet unter anderen Alkis Walli mit seiner Frau Krissa. Piet hat auf dem Weg hierher kombiniert und ist auf den Namen Christa, für Krissa, gekommen.

Sie sitzen auf der flachen Mauer zum Schlossgarten-Eingang, Ecke Gartenstraße und Schlosswall, gegenüber auf der anderen Straßenseite der Pulverturm. Auf dem Boden vor der Mauer liegen zwei in Zeitungspapier eingewickelte Flaschen. Piet setzt sich auf die Mauer, lässt einige Zeit seine Beine baumeln und dreht sich eine Zigarette. Christa beobachtet ihn und fragt ihn mit krächzender Stimme: „Machst‘ mir auch eine?“ Piet reicht seine Zigarette rüber und dreht sich eine neue. Er zündet sich seine Zigarette an, zieht die Flasche unter der Jacke hervor, schraubt sie auf, nimmt einen Schluck und stellt sie demonstrativ, für alle sichtbar, neben sich auf die Mauer. Er spielt einen gelangweilten Passanten, dem es eine Selbstverständlichkeit ist, eine Flasche Schnaps mit sich rumzuschleppen, der sich in Parks zu Alkis setzt, mit ihnen trinkt, und sich im Alki-Milieu auskennt. Aus den Augenwinkeln und verborgen hinter seinem Zigarettenrauch beobachtet er Walli, Krissa und die anderen Alkis. Ein hagerer Mann mit Pudelmütze ohne Bommel und von Akne zerfurchtem Gesicht stakst mit unsicheren Beinen auf ihn zu. Seine Hose wird von einem schwarzen Kabel gehalten, das er sich um die Hüfte gebunden hat. Ihm fehlen die oberen Schneidezähne: „Hast‘ mal ’n Schluck?“ Der Mann hat es noch nicht ausgesprochen, da hat er die Flasche schon am Hals. „Brrr ... brrr!“ Er schüttelt sich, schaut aufs Etikett, nimmt noch einen Schluck und reicht die Flasche weiter. Als die Flasche wieder bei Piet landet gibt der sie an den Akne-Typ weiter und fragt in die Runde: „Habt ihr was von der Schießerei auf den Bus mitgekriegt?“ Walli geht auf Piet zu: „Biss‘n Bulle, wa‘?!“ Piet sieht in die Runde und zählt sieben Männer und Christa. Zwei Männer stehen zusammen, der eine hält sich die Hose fest und sagt gerade: „Brauch ’n Gürtel, rutscht mir immer runter.“ Beide haben eine weiße Plastiktüte in ihrer Hand. Alle sind alkoholisiert, zwei Männer dösen halbwach vor sich hin, einer brabbelt dabei unverständliche Laute vor sich her.

„Ihr seid doch im Schlossgarten gewesen als geschossen wurde, habt ihr was gehört und gesehen?“ Walli schüttelt den Kopf „Nee, war‘n wir nich‘ hier.“ Sein aufgedunsener Kopf wirkt wie ein Ballon mit Perücke, seine Haare hängen ihm strähnig bis auf den Jackenkragen. Er schwankt bei jedem Kopfschütteln hin und her, Piet hat Angst um seine Standfestigkeit und wird von Christa erlöst, die Walli wieder an seinen Platz zu den Lufthansa-Taschen führen will. Piet geht auf beide zu, legt eine Hand auf Wallis Schulter und die andere auf Christas. Piet denkt sich, dass er einen Versuchsballon starten muss, um in der Anschlaggeschichte weiterzukommen.

„Ihr kennt doch den Blonden mit dem scharfen Auto, neech?“ Er bohrt

seine in Wallis und Christas Augen, versucht sie zu hypnotisieren, ihre Aufmerksamkeit zu erzwingen und faucht sie an: „Henne hat vor 20 Minuten noch mit ihm gesprochen und von ihm 'nen Zwanni gekriegt." Walli und Christa sehen ihn aus leeren Augen an, lassen sich überhaupt nicht von Piets Hypnose beeindrucken. Sie graben angestrengt in ihrem Kopf nach einem Zusammenhang zwischen einem Zwanni, einem Blonden und Henne. Walli regt sich zuerst: „Wenn Henne von Herbi 'nen Zwanni kriggt hat das seine Gerechtigkeit." Das Wort Gerechtigkeit betont er wie der Hausmeister einer Schule, der das Wort ‚V e r b o t e n' hervorstößt. Piet atmet auf und schießt sofort eine weitere Frage nach: „Herbi iss' einer von euch?" Der Hagere hat sich an die drei herangearbeitet und schnappt den Namen Herbi auf: „Herbi iss' 'n Kumpel der hilft, wenn's uns dreggig geht." Als Bestätigung stößt er mit der rechten Hand in Piets Richtung und verliert sein Gleichgewicht. Piet kann ihn gerade noch festhalten, bevor er umfällt.
Walli befreit sich von Piets Arm auf seiner Schulter und dreht sich zum Hageren um: „Halt die Fresse Nobbi ... keine Bullen iss' dasss klaarr?" Walli und der Hagere sind miteinander beschäftigt und Piet wendet sich Christa zu: „Welche Gerechtigkeit meint Walli?"
„Wir helf'n Herbi manchmal, gibt 'n paar Mark. Iss' nich' verboten oder?"
„Nee, nee, iss' schon klar. Gesehen habt ihr nichts, oder?" Piet versucht noch einen Zipfel Wahrheit zu ergreifen.
„Doch, einer iss' ssu den Eiben gelaufen, hab' ich gesehen, ganz genau."
„Und der andere?" Christa denkt einen Moment nach und schüttelt ihren Kopf. Sie ist ihrem Mann Walli mit ihren zotteligen, ungewaschenen Haaren und der ausgebleichten, an beiden Ärmeln löchrigen, Jeansjacke ganz verdammt ähnlich. „Der war nich' dabei." Piet glaubt einen Treffer gelandet zu haben: „Den anderen hast du gehört, aber nicht gesehen?" „Die hab'n gesproch'n. Herbi iss' abgehau'n ssu'n Eib'n." Piet atmet tief durch, die Sache mit Herbi gefällt ihm, er ist einen riesigen Schritt vorangekommen. Er will aber noch mehr wissen und setzt nach: „Wie heißt denn der andere?" Sie schüttelt ihren Kopf: „Weiß nich'."
„Haben die beiden auf den Bus geschossen?" An der Reaktion von Christa merkt er, dass er zu direkt gefragt hat. Sie geht zu Walli, der immer noch mit dem Hageren beschäftigt ist. Sie redet auf Walli ein, zeigt auf Piet, und Walli redet jetzt auf Christa ein. Beide stehen dabei eng aneinander. Walli hat einen Arm auf Krissas Schulter gelegt, ihre Köpfe sind dicht zusammen, berühren sich fast. Beide schwanken im gleichen Rhythmus um ihre eigene Achse. Wortfetzen dringen bis zu Piet, der etwa drei, vier Meter entfernt an der Mauer steht. Walli löst sich nach einigen Minuten von Christa und beide kommen Hand in Hand auf ihn zu. „Hör mal ssu, Bulle, wir woll'n, dass du verschwindest, hau ab, iss' alless okay, verstan'n." Er sieht nicht Piet, son-

dern Krissa an, er will wissen, wie sie seine mutige ‚Rede‘ aufnimmt. Piet hat für den Moment genug Informationen gesammelt. Er greift in seine Innentasche und holt ein Päckchen Fünfmarkscheine raus, reißt zwei Scheine ab und gibt Walli und Christa je einen Schein. Beide gucken verdutzt auf ihren Schein. Walli knittert seinen und Christa hält ihn mit einiger Mühe gegen den Himmel. „Iss‘ der echt?“ brabbelt Walli in Piets Richtung.
„Klar, iss‘ keine Blüte, lohnt bei ’nem Heiermann nich‘.“

Die Eiben zu finden kostet Piet einen Gang durch den Schlossgarten, er spürt seine Füße, sie schmerzen ihn. Für seine Verhältnisse hat er am heutigen Tag das Geh-Pensum einer Woche absolviert. Instinktiv hält er sich in Richtung Mühlenhunte, als ihm eine Begebenheit aus seiner eigenen Jugend einfällt:
Als er ein Junge war hat sein Freund Jan Janssen einen Kiosk aufgebrochen und Zigaretten, Schokolade und eine Flasche ‚Schwarzer Kater‘ geklaut. Das Zeug musste verstaut werden. Sie kamen auf die Idee, den Fischern vom nahen Fluss einen Styroporkasten zu klauen und ihn so herzurichten, mit Kleber und allem Drum und Dran, dass er als schwimmender Vorratskasten diente. Das Versteck war, das findet er heute noch, genial: Ein kleiner Bach, der hinter dem Haus entlangführte. Sie banden den Kasten so fest, dass er unter einer Weide gut versteckt heftigere Wasserbewegungen ohne Schaden überstand Er war vor allem aber wasserdicht! Er kann sich an zwei, drei Wochen süße Glückseligkeit erinnern, ein tolles Gefühl, ein schier unerschöpfliches Reservoir an Schokolade zu haben. An der Flasche ‚Schwarzer Kater‘ nuckelten sie eines Tages, Jan Janssen sagte: „Nur mal probieren.“ Das Zeug schmeckte so verdammt gut und wirkte wie ein Motor. Sie kurvten über die Weiden am Deich, sprangen über die kleinen Gräben als wenn es nichts wäre. Schließlich legten sie sich an einem sonnigen Plätzchen ins Gras und schliefen ein. Die Zigaretten pafften sie in ihrem Versteck um die Mücken und Fliegen zu verjagen. Hat gut funktioniert! Pfefferminzbonbons der Marke VIVIL, so kleine, grün eingewickelte Packungen, haben sie vor der Geruchsentdeckung bewahrt. Nur seine Mutter hat sich über seine schlagartige Vorliebe für Pfefferminzbonbons gewundert, sie ist ihm aber nie auf die Schliche gekommen. Später, als er dann eigenes Geld verdiente, war er häufiger Kunde an dem Kiosk. Er hatte das Gefühl, noch etwas wieder gutmachen zu müssen.
Nur eine Idee, aber er verfolgt sie. Ihm ist klar, dass er in der Nähe der Eiben, im Wasser, nach einem Kasten suchen muss. Vielleicht haben die Täter den gleichen Gedanken gehabt wie er und Jan Janssen damals mit dem schwimmenden Vorratskasten.

Er ist sich sicher, dass der ‚Blonde' der ‚Anschlagtäter' auf den Bus ist und noch sicherer ist er sich, dass der ‚Blonde' der Musikant ist. Oder?
Bei einer Eibengruppe, das Gebäude des Landgerichts schimmert von der anderen Uferseite durch die Bäume herüber, bleibt er stehen und lässt seine Blicke über die Rhododendren wandern. Er überlegt, wo er einen größeren Gegenstand möglichst unbemerkt unterbringen würde. Vom Weg aus, wo er steht, die Eiben im Rücken, vor sich große Rhododendren, die das Ufer verdecken, entdeckt er einen fast nicht sichtbaren Einschlupf in der Hecke. Er geht seiner Eingebung nach und verschwindet im Busch. Am Ufer entdeckt er Spuren, zwei runde Eindrücke, so als ob sich jemand hingekniet hat. Piet verharrt noch eine Weile in seiner Stellung und hat dann das gefunden, was er suchte. Volltreffer!!
Ein Liebespärchen, das er durch den Busch beobachten kann, ist in seiner Nähe inniglich miteinander beschäftigt, es bemerkt ihn nicht. Der Platz ist für Liebespaare, die allein sein wollen, und Anschlagtäter, die etwas zu verstecken haben, ideal geeignet. Was Liebespaare und Anschlagtäter an diesem Ort in einer näheren Zukunft eventuell verbindet, wäre eine Begegnung auf den Gängen der gegenüberliegenden Gerichte.
Die weitere Untersuchung der Umgebung erbringt keine zusätzlichen Hinweise.
Zeit für einen Cappuccino im Café des Lambertihofs. Anschließend fährt er nach Hause. Für heute hat er genug Informationen gesammelt. Zeit für sein Sofa.

Der Oberbürgermeister Korkerbse, er schwimmt immer oben, hat drei wichtige Projekte auf die Schiene gebracht:
Schnellstraße, Atomkraftwerk und Großflughafen.
Der vollständige Name ist: Korkerbse, er schwimmt immer oben. Jeder spricht so von ihm, redet ihn so an: Korkerbse, er schwimmt immer oben. Der zweite Teil des Namens ist, das hat sich so ergeben, sein Nachname: Er schwimmt immer oben. Wenn er direkt angesprochen wird gibt es eine kleine Abwandlung, eine Art Ehrerbietung, zum Beispiel in der Form: „Guten Tag Herr Korkerbse, Gott sei dank schwimmen Sie immer oben." Oder: „Moin, Herr Korkerbse, gut, Sie oben schwimmen zu sehen."
Geheimnisvolle Behandlung unter Ausschaltung jeglicher Öffentlichkeit ist die Marschroute für die Durchführung dieser Projekte:

Projekt 1: Der Johannes-Roggebusch-Weg soll über verschiedene Stufen der Geheimhaltung zu einer innerstädtischen Schnellstrecke für Geschwindigkeiten bis zu 250 km/h ausgebaut werden. Dieses Projekt hat, wie die beiden an-

deren auch, die Unterstützung der Bundesregierung und wird aus den Steuerspenden der Bürger finanziert.
Die verschiedenen Stufen umfassen:
1. Einrichtung einer 30 km/h Zone(*) im unteren Bereich, vom Ende des Waldes bis zum Wendehammer.
2. Umwandeln der Eichen, von der Wurzel her, von Grünleben in einem langsamen Übergangsprozess zum Trockenzustand. Dies geschieht durch druckvolle Bearbeitung des Wurzelwerkes mittels auf die Straße gebrachtem schwersten Transportgerät, wie z.B. Transporter, vollbesetzte Busse u.a. Zu diesem Zweck wurde mit der Leitung des Einkaufszentrums eine vertragliche Vereinbarung getroffen. Alle Schwertransporte müssen zur Anlieferung erst durch den Johannes-Roggebusch-Weg, am Wendehammer umdrehen und dann zurückfahren.
3. Rodung der abgestorbenen, vorgetrockneten Eichen auf Rechnung der Anlieger, Versteigerung pro Stamm. Anwohner erhalten Astwerk gegen ein kleines Entgelt, ähnlich wie bei der Berliner Mauer und als Erinnerung an eine schreckliche Zeit.
4. Neugestaltung des Straßenprofils, Verdoppelung auf vier Spuren mit seitlichen Standspuren und Belag für Hochgeschwindigkeiten und Extrembelastungen. Die Kosten in kalkulierter Höhe von sechzehn Millionen DM werden den Anwohnern überlassen.
5. Zweijährige Versuchsphase, beginnend mit der Formel V und steigend bis Formel I zum Austesten auf Nutzung als Hochgeschwindigkeitsstrecke. Für erste Testfahrten soll Schumi gewonnen werden. Bei Lärmbelästigungen werden den Anwohnern Dämmhelme, Kosten ca. 1443,- DM mit 3 % Rabatt bei Barzahlung, angeboten.
6. Endphase: Alle von der Autobahn rechtsseitig gesehenen Häuser werden zu einem Preisniveau- Quadratmeterpreis von 1914 enteignet. Bei Erbpacht müssen alle Anlieger die anteiligen Abrisskosten tragen.

Projekt 2: In Zusammenarbeit aller Parteien, gefördert aus Steuerspenden der Bürger, dem Bund, dem Land, der Stadt und der Energieindustrie, wird ein Atomkraftwerk mit Modellcharakter auf dem Rathausplatz gebaut.
Das bestechende Konzept:
Das Rathaus wird zur repräsentativen Pförtnerloge, die gegenüberliegende

---

(*)30 km/h Zone signalisiert im Johannes-Roggebusch-Weg allen Busfahrern, Taxifahrern, Fahrern von städtischen Fahrzeugen (wie Stadtreinigung und Straßenbauamt mit schwerem Gerät), Anwohnern des Studentenheimes und deren Besuchern, sowie den ca. fünftausend jährlichen Besuchern des AOK-Gesundheitszentrum eine Mindestgeschwindigkeit von 80 km/h (50 km/h + 30 km/h).

Kirche zum Zentrum für die Öffentlichkeitsarbeit der Energiewirtschaft ausgebaut. Die Pfarrer werden zu Multiplikatoren ausgebildet, auf eigene Kosten. Weil damit für die Kirche die Übernahmepflicht für Jungpastoren entfällt, hat der Oberkirchenrat schon zugestimmt.
Der Schlossplatz dient als Rückhaltebecken für das Kühlwassersystem des Reaktors, mit Schwimm- und Bademöglichkeit für die Bevölkerung. An den Seiten angebrachte Duschen, versorgt aus dem Oberflächenwassernetz der Stadt, dienen ausschließlich dem höchstens zweiminütigen Abspülen radioaktiv verseuchten Wassers aus dem Becken.
Bei einem wahrscheinlich eintretenden Super-Gau - der Krisenstab geht von 150 Überlebenden aus - müssen Vorbereitungen getroffen werden, um das Fortbestehen der ‚Oldenbürger' zu gewährleisten. Vorher werden 150 Überlebende ausgesucht, die in den Genuss einer besonderen Fürsorge kommen. Die Mitglieder des Krisenstabs sind aus organisatorischen Gründen dabei. Die 150 Überlebenden werden blitzschnell auf 10 Überlebensbunker verteilt, Vorbild für diese Überlebensbunker ist der alte, und eigens für diesen Zweck renovierte, Pulverturm gegenüber dem Schlossgarten. Die 10 Überlebensbunker werden ökologisch vertretbar nach ästhetischen Gesichtspunkten im Schlossgarten angeordnet. Unterirdische Verbindungen von Überlebensbunker zu Überlebensbunker werden als Arbeitsdienst von der männlichen Bevölkerung geleistet. Die notwendigen Transportarbeiten übernehmen Frauen. Werkzeuge sind mitzubringen.

Projekt 3: Großflughafen Oldenburg
Airbus und Boeing schließen sich zusammen, um einen Super-Jumbo mit 1500 Passagierplätzen zu bauen. Es gibt in Europa nur einen Flugplatz, der diesen Belastungen und Dimensionen standhält.
Die Grüne Dr. Drükker und der MP Röder schlagen in einer gemeinsamen Initiative den Ausbau des vorhandenen Bundeswehrflughafens von Oldenburg vor. Erfahrungen im Ausräumen von Widerständen liegen beim Ausbau des Mercedes-Versuchsgeländes bei Papenburg und der Ems-Vertiefung für die Schiffe der Meyer-Werft vor.
Beide Projekte wurden in hervorragender Koordinationsarbeit gegen den massiven Bürgerprotest durchgesetzt.
Die Argumentation: „Beschaffung von Arbeitsplätzen" hat bekanntermaßen schon immer jeden Widerstand vom Tisch gefegt.

Während des Landeanflugs des ersten Großraumjumbos auf den neuen oldenburger Flughafen wacht Piet auf, schweißgebadet und völlig gerädert, bestarrt seine unmittelbare Umgebung ... ihm wird klar, dass er einen Traum hatte, einen, den er seit einiger Zeit immer wieder träumt.

„Woher kommt dieser Höllenlärm? Ist der Jumbo etwa auf meinem Grundstück gelandet?“
Der Lärm lässt nicht nach. Dröhnen, zischen, pfeifen und klopfen. Ein Blick auf die Uhr. 12.16 Uhr. Mühsam schält er sich aus seinem Bett. Schlagartig wird ihm klar: Nicht der Großflughafen mit Jumbo, nein, Projekt Schnellstraße seiner Traumbegegnungen ist angesagt. Der Johannes-Roggebusch-Weg soll zu einer innerstädtischen Schnellstrecke ausgebaut werden.
‚Die befinden sich beim Umbau der Straße!‘
Die Straßenbaumaschinen rattern den Johannes-Roggebusch-Weg hoch und runter. Anziehen und Rausgehen ist eins, ohne Badewannenorgie oder duschen. Er sieht die Maschinen in einiger Entfernung in Höhe der Bushaltestelle am Tennisverein. Ihm steigen die Nackenhaare auf, er muss an seine Moto Guzzi und an seinen schönen weißen Peugeot denken. ‚Wenn ich da jetzt durchfahre dann saue ich mir die Teile total ein, krieg‘ ich nie wieder sauber.‘ Für den Peugeot hat er sofort eine Lösung parat. Die Sommerreifen müssen aufgezogen werden: ‚Ist schon lange überfällig‘. Er ruft die Werkstatt ‚Osterhütte‘ im Johannes-Roggebusch-Weg an und bittet darum, das Auto abzuholen, die Reifen liegen auf Lager, der Schlüssel steckt.
Als er die Straße hinunterschaut sieht er seine Alptraumerlebnisse bestätigt, zwei riesige Straßenbaumaschinen bewegen sich in einiger Entfernung auf sein Haus zu, sie haben das Haus noch nicht platt gemacht - das war Traum. Die vordere Maschine fräst die Straßendecke ab, die hintere Maschine streut kleine Granitsteinchen auf die Straße, um gleichzeitig hinten flüssigen Teer mit breitem Strahl aufzubringen. Er sieht dicht über der Straßendecke immer wieder Feuer aufflackern.
Piet schnappt sich als erstes seine Moto Guzzi und fährt durch die Wildtannenstraße auf einen kleinen Parkplatz neben dem Kiosk am Wald. Er verbindet die Fahrt mit der Gelegenheit, sich zwei Pakete Samson zu kaufen und die Pächterin zu bitten, ein Auge auf seine Maschine zu werfen. Der Weg zu Fuß vom Kiosk zur Werkstatt kostet ihn einige Überwindung. Sein Peugeot steht schon auf dem Hof. Ein Azubi bemüht sich bereits einige frische Teerspritzer abzuwischen.
Er lässt sich von einem Monteur zur Wildtannenstraße fahren. Von dort kann er über das Grundstück seines Nachbarn unbehelligt in sein Haus gelangen. Die Maschinen bewegen sich inzwischen in Richtung Wendehammer. „Keine Chance auf einen ruhigen Tag!“ Er dreht sich eine Samson und geht auf die andere Straßenseite zum Gelände des Schießstandes, wo Pächter und Gastwirt Brommen steht und den Straßenbaumaschinen zusieht. Sie tauschen einige Belanglosigkeiten über den Lärm aus, stellen Vermutungen über die Zukunft des Johannes-Roggebusch-Weg an und dann geht er zurück ins Haus.

Während er grübelnd über die Straße geht fällt ihm sein Traum von heute Nacht ein.
„Wie war das noch? Na klar, drei Projekte: Schnellstraße, Atomkraftwerk und Flughafen."
In der einen oder anderen Form, oft abgewandelt, wiederholt sich dieser Traum immer wieder, dringt hervor aus seinem Unterbewusstsein und hat mit vorhergegangenen Ereignissen zu tun.
Eine seiner Lieblingsbeschäftigung ist es beim morgendlichen Rauchen einer Selbstgedrehten über diese Träume nachzugrübeln und sie zu verfolgen. Einige Male hatte er blitzartige Erkenntnisse parat. Es ist ihm aber auch schon passiert, dass er schnell zur Musikanlage ging und laut, lauter, am lautesten einen Rolling Stones- oder Doors-Titel abspielte. Diese Erkenntnisse müssen es nun wirklich nicht sein.
‚Verscheuchen unangenehmer Gedanken', wie er es bei seinen Selbstgesprächen formuliert.
Er geht noch mal rüber zu Brommen. Der könnte am ehesten etwas über Waffenfanatiker und sonstige Schießverrückte wissen. Er fragt ihn, ob er eine Ahnung hätte, wer die Schießerei auf die Busse veranstaltet haben könnte. Brommen sagt nur:
„Vom Verein keiner, die machen sowas nicht. Aber Anfang des Monats war morgens Dr. Gessenich mit zwei anderen Männern hier. Wollten KKs ausprobieren! Du kennst doch den Arzt Dr. Gessenich?" Ohne eine Antwort abzuwarten fährt er fort: „Der Jüngere hatte blonde, lange Haare, mit 'nem Halstuch, rot und schwarz gepunktet, wie die Cowboys nach vorne gebunden und Lederjacke. An den anderen kann ich mich nicht mehr so genau erinnern, vielleicht Jeans und blauer Pullover, dunkelblonde Haare, und ... ach ja, 'n bisschen pickelig, beide so um die zwanzig, fünfundzwanzig Jahre alt."
„Größe?" fragt Piet.
„So groß wie Gessenich, aber kräftiger."
„Name?" fragt Piet.
„Weiß ich nicht, hab' den zum ersten Mal gesehen", ist die Antwort von Brommen ...
„Was interessiert dich das denn überhaupt, ist doch Sache der Polizei."
„Bin gestern Polizeipräsident geworden!" kommt die Antwort.

Piet war schon immer ein Spieler.
Ständige Kontrolle während des Vorgangs, absolute Konzentration, Überprüfung der Situation, ein Schritt in Richtung Johannes-Roggebusch-Weg, Blick nach links, Blick nach rechts. Sichtkontrolle des Ablaufs, geschützt durch die alten Eichen. Die Haltung des Jungen verrät dessen innere Spannung und seinen unbändigen Willen, das Auto zu besiegen. Gesichtsaus-

druck, Körperhaltung: Alles spricht für seine Kampfbereitschaft. So liebt er es. Geist gegen Körper, Mensch und Technik, und er. Er zieht die Fäden, bestimmt die Waffen, den Rhythmus der Auseinandersetzung.
Der Junge bremst, hält sein Fahrrad an, bleibt stehen, sieht sich um, ist atemlos und hat einen knallroten Kopf, deutlich sind die Schweißtropfen auf seiner Stirn zu sehen, Enttäuschung steht in seinem Gesicht.
Eine Selbstgedrehte zwischen den Lippen, die Steuerknüppel baumeln lässig umgehängt vor seinem Oberkörper, die Finger jonglieren streichelnd, liebkosend die Hebel. Das Auto ist Spielball seiner Fingergeschicklichkeit.
Der Rauch steigt sich kräuselnd, siegessicher, in die Höhe, wie beflügelt von der kerzengeraden Haltung des Manipulators.
Er bleibt Sieger in diesem Spielchen, zu seiner selbstgeschaffenen Freude.
Die Packung Samson und Blättchen in die Jackentasche, das Steuergerät in der linken Hand, ein normaler Fußgänger auf dem Weg zu seinem Häuschen. Niemand außer dem Jungen hat ihn bemerkt. In der Garage überprüft er das Elektroauto, säubert es mit einem weichen, mit einigen Tropfen Öl getränkten, Lappen und stellt es zurück ins Regal. Ein wunderbar gelungener Spaß, der Junge hat herrlich mitgespielt. Das bringt Zufriedenheit über Vorbereitung, Verlauf und Durchführung, selbst der Verkehr hat sich gnädig gezeigt, keine Autos, nur Radfahrer und Fußgänger, die den Ablauf aber nicht beeinflussten.
Das wird bald nicht mehr so zu machen sein. Der Straßenverkehr nimmt gewaltig zu, Studenten, AOK-Besucher und auch die Frantz-Mörtel-Leute werden nicht weniger.
Piet nimmt sich vor, in den nächsten Tagen Erkundungen vorzunehmen, vielleicht gibt es im engeren Umkreis eine Gelegenheit, diesen Spaß ohne Beeinflussung zu kultivieren und fortzusetzen.

Die morgendliche Badewannenorgie kommt nicht häufig vor, gehört aber zur Stärkung seines Selbstbewusstseins. Das gibt er ganz ehrlich zu, das Bad gehört dazu, genauso wie eine sorgfältige Rasur und anschließendem Auftragen von After Shave Gel, Route 66.
Route 66 ist die legendäre amerikanische 2500 Meilen Ost-West-Küsten-Road, die den Kontinent von Chicago nach Los Angeles oder umgekehrt durchquert, drei Zeitzonen und acht US-Staaten passiert und legendären Ruhm in vielen Filmen, Songs und der Literatur erreichte.
Wie jeden Morgen streicht sich Piet heute einen Teil dieses legendären Ruhms ums Kinn, er ist dann mit seiner Moto Guzzi irgendwo auf dem Weg von Chicago nach Los Angeles oder von Los Angeles nach Chicago und betritt wunderbar gestärkt den neuen Tag.
Er überprüft die Wirkung seines Halstuchs im Spiegel, gekonnt geknüpft und lässig den Knoten über die linke Schulterseite geschoben, und ist zufrie-

den. Sein Äußeres ist ihm wichtig, er legt Wert darauf und pflegt sein Image mit weiteren besonderen Kleinigkeiten. Verwegenheit -ein bisschen davon-gehört zum Image eines ordentlichen Detektivs. Seine Lederjacke, locker über beide Schultern gelegt, die Ärmel nach unten baumelnd oder einseitig achtlos unter den Arm geklemmt, ist ein Requisit feiner Lebensgestaltung. Keine plumpe, lange, schwarze Lederjacke, wie man sie in jedem besseren Laden kaufen kann. Das ist nicht sein Stil.
Er hat eine dunkelbraune, zerknitterte, bis zu den Hüften reichende Jacke, vorne auf beiden Seiten mit je einem vertikal angeordneten, länglichen Reißverschluss. Fragen nach der Herkunft der Jacke beantwortet er grundsätzlich nicht, er bekommt dann aber einen geheimnisvoll grinsenden Gesichtsausdruck, den hat er vor dem Spiegel geübt. Kommt gut!
An ihn gerichtete Vermutungen in Richtung „Fliegerjacke", „Marinejacke" oder gar „U-Boot-Kommandant-Jacke" werden von ihm mit dem schon erwähnten geheimnisvoll grinsenden Gesichtsausdruck kommentiert. Lediglich bei der Vermutung „U-Boot-Kommandant-Jacke" kann es vorkommen, dass ein zusätzliches, leises Grunzen über seine Lippen kommt. Er verfällt dann aber sofort wieder in Schweigen.
Passend zur Jacke hat er bis kurz unter die Knie reichende schwarze, lange Lederstiefel, die er vorzugsweise bei Moto-Guzzi-Fahrten schon mal mit Sporen trägt.
Wenn er sonst jegliche körperliche Anstrengung verabscheut, kann es mit diesen Stiefeln an den Füßen passieren, dass er Besucher oder Freunde zu einem „Gang durch die Gemeinde?" animiert. Menschen, die dieser Aufforderung bereits nachgingen, lassen sich ob des bevorstehenden Schauspiels zu dieser Animation gerne hinreißen.
Regelmäßig setzt sich Piet mit unglaublich geschmeidigen, federnden Bewegungen an die Spitze, bestückt mit seinen Stiefeln, und erobert die Welt. Vergessen die sonst übliche Fortbewegung. Kein Mensch käme auf die Idee, hier spazierte ein ‚no sports'-Mensch in der Landschaft umher. Kein Zaun ist ihm zum Erklettern zu hoch, kein Graben zum Überspringen zu breit.

Er hasst sonst körperliche Anstrengungen und vermeidet, das nahegelegene Einkaufscenter zu Fuß zu erobern - Entfernung 750 m - das Betreten von Turnhallen und Sportplätzen. Ausnahmen bilden nur die kalten Winter zum Nutzen und Vorzeigen seiner holländischen Langlaufschlittschuhe. Seit Knut, sein Sohn, in sein Leben getreten ist, ist er auf einigen Fußballplätzen gesehen worden ... wird gemunkelt.
Überlegungen, wie er ohne Kraftanstrengung von seinem Beobachtungsstand Küche ins Auto, zum Elektroroller usw. kommen kann, haben noch zu keinem befriedigenden Ergebnis geführt.
Eine ganze Armada von Fortbewegungsmitteln steht ihm zur Verfügung:

Neben seinem hellen Peugeot 104 (90 kW) verfügt er über einen Elektroroller (2,4 kW), ein Bromfiets (0,8 kW), eine Moto Guzzi (36 kW) und einen 30 Jahre alten Elektrorollstuhl (0,25 kW), das Geschenk einer uralten Frau aus dem Johannes-Roggebusch-Weg, sowie ein fernsteuerbares Elektro-Spielzeugauto mit 0,2 kW.
Die Wahl des Fortbewegungsmittels hängt, natürlich, von seinem Ziel ab. Die Wahl ist aber auch abhängig von seinem Gemütszustand. Er würde nie auf die Idee kommen, mit seinem Elektroroller in angespannten Stresssituationen durch die Landschaft zu fahren.
„Stress ist irgendwo auch Aggressivität! Und die Aggressivität muss weg. Wie krieg' ich die weg? Doch nicht mit einem schnurrenden, sanften Elektroroller. Den kann man nur streicheln. Das geht nicht. Da muss eine Moto Guzzi her, die muss schreien, muss röhren, brüllen und knattern, da kann ich mich dann so richtig abreagieren. Meine Guzzi ist besser als jeder Seelenklempner."

Mit sattem, tiefem Motorgeräusch kurvt die Moto Guzzi die Hauptstraße entlang, hinter sich einige sehnsuchtsvolle Blicke von Männern, die stehenbleiben und dem Motorrad hinterherstarren. Da fährt der Traum, den sie sich nie erfüllt haben!
Er ist auf dem Weg in Richtung Johannes-Roggebusch-Weg. Die Liste der Businsassen beinhaltet ein junges Mädchen namens Elisabeth Borchert. Wenn nicht alles täuscht, ist sie ihm vom Ansehen und Namen bekannt ... sein Gespür sagt ihm, dass sie ihn bei seinen Untersuchungen weiterbringen kann.
Er stellt sich vor, zeigt seinen Ausweis und erzählt ihr, wo er wohnt. Sie fragt nach dem Haus und sagt dazu nur:
„Ach ... der Schiffsneubau im Johannes-Roggebusch-Weg."
Er kann nur hilflos reagieren: „Witzig, wie?"
Gegen eine Befragung hat sie nichts einzuwenden, sie findet das sogar aufregend und sagt leicht triumphierend: „Wenn das Ebbi wüsste!" Sie sagt es so, als ob Piet Meiners Ebbi kennen muss: „Wer ist Ebbi?"
„Die Elektroautojagd vor einigen Tagen. Ihr Gegner war Ebbi. Der kam ganz schön geschafft hier an." Sie grinst ihn ziemlich breit aber mit einem Hauch von Charme an.
Ihre Reaktion auf die Schießerei, den Anschlag auf den Bus, hat sie mit kühlem Herzen überstanden. Sie gibt einen klaren, ungeschnörkelten Bericht ab, einschließlich Personenbeschreibung der beiden Männer.
‚Cool bis unter die Haarspitzen', fällt Piet nur zum Gemütszustand des Mädchens ein.
„Woher nehmen die jungen Leute nur diese ‚coolness'?"

Sie schildert erst den Ablauf des Geschehnisses im Bus, berichtet von den beiden Männern, sie bezeichnet sie als ‚Killer‘, wie sie über den Zaun springen, sagt, dass die Tatwaffe ein Gewehr ist und analysiert dann mit einigen Worten ihr eigenes Befinden während der Tat. Elisabeth macht abschließend eine Bemerkung über die Polizei, die Piet stutzig macht:
„Die Polizei hat mich nicht befragt. Haben die die Täter schon?“
Er weiß, dass die Polizei noch keine Täter hat.

Direkt gegenüber seiner Kommandobrücke befindet sich das Gelände des Sportschützenvereins mit Restaurationsbetrieb und Schießstand. Es liegt versteckt hinter einem mit Büschen bewachsenem, niedrigen Wall, getrennt von der Straße durch einen Graben. Vor den flachen Gebäuden befinden sich Parkplätze, dessen geparkte Autos vom Frühjahr bis Herbst durch das Buschwerk verdeckt werden. Durchfahrende Autos und Radfahrer nehmen nur dann Kenntnis von der Anlage, wenn Fahrzeuge auf das Gelände zum Schießstand abbiegen oder das Gelände verlassen. Pächter, Gastwirt und Verwalter/Hausmeister ist das schon bekannte Ehepaar Brommen. Ihre Arbeit nimmt sie zeitlich sehr in Anspruch, sie leben zurückgezogen unter Eichen, eine dunkle, für sich abgeschlossene und wenig einsehbare Welt.
Dreimal wöchentlich knallt es hinter dem Wall und dies ist bei (un)günstigen Winden drei Querstraßen weiter zu hören. Wenn die Sportschützen ihre Übungsschießen veranstalten klingelt es Pling-Pling-Pling von den Metallscheiben in die Umgebung. Dumpfer und lauter, etwa Plumm-Plumm-Plumm, ertönt es bei den satten Tönen aus den KK, Klein-Kaliber-Gewehre. Mit KK-Gewehren ist das Schießen auf dem Schießstand nicht erlaubt. Trotzdem kommt es immer wieder vor.
Nehmen wir mal an es hat sich jemand ein KK-Gewehr geleistet und nehmen wir weiter an, dass dieser Jemand dafür keinen Waffenschein hat aber das Gewehr unbedingt ausprobieren will: Entweder drückt Brommen Augen und Ohren zu und streicht einen kleinen Schein ein - der stolze Besitzer darf schießen. Oder der Jemand findet einen Waffenscheinbesitzer und probiert es in seinem Beisein ebenfalls im Schießstand aus und die Nachbarn registrieren:
„Schon wieder so ein Idiot, der sich nicht an das Schießverbot mit KK-Gewehren hält.“
Alle Anwohner wissen von dem Verbot. Einzig Klumann, Piets unmittelbarer Nachbar und nur durch die Auffahrt zum Hintergrundstück von ihm getrennt, ruft nach dem ersten Schuss bei Brommen an und stößt wilde Drohungen aus. Das gelang ihm in den ersten Jahren häufiger als jetzt. Brommen, gewitzt durch Erfahrung, geht nach solchen Schüssen einfach nicht mehr ans Telefon und vermeidet dadurch Beschimpfungen und Drohungen durch Klumann.

Nach den Schießübungen treffen sich die Schützen zu einem kleinen Umtrunk im Restaurant. Es kommt vor, dass aus dem kleinen Umtrunk ein großer Umtrunk wird, verbunden mit Lärmereien beim Abgang vom Grundstück. Bier treibt in diesen Momenten zu männlichen Gemeinschaftserlebnissen in die freie Natur, unter gewaltige Eichen und gut geschützt durch Wall und Büsche. Gespräche, weltbewegend geführt, phonmäßig ausgelegt für größere Freiluftbühnen, kann Piet mehrmals monatlich unmittelbar miterleben. Gemeinschaftserlebnisse dieser Art und vor seinem Vorgarten provozieren ihn zu einem Spaß, der sein Elektroauto-Repertoire erweitert. Mit Brommen kann er gut. Er besucht ihn verschiedentlich oder trifft sich mit ihm zu einem kleinen Plausch in der Einfahrt. Denn diese Bekanntschaft ist Gold wert und er macht, unbemerkt, mit einem kleinen Gerät von den Schießübungen Tonbandaufnahmen. Es gelingt ihm auch, Aufnahmen von einem Übungsschießen der Bundeswehr zu machen, MG Salven, Übungsbomben in imposanter Lautstärke. Er mixt eine Kassette mit Pling-Pling-Pling - Plumm-Plumm-Plumm - Bumm-Bumm-Bumm und MG-Salven. Der Rest ist nur noch Tonstudioarbeit in seinem Arbeitszimmer gewesen: Eine Mixtur, gut gemischt und gesteigert zu einem Toninferno. Heavy Metal ist dagegen sanfte Kirchenmusik.
Nach einer jener Schießübungen des Schützenvereins - mit anschließendem kleinen Umtrunk im Restaurant, folgendem großen Umtrunk und den bekannten Lärmereien, treibendem Bier und obligatem Gemeinschaftspinkeln vor dem flachen Schießstandgebäude - beobachtet er dieses Treiben.
Er steht von der Dunkelheit geschützt an der Mauer des Schießstandes und in einer sicheren Position. Die Dunkelheit ist fast undurchdringlich, nur Licht-Spurenelemente finden Zugang zu seinem Standort.
Während Piet Meiners so an der Wand lehnt, muss er an die schwarzen Löcher im Zentrum der Milchstraße denken. Die Löcher, von denen in den letzten Jahren immer wieder mal die Rede war. Ihn amüsiert der Vergleich zwischen einem schwarzen Loch im Zentrum der Milchstraße, nach neuesten Erforschungen Massekonzentrationen, und dem schwarzen Loch, in dem er steht ... konzentrierte Gemeinheit. Er gibt zu, dass der Vergleich ziemlich daneben ist, aber ihn rührt das an.
Piet Meiners hat das fernsteuerbare E-Auto in der Nähe abgestellt, vielleicht fünf Meter entfernt, ausgerüstet mit einem aufgeschnallten kleinen Tonbandgerät und integriertem, leistungsstarken 8-Watt-Lautsprecher. Alle zwei, drei Minuten aktiviert er über ein Steuergerät die kleinen Scheinwerfer an dem Auto. Eine tolle Atmosphäre, die ihn umgibt. Das hat schon was: Dunkelheit, sanftes Blättergeraschel, aus weiterer Entfernung etwas Hundegekläff, Kneipengemurmel aus dem Schießstandrestaurant und entferntes, männliches Lachen nach irgendwelchen Männerzoten.

Eine feste Konstruktion gewährleistet, dass das Gerät durch Unebenheiten und kleinere Hindernisse nicht verlorengeht. Das Steuergerät hängt von einem Riemen gehalten vor seinem Bauch, ergänzt durch eine Tastatur, mit der er die Lautstärke des Tonbandgerätes regeln kann.
Drei Lärmbrüder haben sich nicht weit von ihm entfernt auf dem Grundstück nebeneinander zum Pinkeln aufgestellt.
Piet Meiners schaltet das Tonbandgerät ein: Pling-Pling-Pling!!
Das E-Auto fährt an die Männer heran. Drei Männer als schwache Silhouetten im Widerschein der Straßenlaterne kann er ausmachen. Langsam steigert Piet die Lautstärke ... Plumm-Plumm-Plumm!! ...das sind die KK-Gewehre. Keine Reaktion der Männer. Sie pissen mit scharfem Strahl in die Büsche und sind mit sich und der Dunkelheit der Nacht zufrieden. Die Null-Reaktion ärgert ihn und er dreht auf volle Lautstärke. Bis zum Anschlag: Plumm-Plumm-Plumm-Plumm-Plumm-Plumm!!! ... und dann deutlich lauter und schlagartig ... Bumm-Bumm-Bumm-Bumm-Bumm-Bumm! ...
Hundegekläff in der Nähe. Er ahnt mehr als er sehen kann. Die Reaktion, die Männer als Schattenrisse, panische Handbewegungen nach oben, wahrscheinlich an ihren Reißverschlüssen zerrend, unkoordinierte Rückwärtsbewegungen in Richtung Parkplatz, stolpernd bis zu den Autos, Türenklappen, Starten von zwei Autos.
„Warum nur zwei?“
Motorengeräusche übertönen das ... Bumm! Bumm! Bumm! ... durchdrehende Reifen, dann ... Stille. Der ganze Vorgang läuft in weniger als zwei Minuten ab, rasantes Tempo, intelligente und packende Inszenierung, schemenhafte Bewegungen in der Dunkelheit, perfekte Technik. Bei der wilden Flucht der Pisser schaltet er das Tonbandgerät aus. Er ist zufrieden mit seinem Werk.
„Was ist das für ein Lärm?“ Stimmen von der Schießstandtür. Erneutes Türklappen und wieder Stille.
Er packt das E-Auto ein und verlässt unbemerkt das Grundstück, nicht über die Einfahrt, sondern am Ende durch den Graben. Über die Straße, in seine Garage. Er schnallt das Tonbandgerät ab und stellt es neben das Auto ins Regal.
Er hat sich ein Bier verdient.

Pling-Pling-Pling! Metallisch klingen die Metallscheiben in seinem Ohr.
‚Hört das denn überhaupt nicht mehr auf?‘
Schon wieder: Pling-Pling-Pling! Mühsam kehrt er in das Diesseits zurück.
Es klingelt an der Tür.
Er wälzt sich aus seinem Bett und tapert wie ferngesteuert zur Tür.
Erich Riemer, Hauptkommissar und kommissarischer Leiter des 1. Polizeikommissariats!! In Kollegenkreisen ‚Das Fässchen‘ genannt, nicht offen,

sondern ‚verdeckt', um im Polizeijargon zu bleiben. Bei genauerer Betrachtung seines Körperprofils waren vermutlich seine Körpergröße und die Auswerfung im mittleren Körperbereich der Anlass für diesen Kosenamen. Ein weiteres Merkmal Erichs ist sein legerer Formulierungsstil. Er glaubt, der vermittele Unangestrengtheit in der Personalführung. Er ist Vorgesetzter von acht Kollegen und in Zeiten der Bildung von Sonderkommissionen leicht doppelt so viel. Liebt es im Ruf eines Chefs zu stehen, der eine kollegiale Amtsführung ausübt und - steht jetzt in Piets Tür.
‚Was will der denn hier?' Sie kennen sich von früher, er kommt auch aus der Gegend von Wolbusch, sie waren auf der selben Realschule und hatten später einige Berührungen im Fall ‚KKL' -‚Küstenkanalleiche'-, an dessen Lösung Piet mitgearbeitet hatte. Die ‚KKL' war über fast drei Wochen das beherrschende Thema der NWR (Nord West Revue) gewesen.
Böse Zungen sagen der NWR nach, die Abkürzung stehe für ‚Nichts War Richtig' oder im studentischen Spektrum sah man es eine Zeit politischer: ‚Noch Weiter Rechts'. Piet hält sich da weitgehend raus, kann aber die NWR nicht leiden, wenn es um den Johannes-Roggebusch-Weg geht. Sie vertritt ihm zu einseitig die Interessen von Frantz Mörtel und seinen Mannen. Er leidet unter dem Lärm des wachsenden Verkehrsaufkommens, der Raserei der Autos und den neuerdings durchgeführten Baumaßnahmen jenseits des Wendehammers. Er hat die Befürchtung, dass seine Alpträume eines Tages Realität werden. Es ist wohl das Anzeigengeschäft, das die Meinung der NWR-Verantwortlichen lenkt.

„Willst du einen Cappuccino?" fragt er in Richtung Erich.
Weihnachten letzten Jahres hat sich Piet einen lang bestehenden, schönen Traum erfüllt. Er hat sich eine echt italienische Cappuccino-Maschine gekauft. In ihrer Spitze ein Adler mit goldenen, weiten Schwingen. Dampf und heißes Wasser machen. Vorwärmen der Tassen. Wie in einem richtigen italienischen Restaurant. Die Maschine steht in seiner Küche, Mittelpunkt von Zelebrationen der Cappuccino-Zubereitung. Höhepunkte sind die Danksagungen des Cappuccino-Volkes an ihn für den exzellent zubereiteten Kaffee.
Erich Riemer nimmt das Angebot dankend an und nimmt in der Küche Platz. Professionell bedient Piet seine Maschine. Wohl und Übel: Der Hauptkommissar muss sich, während er an seiner Tasse knabbert, eine Cappuccino-Geschichte anhören. Alle ertragen die Cappuccino-Geschichte von Piet mit Geduld und Fassung. In Piets Umfeld gibt es solche, die auf über zehn Geschichten, erweitert durch die sich anschließende Moto-Guzzi-Geschichte, gekommen sind und solche, die warten, bis eine Cappuccino-Geschichte von einer neuen Geschichte abgelöst wird.
Dann kommt: „Wo ist Gessenich?"

Er starrt Riemer an, sieht dabei ziemlich blöde aus und zuckt mit der Schulter. „Weiß ich doch nicht, woher soll ich das denn wissen?"
Nach der berühmten Schweigeminute fährt der Hauptkommissar in spanischer Sprechgeschwindigkeit fort:
„Du bist heute Nacht auf dem Gelände des Schießstandes gewesen, hast an der Schießhalle gestanden, drei Selbstgedrehte Marke Samson geraucht und mit einem Tonbandgerät Schießübungen veranstaltet und Krieg gespielt. Du hast bei dem Krieg drei Männer in die Flucht geschlagen und vielleicht sogar einen davon getötet. Auf jeden Fall fehlt ein Mann."
Piet denkt krampfhaft nach: ‚Nur nicht die Nerven verlieren', sieht Erich ruhig an und fragt endlich provozierend: „Schmeckt dir etwa der Cappuccino nich'?"
Piet Meiners tobt innerlich, er kocht und brodelt! ‚So eine Schlappe, so eine verdammte Schlappe, jetzt hat meine Inszenierung doch Löcher. Dabei war es doch so eine geniale Inszenierung.'
„Der dritte Mann ist Gessenich?"
„Ja, ja Dr. Gessenich."
„Woher weißt du das alles?"
„Der Sohn von Gessenich meldete seinen Vater verlustig, er war aufgeregt, weil der Tresor offenstand und einige Schmuckstücke fehlten, außerdem wollte sein Vater gegen Mitternacht zu Hause sein, weil er ihm noch Geld für eine Klassenfahrt geben wollte."
„Wer gibt denn seinem Sohn um Mitternacht Geld für 'ne Klassenfahrt, gibt es denn keine Mutter?"
„Nein, die ist weg!"
„Mit dem Schmuck?"
„Die Fragen stelle ich! Also was ist, wo ist Gessenich?"
„Keine Ahnung!"
„Du hast aber eine Erklärung für den Zirkus heute Nacht ... hoffentlich."
„Nein, aber ich kann dir sagen, wo die Waffe von dem Busanschlag liegt."
Stur wie Wolbuscher und Leute aus der Umgebung sein können, den Hals zum Stiernacken mutierend, besteht Erich ‚Fässchen' Riemer weiterhin darauf: „Du hast hoffentlich eine Erklärung für den Zirkus heute Nacht."
„Nein, habe ich nicht." So bockig wie es klingt, fühlt er sich auch. Er kann das aber nicht durchhalten und liefert eine ‚Erklärung für den Zirkus', auf italienisch, und nicht auf spanisch wie Erich:
„Jedesmal wenn die Ballermänner da sind, und die sind zwei-, dreimal wöchentlich, am Mittwoch Abend und Sonnabend da, und dann noch Sonntag Vormittag, glaubst du, das geht so ruhig zu wie im Mädchenpensionat?"
Er ist sich eigentlich ziemlich sicher, dass es im Mädchenpensionat heutzutage keineswegs so ruhig und gesittet zugeht, wie es die einfache Volksseele

zu glauben scheint. „Ich habe diese verdammte Grölerei und Pisserei von diesen Burschen direkt vor meinem Haus satt. Wenn die mit ihrem Rumgeschreie und ihrer Pisserei fertig sind wird noch stundenlang auf dem Parkplatz gequatscht und Türen geknallt und ... und .... Und was den Gessenich angeht: Wenn der Kerl verschwindet, werden nicht viele Leute in Tränen ausbrechen."

Er hat sich bühnenreif, fließend und ohne zu stottern, in Rage geredet, animiert durch sein erstes Treffen mit Italienern in Bremen und in den letzten Jahren mit denen aus der Eisdiele „San Marco" an der Ammerländer Heerstraße. Erich ist beeindruckt, so beeindruckt, dass er Piets Bemerkung: ‚Ich kann dir sagen, wo die Waffe von dem Busanschlag liegt', völlig vergisst.

„Was weißt du über den Gessenich?"

Piet Meiners erzählt Riemer fast alles, was er über Gessenich weiß:

„Dr. Hubert Gessenich ist Arzt, er praktiziert hier in Oldenburg. Er ist geldgeil, jagt gierig jeder Mark hinterher, die er bekommen kann. Neben seiner Praxistätigkeit ist er als Vertragsarzt für Altenheime, Arbeiter Samariterbund, Deutsches Rotes Kreuz, den Sportbund u. v. a. tätig. Durch diese Arbeit kommt er mit vielen alten Menschen zusammen und gestaltet den einen oder anderen Nachlass zu seinen Gunsten, wenn es keine Erben gibt. Gibt es Erben, sorgt er dafür, dass er als Erbe, notariell abgesichert, eingesetzt wird. Du musst dich nur bei der versammelten oldenburger Sprechstundenhilfinnengilde umhören, die können einiges zu diesem Thema beitragen. Er verfügte über eine umfangreiche Sammlung an Ketten, Ringen, Broschen und anderen Schmuckstücken. Der Wert der Sammlung wurde auf 600.000 DM geschätzt. Er hat sie mit Hilfe von Dr. Schnüssel verkauft."

Erich Riemer sieht Piet erst zweifelnd dann fragend an. „Dr. Schnüssel aus Oldenburg?"

„Ja, der Dr. Schnüssel aus Oldenburg!"

„Wieviel hat Gessenich für den Schmuck gekriegt? Weißt Du das?"

„150.000 DM. Dr. Schnüssel hat für sich oder seine Firma 300.000 DM eingesackt."

Nach diesem Gessenich hat Riemer ihn gefragt.

Was er ihm nicht sagt ist seine Quelle, sein Kontakt nach Hamburg, seine nicht ganz legal erworbenen Kenntnisse über eine Liste mit Schmuckbeschreibungen, Angaben zur Herkunft und dem jeweiligen Wert der Stücke. Eine Kopie dieser Liste wird in einem Safe aufbewahrt. Ein Referendar aus der Kanzlei von Dr. Schnüssel ist ein guter Freund von ihm. Der liebt auch kleine Elektro-Autos.

Er fährt mit seinen Informationen an Erich Riemer fort:

„Nach meinen Recherchen hat Dr. Gessenich Kontakte zu zwei jungen Männern, die sich über ihr gemeinsames Interesse für Waffen ergeben hat. Mög-

lich ist, dass diese beiden dem Gessenich Waffen und Munition besorgt haben, vielleicht sogar als Vorleistung für einen Waffenschein. Was liegt da also näher als auf Gessenich zurückzugreifen, denn der ist Mitglied im Schießverein. Ich höre immer wieder, dass mit KK-Gewehren auf dem Schießstand geschossen wurde. Es würde mich geradezu ungläubig machen, wenn Gessenich nicht daran beteiligt war."
„Woher weißt du das alles? Du bist erstaunlich gut informiert. Woher hast du diese Informationen? Hast du weitere Details?" Erich blickt Piet Meiners forschend an, kann diesen aber nicht dazu bewegen, weitere Geheimnisse preiszugeben.

Helmut Schwarzebunte geht wie jeden Tag zweimal, morgens und abends, mit seinem Dackel Fritz eine Runde. Von seinem Grundstück aus nach rechts am Studentenheim vorbei in Richtung Wendehammer. Am Studentenheim muss er den ersten Stop einlegen, weil Dackel Fritz seine Untersuchung der Maulwurfshügel, Kaninchenschlupflöcher oder auch nur des Grabens vornimmt. Jeder bisher versuchte Trick ihn davon abzubringen ist kläglich gescheitert. Schwarzebunte steht an der Ecke zum Birkenweg und versucht jeden Tag zweimal den Eindruck eines interessierten Passanten zu machen, während der Dackel seine wilden Untersuchungsversuche unternimmt. Es bleibt sein Geheimnis, um welches Interesse es sich hier handeln könnte. Beobachter, meist Anwohner, sind begeistert von seinem Stehvermögen, seiner Ausdauer und finden sich regelmäßig hinter ihren Fenstern, wie zufällig im Garten arbeitend oder im Auto sitzend, ein.
Die nächste Etappe ist der Weg bis zum Wendehammer, am Parkplatz von Frantz Mörtel und an der Pferdekoppel vorbei bis zur Bäke. Entlang der Bäke bis zum provisorischen Pferdeschuppen, am Fichtenwald gelegen. Hier liegt auch der Wendepunkt von Dackel Fritz und Helmut Schwarzebunte, der Rückweg wird in umgekehrter Reihenfolge vollzogen. Unterbrochen werden die Pipi-Touren vom Erforschungstrieb des Dackels und aber auch von anderen Hundebesitzern mit Tieren, die die Tour von Schwarzebunte und Dackel Fritz kreuzen, tangieren oder ein stückweit den gleichen Weg gehen. Berührungspunkt, gemeinsames Gesprächsthema sind die lieben Kleinen, die sich während des Austausch ihrer Herrchen oder Frauchen beschnuppern, bekläffen oder, was auch vorkommt, einfach nur ignorieren.

‚Was schnüffelt denn Fritz da am Graben, macht er an dieser Stelle nie!'
‚Der wird gleich kommen.' Schwarzebunte sieht über die Pferdekoppel rüber, zum rot-weißen Turm des Flugplatz-Heizwerks. Auf der Pferdekoppel bemerkt er ein Pferd, denkt sich aber nichts dabei, es steht auf der Seite zum Parkplatz von Frantz Mörtel.
‚Warum kommt Fritz nicht?' Langsam wird Schwarzebunte ungeduldig:

‚Das hat es ja noch nie gegeben, dass Fritz freiwillig ins Wasser geht.‘ Bei dem Gedanken wird ihm mulmig:
‚Hier ins Wasser, das ist ’ne Schweinerei, bei dem Dreck der im Wasser schwimmt, da kriegen wir den Hund nie wieder sauber. Das gibt Ärger mit Annetriene.‘ Er ruft:
„Fritz, nun komm schon Fritz. Papi will weiter. Fritz, nun mach schon, sonst muss ich böse werden.“
Er geht einige Schritte zurück, kann Fritz nicht entdecken, hastet noch etwa zehn Meter weiter in Richtung Gatter. Dann bemerkt er Fritz direkt am Wasser, wie der aufgeregt mit dem Schwanz wedelt und leise winselt.
‚Klingt, als ob er weint‘, fällt Schwarzebunte dazu ein. Dann sieht er den Grund der Aufregung.
Es liegt ein Mensch im Wasser, Gesicht nach unten. Schwarzebunte versucht nicht den Menschen - er sagt zu sich selber nicht ‚Menschen‘, sein Instinkt sagt ihm, dass hier nichts mehr zu retten ist, sondern ‚Leiche‘ - er versucht nicht, die Leiche aus dem Wasser zu ziehen, sondern versucht Fritz dazu zu bewegen, nach oben auf den Gehweg zu kommen. Es gelingt ihm nach einiger Zeit und mit viel Mühe.
‚Das muss ich sofort der Polizei melden. Das nächste Telefon ist zu Hause.‘
Er geht zurück in Richtung Frantz Mörtel und merkt, als er sich durchs Gesicht streicht, dass er nass ist, klitschnass. Da erst fühlt er seinen Puls, das Blut, das ihm im Kopf zu hämmern scheint, die Augen, die ihm vor Spannung schmerzen.
‚Die Aufregung macht mich fertig.‘ Er lüftet seine Mütze, er läuft fast, registriert schnaufend seine hohe Gehgeschwindigkeit:
‚So‘n Zwischending zwischen den Gehern bei den Olympischen Spielen und ... zu komisch, wie deren Ärsche hin und her wackeln, ... seinen Dauerläufen aus früheren Tagen.‘ Am Wendehammer angekommen sieht er, wie Fritz am Studentenheim einen anderen Hund beschnüffelt, dieser plötzlich Reißaus nimmt und den Johannes-Roggebusch-Weg runter läuft. Beide Hunde, nein, es sind drei Hunde, sind schon etwas älter und er kommt hinterher, der Abstand zwischen ihnen wird nicht größer.
Hinter dem Studentenwohnheim, genau da, wo sich sein Haus befindet, beschnüffeln sich die Hunde erneut. Schwarzebunte schöpft Hoffnung, Fritz doch noch einzufangen, vergeblich, die Hündin Nelly ist offensichtlich läufig und ihr Sohn Omo laufen ihm erneut davon.
‚Keine Chance, vielleicht auf Meiners Grundstück.‘

Piet ist vor einer Stunde mit sich und der Welt noch gut zufrieden gewesen. Er sitzt friedlich in seinem Garten, genießt die abendliche Stimmung unter seinem verwitterten, vor einigen Jahren noch bildhübschen Sonnenschirm Aber dann kommt es ganz dicke:

Erst der Junge mit dem er das Elektroauto-Spielchen gespielt hat. Plötzlich steht er vor ihm und hetzt nur einzelne Wortfragmente heraus. Bis Piet begreift, um was es geht, vergehen zehn Minuten. Weitere Minuten verstreichen, bis der Junge zusammenhängende Worte hervorstößt. Mühsam setzt Piet die einzelnen Wortfragmente wie bei einem Puzzle zusammen und kommt dann zu folgender Konstruktion: Ein Mädchen mit Namen Lissi ist beim Einkaufszentrum im Gebüsch überfallen worden. Der Junge weiß nicht, ob sie tot ist. Er bittet ihn händeringend sofort zum Einkaufszentrum mitzukommen.

„Sie müssen mir helfen." Er beginnt endlich Piets Fragen zu beantworten indem er einzelne Worte hektisch wiederholt: „Polizei?" Er schleudert Piet entgegen:

„Nein, dauert zu lange. Nein, jetzt keine Polizei! ... keine Polizei!" Abgehackt kommen Wortfetzen aus dem Mund des Jungen. Aufgelöst und ratlos, am ganzen Leib zitternd, steht er vor Piet. Der ist jetzt überrascht von der heftigen Reaktion des Jungen und der Ablehnung der Polizei. ‚Hat der was mit dem Mädchen gemacht? Was die Polizei nicht wissen soll?'

„Lissi ist deine Schwester?"

„Nein, Lissi ist meine Freundin. Sie liegt jetzt bei Hämmermann."

„Wie kommt sie dahin?"

„Sie ist ..." Der Junge bricht ab, starrt Piet angstvoll an. ‚Völlig abgedreht der Junge, oder steckt da noch was anderes als Blackout dahinter?'

„Hast du Lissi was getan?" ‚Der Junge zeigte doch neulich bei der Elektroauto-Jagd ganz normale Reaktionen. Aber jetzt?'

Piet packt den Jungen und bringt ihn ins Haus. Im Wohnzimmer stellt er ihm ein Glas Orangensaft auf den Tisch. Er beruhigt ihn und sagt, dass er einen Krankenwagen zu Hämmermann bestellen wird. Piet geht in den Flur und schließt die Glas-Zwischentür sorgfältig. Er ruft bei der Polizei an und ihm wird von der Telefonzentrale mitgeteilt, dass Erich Riemer nicht mehr an seinem Arbeitsplatz zu erreichen sei. ‚Der ist auf dem Weg nach Hause.' Während er den Jungen durch die Glastür beobachtet dreht er sich eine Zigarette, holt sein privates Telefonbuch aus seiner Jacke, schlägt es auf und sucht die Nummer von Erich Riemer. Erst meldet sich niemand und dann ist besetzt. Er zündet sich seine Zigarette an, schlägt gedankenverloren das Telefonbuch auf, blättert planlos in den Seiten herum und versucht es noch mal bei Erich Riemer. Endlich! Piet erzählt Riemer nur, dass er von einem Mädchen wisse, die verletzt auf dem Weg zum Einkaufszentrum bei Hämmermann läge. Riemer will wissen, von wem er diese Information habe. Piet entnimmt Riemers Interesse am Mädchen und der Art, wie er ihn nach seinem Informanten fragt, dass der schon Bescheid weiß. Riemer ist mit Piets Auskunft zufrieden:

„Ich stand in meiner Einfahrt als eine Nachbarin ziemlich aufgeregt vom Einkaufszentrum kam und mir erzählte, dass dort ein Mädchen im Gebüsch gefunden wurde." Riemer erzählt nun seinerseits, dass das Mädchen ziemlich ramponiert wurde, aber lebendig sei. Sie stehe unter Schockwirkung und sei ins Evangelische Krankenhaus gebracht worden. Sie solle eine Beruhigungsspritze bekommen und dann schlafen. Die Polizei habe einen Jungen, 16 Jahre alt mit Namen Eberhard Niemzun, im Verdacht, die Tat begangen zu haben. Er wurde von Passanten gesehen, wie er mit einem Fahrrad flüchtete. Der Junge müsse Spuren von Gewalteinwirkung am Körper, wahrscheinlich im Gesicht und an den Armen, haben. Bisher gäbe es noch keine Spur, außer, dass sein Rad aus dem elterlichen Haus verschwunden sei, die Polizei fahndet nach ihm. Die Eltern von Elisabeth, so heißt das Mädchen, seien sehr besorgt um das Leben beider Kinder, Elisabeths und Eberhards. Die beiden seien, nach Auskunft der Mutter von Elisabeth, sehr eng befreundet. Sie seien seit zwei Jahren nahezu unzertrennbar ... wenn es das in diesem Alter gebe. Eberhards Eltern haben noch nicht ausgemacht werden können! Erich Riemer fragt ihn auch - endlich - nach Einzelheiten zum Busanschlag, die Piet an ihn weitergibt. Während des Gesprächs beobachtet Piet den Jungen. Der sitzt während der ganzen Zeit vorne auf der Kante eines Sessels, leichenblass und wie totenstarr. Das Glas Orangensaft hat er nicht angerührt.

Anschließend geht Piet ins Wohnzimmer und hockt sich vor den Jungen auf den Teppich. Ohne sich mit langen Erklärungen abzugeben, beginnt er zu sprechen: „Elisabeth ist im Evangelischen Krankenhaus, ihr geht es gut. Sie schläft und du brauchst dir keine Sorgen um sie zu machen." Der Junge glotzt ihn verständnislos an, schluckt:
„Haben Sie keinen Krankenwagen angerufen?"
„Ich habe direkt mit dem Krankenhaus gesprochen und die haben mir von Elisabeth erzählt, dass sie bei Hämmermann gefunden wurde und jetzt nach einer Untersuchung im Bett liegt und schläft. Zufrieden?" Piet findet, dass Notlügen für Menschen manchmal viel hilfreicher sind als Konfrontationen mit der Wahrheit. Er forscht nach Regungen im Gesicht des Jungen. Langsam kehrt seine normale Gesichtsfarbe zurück, lässt ihn lebendiger erscheinen. Piet hat während des Telefongesprächs mit Erich Riemer beschlossen, diesen Fall zu seinem Fall zu machen. Er hat das untrügliche Gefühl, dass der Junge etwas vor ihm verbirgt, dass Riemer mehr weiß, als er ihm erzählte. ‚Der Junge hängt da mit drin. Den habe ich und nicht die Polizei! Das ist gut so! Muss jetzt geschickt vorgehen.' Ein leichtes Lächeln huscht über sein Gesicht. Er strahlt eine gewisse Zufriedenheit aus. Wie ein Viehhändler bei einem guten Geschäft.
„Ich mache was zu essen und du legst dich jetzt ein bisschen hin. Du kannst

dich in Knuts Bett legen. Knut ist mein Sohn, der ist bei seiner Mutter und wird dich nicht stören. Nach dem Essen bringe ich dich nach Hause." Der Junge will protestieren, hat aber gegen Piets zupackende Art keine Chance. Piet hat gerade die Tür zu Knuts Zimmer geschlossen und will in die Küche gehen, als es an der Haustür klingelt. Helmut Schwarzebunte steht vor seiner Tür. Helmut Schwarzebunte vor seiner Tür! Das hätte er im Leben nicht geglaubt! Er hat Schwarzebunte das erste Mal bei einer Straßenkohlfahrt gesehen, nicht kennengelernt, aber schon viele Geschichten aus der Nachbarschaft über ihn gehört. Ihre besondere nachbarschaftliche Beziehung - Sprachlosigkeit - findet immer wieder statt, wenn Piets Hündin Nelly läufig ist und die Nähe von dessen Dackel Fritz sucht. Natürlich immer auf Schwarzebuntes Grundstück und immer vor dessen Tür und immer zum Schaden von Dackel Fritz' Fresstopf. Noch nie haben sie über diese Hunde-Unverschämtheit gesprochen. Piet nicht, weil er da kein Problem sieht - vielleicht weiß er es gar nicht - und Schwarzebunte nicht, weil der meint „der Meiners" müsse etwas unternehmen, um die Angelegenheit aus der Welt zu schaffen.
Zugegeben, Nelly und Omo, die beiden Hunde von Piet, sind antiautoritär erzogen - also gar nicht. Sie laufen den Johannes-Roggebusch-Weg hoch und runter und regeln dadurch den Verkehr, auf die ihnen eigene Weise. Zugegeben, anständige Hunde machen das nicht, die buddeln höchstens mal auf der Wiese des Studentenheims nach Maulwürfen oder Karnickeln. Aber das muss nicht zu der bestehenden Sprachlosigkeit führen, es sei denn, man hat prinzipiell Kritik an Jemandem, zum Beispiel, wie der Jemand gekleidet ist, wie das Haus dieses Jemands aussieht oder wie der Jemand seine Kinder kriegt und so weiter ...
Helmut Schwarzebunte jedenfalls steht bei angenehmen Frühlingstemperaturen vor ihm. Seine graue Mütze, Modell Schiebermütze, auf dem Schädel, leicht gerötetes Gesicht, wahrscheinlich vom eiligen Schritt oder den Temperaturen. Fritz, der Dackel, hält derweil Ausschau nach Nelly und Omo. Piet hat sie beim Telefonieren vom Hintergrundstück gehört.
„Herr Meiners, ich komme geradewegs von meinem Spaziergang mit Fritz zu Ihnen, ich gehe immer...."
Piet unterbricht ihn und sagt: „Ich WEISS, wann und wo sie lang gehen."
Schwarzebunte fährt fort:
„Also, an der Wiese, der Pferdekoppel, vor dem Fußballplatz, an der Bäke entlang, vor Billig Hämmermann. Kurz vor dem Vereinsheim ist Fritz plötzlich verschwunden, was er da sonst nie macht. Ich bleibe stehen und rufe ihn ... nichts. Ich sehe rüber zur Koppel, manchmal hat er früher die Pferde verbellt, auch nichts, dann höre ich direkt am Graben ein Geräusch. Fritz schnüffelt am Wasser rum und da sehe ich sie, die Leiche, den Kopf nach unten, im Wasser."

„Was hab ich damit zu tun?“ Piet ist fassungslos über die Schilderung, aber noch fassungsloser ist er über den Überfall von Schwarzebunte auf ihn. Piet hört in seinem Rücken ein Geräusch. Plötzlich gerät er zwischen zwei ‚Fronten‘ - Schwarzebunte und der Junge. Er bittet Schwarzebunte einen kleinen Moment zu warten und murmelt: „T‘schuldigung, muss mal eben was gucken.“ Er lässt Schwarzebunte vor der Tür stehen und ist mit zwei, drei Schritten an Knuts Zimmer. In der geöffneten Tür steht der Junge und sieht neugierig zur Haustür. Piet schiebt ihn ohne Worte zu verlieren zurück in den Raum und zischelt ihn an: „Du verhältst dich still und kommst nicht eher raus, bis ich dich rufe. Ist das klar?“ ‚Hoffentlich geht das gut.‘ Er ist sich der Situation bewusst, setzt aber sein bestes Pokergesicht auf, verschließt die Tür und geht wieder zur Haustür. ‚Dieser Schwarzebunte muss doch wissen, dass in solchen Fällen sofort die Polizei benachrichtigt werden muss.‘
Piet bittet Schwarzebunte ins Haus und knüpft, während sie zum Wohnzimmer gehen, wieder an seine letzte Frage an, wiederholt sie: „Was habe ich mit Ihrer Leiche zu tun?“ Er betont ‚Ihrer‘ und will Schwarzebunte damit provozieren.
„Fritz ist hinter Nelly und Omo her, die waren vor meinem Haus auf der Straße und sind dann alle drei zu Ihnen aufs Grundstück. Die müssen irgendwo da draußen sein. Sie könnten doch die Polizei benachrichtigen.“
‚Was denn noch alles?! Anschlag auf Bus! Gessenich verschwunden! Ein Mädchen aus der Nachbarschaft im Gebüsch gefunden, und als Beweismittel den Jungen im Haus. Und jetzt auch noch ’ne Leiche im Graben. Da kann ein Privatdetektiv jubeln - laut jubeln.‘ Er findet allerdings, dass es ein bisschen viel Fälle auf einmal sind und beruhigt sich selber. ‚Wie heißt das immer noch so zutreffend: Prioritäten setzen!‘
Piet geht wieder zum Telefon, die Nummer von Riemer ist noch warm. Die Verbindung ist so schnell, wie es die Telekom in ihrer Werbung verspricht. Piet ruft nicht im Polizeipräsidium, sondern zum zweitenmal zu Hause an. Er will es sich nicht nehmen lassen, Riemer die Neuigkeit mit der Leiche persönlich zu erzählen. ‚Wer weiß, wofür das noch mal gut ist.‘ Riemer ist gerade beim Abendbrot, er meldet sich mit vollem Mund, im Hintergrund hört Piet ein Fernsehprogramm laufen. Riemer will ihn erst nicht ernst nehmen, registriert dann aber seinen besorgten Tonfall und gibt Piet den Befehl ... ja Befehl, in zehn Minuten an der Koppel zu sein:
„Wir kommen in Starbesetzung, mit Fifi, Kameramann, Beleuchter, Maskenbildner, Pudermaxe und Spurensucher.“
Piet nimmt sich vor, Erich zu einem späteren Zeitpunkt zu fragen, was diese Leute in einer Mordkommission für Aufgaben erfüllen. Helmut Schwarzebunte steht im Raum und ist keiner Regung fähig, er hat noch nicht einmal seinen Dackel Fritz eingefangen. ‚Den hat die Leiche geschafft‘, denkt sich

Piet. Er greift Schwarzebunte am Arm und zieht ihn in Richtung Tür an Knuts Zimmer vorbei.
„Wir müssen beide 'ne Aussage machen." Erleichtert öffnet er die Haustür und schiebt Schwarzebunte auf den Hof.
„Die Hunde sind hinter dem Haus, ich hole schnell meine Jacke. Wir sehen uns dann an der Bäke." Schwarzebunte wirkt irgendwie erleichtert und bedankt sich bei Piet: „Danke, Herr Meiners." Elastischer, sorgenfreier geht er seinen Dackel Fritz suchen.
Piet schließt die Haustür und geht zum Jungen. Der liegt auf Knuts Bett und starrt an die Decke. Die Sache mit Elisabeth scheint ihm nicht aus dem Kopf zu gehen. Piet hockt sich neben das Bett, er ist auf Augenhöhe mit dem Jungen:
„Was weißt du von der Leiche im Graben? Du warst doch gerade da, hast du keine Leiche gesehen?"
Der starrt an die Decke, bewegt keine Faser seines Körpers, sagt nichts, liegt unbewegt auf dem Bett.
‚Man könnte meinen, der ist die Leiche. Jedenfalls hat er 'ne vorübergehende Leichenstarre.' Piet sagt abermals: „Was ist mit der Leiche?" Der Junge bewegt sich, wird plötzlich mobil, dreht sich zu ihm auf die Seite, schwingt seine Beine aus dem Bett. Komplette Änderung der Lage: Eben noch liegt der Junge regungslos wie von Leichenstarre befallen auf dem Bett, Piet hockt vor ihm. Sekunden später stehen beide mitten im Zimmer und er sieht sich dem Jungen gegenüber - Auge in Auge.
„Leiche? Was für 'ne Leiche? Lissi und ich haben einen Kerl von der Weide gezogen und auf den Weg gelegt. Das war keine Leiche, der Mann lebte als wir wegfuhren."
„Lissi ist deine Freundin?" Piet kommt ohne große Schwierigkeiten auf die Verbindung zwischen Elisabeth und Lissi. ‚Lissi heißt wohl Elisabeth!'
„Warum seid ihr abgehauen?" Der Junge sieht Piet verständnislos an.
„Wir sind nich' abgehauen, wir wollten Hilfe holen - im Einkaufszentrum. Der Mann war ohnmächtig. Verstehen Sie? Der war ohnmächtig und wir wollten Hilfe holen."
„Warum hast du mir das nicht erzählt? Von dem Mann hast du mir nichts erzählt!"
„Hab' ich nich'. Lissi lag doch im Gras und war ohnmächtig. Hab' den Mann völlig vergessen. L I S S I war ohnmächtig." Der Junge sieht Piet flehend und um Verständnis bittend an.
„Hast du dir weh getan?" Im Gesicht kann Piet nichts entdecken.
„Nur ein bisschen am Arm." Er zeigt ihm zwei Kratzer am rechten Arm.
‚Kann vom Stacheldraht sein', denkt sich Piet.
„Muss zur Bäke ... die Polizei will mit mir sprechen ... muss 'ne Aussage ma-

chen.“ Piet spricht die letzten Worte bewusst undeutlich. Er will den Jungen nicht beunruhigen und möglichst in seinem Haus halten, um an weitere Details zu kommen.
„Wie heißt du?“
„Ebbi. Lissi sagt immer Ebbi zu mir und die anderen auch.“
„Willst du deine Mutter anrufen?“
„Meine Eltern sind nich‘ da, sind ’n paar Tage weggefahren, kommen erst nächste Woche wieder.“
„Kannst hier bleiben Ebbi. Ich kann dir nachher erzählen, was es auf der Weide gegeben hat.“ Piet entdeckt seine beiden Hunde in seiner Küche, stellt ihnen eine Schale Chappi vor ihren Korb und schärft Ebbi im Rausgehen ein, im Haus zu bleiben:
„Kekse sind in der Küche.“
Piet schnappt sich einen Helm von der Garderobe, die bei ihm ein einfaches Holzbrett mit Haken ist. Ebbis Rad schiebt er in die Garage, drückt das Tor nach unten, setzt den Helm auf, holt seinen Elektroroller, fährt in der Höhe vom Studentenheim damit langsam an Helmut Schwarzebunte vorbei und tippt mit den Fingern an seinen Helm. Er hält aber noch einmal an und fragt: „Wollen Sie hintendrauf?“ Den Hund kann er nicht entdecken, er ist wohl nach Hause gebracht worden. Helmut Schwarzebunte will aber nicht.
„Sie kommen nach zur Bäke. Bei Billig Hämmermann?“ Schwarzebunte bestätigt. Soweit Piet in der Dämmerung sehen kann, hat der seine Röte im Gesicht verloren und wieder eine gesündere Gesichtsfarbe angenommen. Piet muss das Licht einschalten, es ist inzwischen fast dunkel geworden. Zwei Minuten später ist er an der Koppel und sieht, wie von der anderen Wegseite mehrere Autos langsam auf dem Weg zur Bäke zum Parkplatz des Vereinsheims des OSV zusteuern.
Einige Meter vor dem Vereinsheim stoppt er den Roller und bockt ihn am Weidezaun auf, er registriert Geräusche auf der Weide, oder sind es seine angespannten Nerven?
‚Wahrscheinlich die Pferde.‘ Und richtig, da nähert sich auch schon ein Tier. Meistens waren es vier oder fünf Tiere, die abends in einen nahe gelegenen Stall gebracht wurden. Er kann sie bei der Dunkelheit nicht genau erkennen, meint aber ausmachen zu können, dass sie nicht wie üblich dicht in einer Dreier- oder Vierergruppe zusammenstehen, sondern am gegenüberliegenden Zaun unruhig auf und ab parlieren, oder täuschen ihn seine Sinne?
„Zufall?“ In ihm kriecht eine drohende, bedrückende und bewegungslos machende Stimmung hoch. Er erinnert sich an den dunklen, torfartigen Boden, an einigen Stellen von Pferdehufen zu kleinen Häufchen aufgescharrt und einen sonderbaren Kontrast zum satten grünen Gras bildend. Es kostet ihn einige Mühe, sich von dem Teppich seelischer Düsternis zu befreien, der sich über ihn zu legen droht.

Er ist nicht der große Tierexperte, schon gar nicht Pferdeexperte, hat aber im Laufe der Jahre einige Beobachtungen gemacht, wenn er zum Einkaufszentrum fuhr und eine Gruppe von Mädchen auf der Weide die Tiere striegelten und pflegten.
Es kam hin und wieder vor, dass sie die Pferde außerhalb der Koppel auf dem Johannes-Roggebusch-Weg ritten, oft ohne Sattel. Ein ungewöhnliches Straßenbild. Er wusste aus dem Vergleich mit Fernsehübertragungen, dass die Pferde auf der Koppel keine Oldenburger oder Hannoveraner oder gar Trakehner Rassepferde sein konnten. Sie waren kleiner, gedrungener und auch ganz schön wild. Wenn ihnen irgendetwas nicht passte, musste mancher Reiter den Boden küssen.
Vor einiger Zeit ist er hier mit Knut öfter stehengeblieben. Knut liebt Tiere wie die meisten Kinder und es kam vor, dass er sich auf einen der Gäule setzen wollte. Das hat er verhindert, weil ihm, Piet, das Händchen für Pferde fehlte und er beobachtete, dass selbst die Mädchen abgeworfen wurden wenn es den Pferden in den Sinn kam. Er würde unter keinen Umständen zugeben, dass er Angst vor diesen Tieren hat, aber er hat t i e r i s c h e Angst. Ihm war die Sache zu suspekt.
Er schüttelt die düstere Stimmung ab, wendet sich der Bäke zu und sucht sie ab. Natürlich hat er durch die Hektik mit Ebbi und Schwarzebunte seine Taschenlampe vergessen. Die Beleuchtung von Billig Hämmermann, sie wird jenseits der Bäke durch eine Baumreihe abgeschirmt, bringt aber so viel, dass Konturen in unmittelbarer Umgebung auszumachen sind.
Gerade in dem Augenblick, als er die Leiche im Wasser entdeckt, nähert sich die Starbesetzung der Polizei, allen voran ein Generator und zwei eindrucksvolle, fahrbare Scheinwerferbatterien. Er kann nichts Näheres von der Leiche ausmachen, außer, dass sie mit dem Gesicht nach unten im Wasser liegt, so, wie Schwarzebunte es ihm beschrieben hat.
Die dunkle, unheilvolle und düstere Szene verwandelt sich blitzschnell, wie durch einen Kippschalter angeknipst, in eine hell beleuchtete, filmreife Bühnenlandschaft. Durch die Beleuchtung erscheint die Leiche unwirklich und liegt wie hindrapiert im Wasser. Ein effektvoll grausiges, unwirkliches Bild, untermalt von der geräuschvollen Hektik des Polizeiapparates. Irreal!! Absperrung des Weges nach beiden Seiten mit fluoreszierenden, rot-weißen Plastikbändern.
Auf der anderen Seite stehen zwei Polizeibeamte mit starken Akku-Lampen, die sie direkt in die Bäke gerichtet haben. In der Sohle ist sie 1,50 m und im Kamm etwa 4,50 m breit. Hinter den Absperrungen steht jeweils ein Polizeifahrzeug mit Fahrer. Das blaue Licht der Warnblinklampen auf den Autodächern verzerrt die Umgebung für Bruchteile von Sekunden in eine eisblaue Tiefkühlszenerie. Seltsam metallisch und roboterhaft wirkende Men-

schengesichter und Leiber bewegen sich in abgehackten Bewegungsintervallen zwischen den Lichtern durch die dunkle Nacht.
Die Leitung hat Erich Riemer, effektiv und bestimmt. An den Zaun gelehnt beobachtet Piet, eingefangen von der Stimmung, einen perfekt arbeitenden Polizeiapparat: Fotoaufnahmen von der Leiche und Umgebung, und zu seiner Überraschung: Videoaufnahmen von Leiche und Umgebung. Erste Untersuchung der Leiche am Bäkerand durch Riemer, zwei Spezialisten und einen Arzt. Die Leiche, ein jüngerer Mann zwischen 20 und 25 Jahre alt. Abtransport im Aluminiumsarg, Wasserproben, Bodenproben usw. usf..
Die Arbeitsweise der Polizei beeindruckt ihn: ruhig, zielgerichtet und doch sensationell rasant. Zu seinem Bedauern kann er keinen weiteren Blick von der Leiche erhaschen, der Deckel ist schon zu. Nach knapp zweieinhalb Stunden ist der Spuk vorbei. Die Polizeimannschaft hat es eilig nach Hause zu kommen, es geht bald auf Mitternacht zu. Nur Erich Riemer muss sich im OSV-Heim mit Journalisten rumschlagen. Das ist nicht sein Ding, Piet sieht es Erich an und spürt dessen Widerwillen. Er kann sich aber seinen Dienstpflichten nicht entziehen, es gehört zum Job eines untersuchenden Polizeibeamten, der Presse Informationen zukommen zu lassen.
Er will seinen Roller vom Vereinsheim holen. Während der Tatortuntersuchung musste er ihn vom Weidezaun weg auf den Parkplatz schieben. Schwarzebunte steht am Eingang und unterhält sich mit zwei Polizisten. Piet nähert sich der Gruppe und bemerkt zwischen den drei Männern eine Vertrautheit, die zwischen Zeugen und der Polizei nicht üblich ist. Wortfetzen entnimmt er, dass sie gemeinsam kegeln. Schwarzebunte war inzwischen schon vernommen worden. Einer der Polizisten beantwortet Schwarzebuntes Frage nach dem Täter:
„Ich glaube, das war einer von der Russen-Mafia, die gibt‘s doch inzwischen auch in Oldenburg. Der sieht doch aus wie einer von denen!“ Der andere Polizist schüttelt den Kopf:
„Das ist ein gebürtiger Oldenburger, er heißt Mirco Hagenow und ist 20 Jahre alt, hatte Papiere in seiner Jeans, sagt der Chef jedenfalls.“
Es ist das erste Mal, dass Piet etwas über das Opfer und dessen Identität hört. Sein Gehirn beginnt sofort in seinen Erinnerungen zu graben und wird auch fündig. Er erinnert sich, dass, wenn er in den letzten Tagen am Studentenheim vorbeifuhr, auf dem Dach gearbeitet wurde. Die Arbeit war oft von großem Hallo und derben Späßen begleitet. Der Mikrokosmos einer Männerwelt. Nicht nur die Gasbrenner machten Lärm, Lärm, der vom Dach auf die Straße und weit in die Nachbarschaft getragen wurde. Piet kennt den Vorarbeiter der ganzen Truppe, er ist ein Nachbar von seinem Freund Siegfried und heißt Klaus Wegmann, gelernter Zimmermann und mit seinen 41 Jahren deutlich der Älteste der Dachdeckertruppe. Er verteilt die Arbeit

und bestimmt die Arbeitsrhythmen, er weiß, was bei jedem Auftrag zu verdienen oder zu verlieren ist, er macht die Kalkulation. Klaus hat den Überblick, er kennt seine Pappenheimer, den gilt es anzusprechen.
„Wissen Sie, wie er gekleidet ist?" fragt er den Polizisten.
„Sind Sie sein Vater oder ein enger Verwandter?" fragt der Polizist zurück und dreht sich ohne weiter auf Piet einzugehen seinen Kegelbrüdern zu. Piet hat seinen Bekanntheitsgrad bei der Polizei überschätzt und ist über die Reaktion des Beamten überrascht. Knurrend wendet er sich ab und kann sich aber zu seinem Abgang ein: „Vergiss es!" nicht verkneifen. Er wartet keine Reaktion ab und geht zurück zu seinem Elektroroller auf dem Parkplatz. Er nimmt sich vor, Erich Riemer morgen anzurufen, vielleicht ist der ja gesprächiger. Außerdem nimmt er sich vor, die Koppel am frühen Morgen aufzusuchen, noch bevor Schwarzebunte mit seinem Dackel Fritz seine Runde dreht. Bei der Rasanz der Untersuchung ist die Koppel nur einmal auf Anweisung von Riemer mit einem Lichtkegel abgesucht worden. Eine große Unterlassungssünde, wie Piet glaubt. Ein Pferd, es ist Peer, wird angeleuchtet, die anderen Tiere sind im Stall.
„Erst die Bäke, dann die Koppel und dann das Gebüsch am Einkaufszentrum, das ist meine Reihenfolge für morgen!" Er schwingt sich auf seinen Elektroroller und ist noch nicht ganz im Johannes-Roggebusch-Weg in Höhe von Frantz Mörtel, da weiß er, dass er die Reihenfolge korrigieren muss:
„Erst die Koppel, dann die Bäke und dann das Gebüsch am Einkaufszentrum, das ist meine Reihenfolge für morgen!" Piet hat eine von seinen ganz lichten Momenten:
„Klar!! Erst die Koppel, dann alles Andere."

Beim Abstellen des Elektrorollers vor der Garage kommt ihm die Abschiedssituation von Ebbi wie von vor einigen Lichtjahren, jedoch erst vor knapp drei Stunden, wieder in den Sinn:
Er, Piet, schärfte Ebbi beim Rausgehen ein, im Haus zu bleiben: „Kekse sind in der Küche!"
Licht im Eingang, in der Küche und im Wohnzimmer. Der Junge ist dann wohl noch da. Er muss die Haustür aufschließen und geht schnurstracks in die Küche. Nichts, außer drei leeren Cappuccino-Tassen und ein voller, überquellender Aschenbecher auf dem Tisch.
„Ich muss saubermachen!" Ins Wohnzimmer stürzen. Alles in einer Aktion. Ebbi hängt immer noch blass, jedoch nicht mehr leichenblass, im Sessel, der Fernseher ist eingeschaltet. Piet erfasst mit kurzem Blick auf den Fernseher, dass irgendein Nachtprogramm läuft, mit Auto-Verfolgungsjagden und Reifenquietschen, Schießereien und verängstigten Frauen, die beliebigen Befreiern halb ohnmächtig an die Brust sinken. ‚Genau das Richtige für einen

Jungen, der in seiner ersten heftigen Liebesdepression steckt‘, notiert er sarkastisch für sich. Vor dem Sessel steht Piets E-Auto. Der Junge hat es sich aus der Garage geholt und ausprobiert, damit gespielt.

„Wie bist du in die Garage gekommen? Ich hab‘ die doch abgeschlossen?“

„Nein, das Tor war auf, ich hab‘ es nur aufgeschoben.“

Piet geht zum Fernseher und schaltet ihn aus. Eine wohltuende Ruhe breitet sich im Zimmer aus. Die Antwort von Ebbi klang ein bisschen trotzig. Ebbi sieht Piet herausfordernd an.

„Was hast du damit vor?“ Ebbi zeigt auf das Auto am Boden und sieht Piet mit großen Augen an.

„Hast du mitgespielt in einer Theatergruppe? Ist das eine Requisite gewesen? Wie heißt das Stück?“ Jetzt ist er ein großer, verträumter Junge.

„Davon später. Bevor ich dich zu Hause abliefere, musst du mir erzählen, was los war.“

„Hab‘ ich doch schon erzählt, zu Hause ist keiner, die sind alle unterwegs, bei Onkel und Tante in Gütersloh, Mama, Papa und Nils, die kommen nächste Woche erst wieder.“

„Du bist die ganze Woche allein zuhause?“

„Ich bin nicht alleine, Lissi ist doch da!“ Dann etwas leiser: „Wenn sie noch lebt?“

„Unsinn Kerl“, bollert Piet und wiederholt sich:

„Deine Lissi lebt und ist im Evangelischen Krankenhaus.“ Fast unbeholfen versucht er Ebbi zu beruhigen. Er merkt, dass er für diese Rolle überzeugender wirken muss. Ebbi richtet sich in seinem Sessel auf und zerknüllt geistesabwesend das Papier von einer Keksrolle, das Piet bekannt vorkommt. Er fängt von selbst an zu erzählen: Wie er sich mit Lissi im Eiscafé, im Einkaufszentrum, verabredet hatte, in der Höhe von Frantz Mörtel, am Parkplatz am Gatter zur Pferdekoppel, Lissis Rad entdeckte und auf der Koppel Peer grasen sah. Piet fragt:

„Wo stand Peer und wo waren die anderen Pferde?“

„Peer stand am anderen Ende der Weide und die übrigen Pferde waren schon im Stall.“

Piet hakt nach: „Bist du sicher?“ Ebbi bestätigt und sagt noch, dass ihm, als er zur Koppel fuhr, drei andere Mädchen auf dem Fahrrad mit Zaumzeug hintendrauf entgegengekommen seien.

Piet beschließt insgeheim, sein autogenes Training zur Stärkung seines Nervenkostüms wieder aufzunehmen.

Auf der anderen Seite der Koppel, an der Bäke, sah er in der Nähe des Zauns zwei Körper auf der Weide liegen. Er schildert, wie er von einer Vorahnung getrieben kräftig in die Pedale trat, zum Gatter raste und zu den beiden Körpern rannte.

Piet fragt wieder: „Wo lagen die beiden? Am Gatter?“

„Nein, nein, ungefähr dreißig, vierzig Meter, oder auch ein bisschen mehr, vom Gatter weg. Ich weiß nicht genau."
„Am Zaun?"
„Ja, ja, ziemlich dicht dran."
Ebbi erzählt, wie er Lissi leichenblass vorfand und ihn Panik erfasste. „Wir wollten doch ein Eis essen." Er schildert, wie er Lissis Kopf vorsichtig aufs Gras legte und dabei merkte, dass sie ganz warm war und in ihm Hoffnung keimte. Wie er ihre Wange tätschelte und dann an der Halsschlagader den Puls fühlte. Wie sie beim Pulsfühlen aufwachte. Was sie ihm sagte, als sie ihn sah und was er fühlte, als sie die Augen aufschlug, verschwieg er. Er glaubt, dass das keine Polizei der Welt zu interessieren hat und auch keinen zwar netten, aber verschrobenen, Kerl wie Piet Meiners einer ist.
Er erzählt, wie sie beide beschlossen, den Mann unter dem Draht hindurch auf den Weg zu ziehen, um dann schnell jemanden zu finden, der ihnen helfen konnte. Nach seiner deutlichen Erinnerung hatte der Mann geatmet, aber Verletzungen im Gesicht. Auf jeden Fall sollte er von der Koppel runter, damit Peer ihn nicht mehr verletzen konnte, der Zaun würde das dann verhindern.
Beide fuhren, er mit Lissi vorne auf der Lenkstange, in Richtung Einkaufszentrum. Direkt auf dem Weg zum Zentrum, bei Billig Hämmermann, wurde Lissi erneut ohnmächtig, sank kraftlos in sich zusammen und riss beide mitsamt Fahrrad zu Boden. Ebbi berichtet weiter, dass er Lissi bei den Eichen auf eine Grasfläche legte und in rasender Fahrt mit dem Fahrrad in Richtung Johannes-Roggebusch-Weg bis zu Piets Haus fuhr.
Piet hat ein Bild vom Ablauf des Geschehens und fragt Ebbi, ob er bei seiner wilden Fahrt zu ihm auf den Mann am Graben geachtet hat. Ebbi hatte nicht.
So schickt Piet Ebbi nach Befragung und Schilderung in Knuts Zimmer zum Schlafen. Denn während der Schulzeit ist Knut bei seiner Mutter und das Zimmer ist dann frei. Das Bett ist etwas kleiner als ein normales Zwei-Meter-Bett. Ebbis Füße reichen über die Bettkante. Er muss die Beine anziehen und liegt eingerollt unter der Bettdecke. Es muss für einige Nächte ausreichen.
Bevor Piet ins Bett steigt geht er in die Garage, um Ebbis Fahrrad zu untersuchen. Auf dem Gepäckträger klemmt ein Anorak und in ihn eingewickelt ein kurzes, etwa ein Meter langes, verzinktes Rohr. ‚Das klemmte doch noch nicht drauf, als ich es in die Garage schob! Oder?' Piet grübelt, während er sich ein Paar Aids-Handschuhe aus dem Regal holt, angestrengt nach. ‚Wie war das? War der Anorak draufgeklemmt, oder nicht?' Er wickelt den Anorak auf, nimmt das Rohr und hält es unter eine Lampe. Er entdeckt Blut- und Erdspuren. Zufrieden, wenn in einer solchen Situation Zufriedenheit zuge-

lassen sein kann, lässt er es in eine Plastiktüte rutschen und verschließt sie mit einem Kabelbinder. Den Anorak klemmt er wieder auf dem Gepäckträger fest. Das ist eine Sache für Erich Riemer und seine Starbesetzung: Fingerabdrücke, Blut- und Erduntersuchung.
Das Haus am Johannes-Roggebusch-Weg kommt aber nicht zur Ruhe.

Sein Sofa ist ein Zweisitzer, zum Schlafen und seine Größe nicht besonders gut geeignet.
Der Kopf liegt auf der einen Sofalehne, der Körper rechtwinklig zum Kopf auf der Sitzfläche und die Beine staken im Winkel von ca. 45° auf der anderen Sofalehne in den Raum. Weder Kopf noch Beine leiden in dieser Lage unter mangelnder Durchblutung, aber nach einigen Minuten intensiven Nachdenkens fallen ihm die Augen zu - mit geschlossenen Augen lässt sich besser denken - und augenblicklich entströmen seinem Körper merkwürdige Geräusche, die sich binnen kurzem zu einem ohrenbetäubenden Schnarchgeräusch entwickeln: ... knurren, pfeifen, husten, saugen und wieder von vorne ... knurren, pfeifen, husten, saugen und ... natürlich ... in Intervallen, die ganzen Tonvarianten voll ausgekostet, ausgereizt. Es gibt keinen Augenzeugen dieses Klangerlebnisses, vorstellbar ist aber, dass er bei bestimmten Tonlagen langsam über zarte Rottöne zu einem satten Dunkelblau, Schwarzblau anläuft, um dann explosionsartig das angestaute Schwarzblau in den Raum zu schleudern. Blutspuren konnten nach solchen Ereignissen bisher nicht gefunden werden. Der ganze Raum ist erfüllt von dieser Geräuschkomposition, sie überträgt sich auf die Wände, und wird, erst ganz sachte und dann deutlich merkbar in Schwingungen umgewandelt, in die anderen Räume weitergetragen und dort als dumpfes, unterirdisches Bergknurren ankommen.
Der frauenlose Zustand seines Haushalts ist wohl auf diese charaktervolle Belebung der häuslichen Umgebung zurückzuführen. Einer der Gründe für sein Single-Dasein hat seine Wurzel in diesem Klangteppich, der das Haus zweimal täglich durchzieht. Übernachtungsgäste hat er aus diesem Grund wenig. Die Investition in ein längeres Sofa könnte diesen Zustand ändern, ist von Piet aber nie ernsthaft in Erwägung gezogen worden.
Das Bergknurren, oder ist es ein Bergknarren?, lässt Ebbi seinerseits nicht zum Einschlafen kommen. Er wälzt sich in dem zu kurzen Bett hin und her und steht schließlich auf, um den Geräuschen auf die Spur zu kommen.
Ihm offenbart sich ein grausiges Bildnis:
Piet liegt mit weit offenem Mund und den Kopf auf der einen Sofalehne in Halbschräglage dem Raum zugewandt. Sein rechter Arm baumelt auf den Teppich herunter und vollführt ein imaginäres, wirres Teppichdesign. Der andere Arm liegt auf der Rückenlehne und hat sich dort festgekrallt, der

Körper windet sich wie ein pulsierender Geysir auf der Sitzfläche, hochschießend und wieder schlaff zusammenfallend. Und die Beine ... ja die Beine. Ebbi schaut fasziniert dieser Choreographie zu. Der Kopf nimmt in zeitgleichen Abständen am Endzustand seiner Farbskalierung schwarzblau an und entlädt sich in mächtigen und in den Raum gepressten, schwingenden Geräuschteppichen. Die Beine, durch ihre Position in die Luft gestreckt, vollführen einen wahren Veitstanz auf der Lehne. Hoch - steif und ungelenk die Lehne verlassend, runter - wie ein Fallbeil dumpf auf der Lehne landend. Wieder hoch zu dem Unerreichbaren, erst tastend, dann tretend ... verharrend ... wie enttäuscht über das Unerreichte, der unvermeidliche Abstieg in Richtung Sofalehne.
Bei diesem Anblick beschließt Ebbi insgeheim, der Theatergruppe seiner Schule den Vorschlag zu machen, die geplante Inszenierung des Musicals „Der kleine Horrorladen“ um das Bühnenbild ‚Das grausame Bildnis eines Schlafenden auf seinem Sofa‘ zu erweitern.

Piet kommt nach mehreren Anläufen ins Diesseits zurück, richtet sich auf und starrt verwegen auf Ebbi.
„Was willst du denn hier?“
„Mir ist das zu laut hier in dem Zimmer und überhaupt im ganzen Haus. Ich kann bei dem Lärm nicht schlafen.“
„Ich höre keinen Lärm. Es ist doch totenstill, du hast schlecht geträumt. Leg dich wieder hin.“
Ebbi setzt sich in den Sessel und schüttelt den Kopf. Piet steht auf, geht in die Küche und macht sich einen Cappuccino. Nach zehn Minuten brüllt er aus der Küche: „Zieh dich an, wir machen einen Spaziergang.“
Schwarz, so schwarz die Nacht, nicht die Spur von Licht, selbst die Straßenlampen scheinen sich ihrer Aufgabe zu schämen. Fünf Minuten später sind beide unterwegs, schweigend auf dem Johannes-Roggebusch-Weg in Richtung Wendehammer.
Piet hat sich seinen australischen Abara-Hut aufgesetzt. Er sieht aus, als wenn er unterwegs zu seiner Herde ist und Schafe zählen will. Mit jedem Schritt hat er tausend Schafe auf seinem Haben-Konto. Eine Zigarette steckt ihm im Gesicht und qualmt vor sich hin. Am Studentenheim geht er geradewegs auf den mittleren Eingang zu. Die Tür ist geöffnet. Ohne zu zögern steigt er die Treppen hoch. Ebbi immer im Schlepptau.
Stille im ganzen Haus. Wenn sich Gerüche in Geräusche verwandeln könnten wären sie umgeben von tosendem Lärm. Oben angelangt öffnet er die Tür ‚Zur Heizung‘ und ignoriert das gelbe Schild ‚Für Unbefugte Zutritt Verboten‘.
Er macht Licht an, mustert den Raum mit professionellem Blick und steuert

auf eine Tür in der Ecke des Raumes zu. Links neben der Tür tastet, untersucht er mit seiner Hand die Konsole für den Feuerlöscher und findet auf der oberen Halterung einen Schlüssel. Zufrieden grinst er, steckt den Schlüssel in seine Lederjacke, drängt Ebbi zur Tür, macht das Licht aus und sagt zum Jungen gewandt:
„Wenn ich vor der Lösung eines Falles stehe habe ich den Geruch des Täters in der Nase, jetzt habe ich einen ... Geruch in der Nase. Den Geruch von Teer und - merkwürdig - auch von Pulver.“
Einen kleinen Moment bleibt er so stehen, als wenn er darauf wartet, dass ihm jemand auf die Schulter klopft.

Nach viel zu kurzem Schlaf für Piet und Ebbi folgt für Piet eine heftige Duschzeremonie und ein kräftiger, doppelstarker Cappuccino. Ebbi bekommt einen Orangensaft und Toastbrot. Bevor sie losfahren steckt er sich Plastiktüten verschiedener Größe und eine ganze Packung Brottüten in seine lederne Umhängetasche. Die Umhängetasche hängt er sich lässig vor den Bauch.
Danach ist Piet mit seinem Elektroroller und Ebbi als Sozius zur Koppel unterwegs. Eine selbstgedrehte Samson qualmt zwischen den Lippen. In der morgendlichen Dämmerung bilden sich durch die Fahrgeschwindigkeit kleine Rauchstreifen - Mininebeln gleich - die für einige Sekunden über der Straße schweben und sich dann auflösen. Es ist weit vor 6 Uhr morgens, nur der Vogellärm begleitet sie auf ihrem kurzen Weg. Am Tatort hält er nach Angaben von Ebbi etwa fünf Meter vorher an und bockt seinen Roller mitten auf dem Weg auf. Er verdonnert den Jungen dazu beim Roller zu bleiben und sich erst zu rühren, wenn er aufgefordert wird. Peer beobachtet ihr Tun und trabt in die hinterste Ecke der Koppel.
‚Hat der Gaul die Aufregung der letzten 24 Stunden noch nicht überwunden?‘, fragt sich Piet. Durch Ebbis Schilderung weiß er, dass Lissis Pferd Peer heißt. Aber für ihn sind alle Pferde Gäule, Klepper oder Zossen - halt überflüssig. Er zeigt sich an diesem Punkt unbelehrbar, gar entschieden halsstarrig. Selbst der Hinweis auf die wirtschaftliche Bedeutung der oldenburger Pferdezucht für die Stadt Oldenburg und das Oldenburger Land ringt ihm nicht die Anpassungsfähigkeit ab, die er sonst bereitwillig zeigt.
Er geht den Zaun in Richtung Tatort ab und entdeckt nach drei Metern etwas im Stacheldraht. Er hat sich helle Lederhandschuhe angezogen, wie auf dem Bau üblich, sie sollen Fingerabdrücke auf den eingesammelten Teilen vermeiden. Ebbi ruft er zu, unter dem Rollersitz nach einem Seitenschneider zu suchen und ihm diesen zu bringen. Für alle Fälle hat er sein ‚Notwerkzeug‘ sowohl im Roller als auch im Auto verstaut. Er knipst ein Stück Stacheldraht ab und ca. einen Meter weiter ein weiteres Stückchen. Beides lässt

er in seiner mitgebrachten Tasche verschwinden. Dann kniet er sich auf den Weg und rutscht bis zu den von Ebbi angegebenen Fundorten, jeden Millimeter akribisch untersuchend.
Zwischendurch zieht er sich mühsam und völlig steif an einem Zaunpfosten hoch und dreht sich eine unvermeidliche Samson, über die ungewohnte kriechende Körperhaltung innerlich fluchend. Seine blaue Jeanshose ist im Kniebereich durch das Rumrutschen schwarz eingesaut und beginnt sich langsam aber deutlich sichtbar aufzulösen.
Seine Überprüfung der Koppel ca. drei Meter vom Zaun entfernt ergibt den Fund von Lissis Striegelwerkzeug und eine flache, rechteckige Plastikschüssel mit allerlei Lappen und Schuhcreme. „Was will denn ein Pferd mit Schuhcreme?"
‚So'n perfekter Polizeiapparat hat auch seine Löcher!', denkt sich Piet. Friedlich grasend hält sich Peer am anderen Koppelende auf.
Für sich teilt er den Tatort in drei verschiedene Fundorte ein:
Der erste Fundort ist für ihn auf der Koppel, dort, wo Ebbi den Mann und Lissi gefunden hat.
Der zweite Fundort ist die Stelle am Zaun, wo Ebbi und Lissi den Mann unter dem Zaun durchrollten.
Der dritte Fundort ist die Stelle am Graben, an der der Mann von Ebbi und Lissi abgelegt wurde.
Ebbi hatte sich inzwischen neben dem Roller ins Gras gesetzt, er ist müde nach dieser Nacht, ihm ist langweilig und er kann der Schnüffelei von diesem komischen Kauz Piet nichts abgewinnen. Als er schon fast am Einnicken ist, entdeckt er aus den Augenwinkeln, wie Piet auf ihn zukommt: „Los, steig auf, wir fahren ein Stück."
Es folgt eine merkwürdige Rollerfahrt: Wendehammer - kurzer Halt mit erneuter Rumrutscherei - Koppel in Höhe vom Parkplatz von Frantz Mörtel und Absuchen des Zauns - Rausreißen von Grasbüscheln, sorgfältiges Verstauen in einer Frühstücksbrottüte.
Zurück zum zweiten Fundort: Grasbüschel rausreißen und Verstauen in einer zweiten Frühstücksbrottüte, versehen mit einer großen Ziffer „2". Und dann beobachtet Ebbi, wie Piet sich durch nichts beirren lässt und am Boden herumkriecht, den Blick starr auf den Boden gerichtet und Fuge um Fuge auskratzt.
Dann die Höhe: der verrückte Kerl setzt sich breitbeinig auf den Weg, kratzt mit einem Teelöffel beinahe zwei Meter Fugenpflasterung heraus und kippt die Häufchen in weitere drei Tüten mit der Aufschrift „Blondi?".
Die Grabenböschung wird von Piet zum Schluss genauso intensiv untersucht wie vorher die anderen Fundorte. Er verstaut aber nur einmal etwas in einer Tüte und beschriftet sie mit „3 Graben". Es ist eine leere Patronenhülse.

Anschließend fahren beide zum ‚Lissi Fundort'. Auf dem Weg dorthin ist Piet nicht ansprechbar, er blickt sich auf der unmittelbaren Wegführung suchend um, kann aber nichts entdecken. An einer kleinen Brücke über die Bäke bleibt er wiederum stehen, steigt ab und sucht vom Weg her die Uferböschung ab. Es ist so, als ob er einen konkreten Verdacht hat und versucht, wie bei einem Puzzle alles zusammenzufügen.
An der Stelle, an der Lissi am Vortag lag, war alles plattgetreten, wohl keinerlei brauchbare Spuren. Ebbi spürt ohnmächtige Wut in sich aufsteigen und will gerade zu einer Frage ansetzen, als Piet ihm bedeutet, dass sie jetzt den Heimweg antreten.
Vom Einkaufszentrum kommen erste Geräusche herüber. Ein neuer Geschäftstag kündigt sich an.

Schon weit vor seinem Haus bemerkt Piet, dass vor seinem Grundstück gut vier oder fünf Polizeifahrzeuge stehen, genau kann er es nicht ausmachen. Es wimmelt von grünen Uniformen. An einem Fahrzeug steht und telefoniert ein Polizeibeamter. ‚Erich hat mich wieder mal auf dem Kieker! Ganz ruhig bleiben und vorbei!' Also deshalb ein eleganter Bogen in die Wildtannenstraße. Der Elektroroller dreht für Ebbi nicht existente Koordinaten wirr durcheinander. Ruckartig zieht er seinen Kopf zwischen die Schultern, verkriecht sich hinter Piet und versucht, seinen Kopfstadtplan neu zu ordnen. Piet fährt wie selbstverständlich weiter. Ziel ist das Haus eines guten Freundes. ‚Die Grünen können uns nichts.'
Piet hat nur ‚Gute Freunde', diesmal ist es Herrman, der am anderen Ende der Kleingartenanlage wohnt. Herrman lebt von seiner Frau getrennt. Er lebt mit drei Frauen in seinem Haus zusammen, eine Art Wohngemeinschaft. Für Piets Zwecke, wenn alle mitspielen, ein idealer Unterschlupf. Er muss Ebbi für einige Zeit, Stunden oder Tage, je nach Entwicklung der Dinge, verschwinden lassen. Herrman will gerade sein Haus verlassen und ist über den frühen Besuch ziemlich überrascht, ebenso von Piets Anliegen, den Jungen einige Zeit bei ihm unterbringen zu wollen.
Piet erklärt ihm in knappen Worten und leicht stotternd den Sachverhalt. Herrman bekommt kalte Füße und einen merkwürdig steifen Hals. Er windet und dreht sich, trotz steifem Hals, sucht Ausflüchte und Entschuldigungen. Piet bleibt hart und knurrt Herrman leise und scharf an:
„Du machst es, oder wir haben nichts mehr miteinander zu tun, ist das klar!"
Unter hinhaltendem Protest Herrmans betreten sie das Haus. Ebbi bekommt das Gästezimmer im hinteren Gebäudeteil zugewiesen, mit Gartenblick. Von den drei Frauen ist nichts zu sehen. Piet schärft Ebbi wiederum Verhaltensregeln ein. Er ist schon fast wieder aus dem Haus, als Ebbi ihn fragt, warum er eigentlich den ganzen Zirkus veranstaltet.

„Das ist kein Zirkus mein Junge, die Polizei glaubt nämlich, dass du den Mann vom Graben umgebracht hast.“
Ebbi wird käseweiß, lehnt sich an die Wand, kann nicht fassen, was Piet ihm sagt und stößt dann, unterbrochen vom Luftholen, hervor:
„Ich? Den Mann vom Graben umgebracht?! Wie kommt die Polizei darauf?! Ich hab‘ den Mann mit Lissi auf den Weg gelegt. Er sollte weg von der Koppel und dem Pferd, das war zu gefährlich. Wir haben ihn unterm Zaun an den Wegrand am Graben gezogen. Meinen Anorak haben wir als Kopfkissen benutzt. Der Mann atmete als wir Hilfe vom Einkaufszentrum holen wollten.“
Piet hört sich das ganz ruhig an und nickt zweimal mit dem Kopf.
Herrman ist völlig aus dem Häuschen, rennt im engen Eingang hin und her, stößt sich dabei mehrfach an einer kleinen Kommode, schnappt ebenfalls unaufhörlich nach Luft und geht nach einer Weile in kräftige Wortübungen über:
„Grabenmord, Grabenmord, Grabenmord. Ich glaub’s nicht! Piet, kannst du mich jetzt endlich aufklären, über die ganze Wahrheit!“
„Die ganze Wahrheit gibt es nicht, nur Teilwahrheiten“, sagt der.
Er schnappt Herrman am Ärmel, zieht ihn aus der Tür, stopft Ebbi ins Haus zurück, zieht die Tür zu und hält sie noch einige Zeit fest. Ebbi will mit raus, gibt dann aber schließlich auf. Vor dem Haus verlangt Herrman wiederholt und heftig nach der ganzen Wahrheit. Piet vertröstet ihn mit dem Hinweis, dass der Junge den Mord nicht begangen hat und jetzt einige Zeit bei ihm bleiben muss.
„Vielleicht nur zwei, drei Stunden, bis ich Klarheit habe.“
Verdutzt horcht Herrman auf:
„Du? Klarheit?! Bist du jetzt bei der Polizei?!“
Das war seine Rettung, seine Erlösung.
„Wusstest du das nicht?“
Piet schwingt sich auf seinen Roller und fährt durch die Kleingartenanlage, um den nächsten guten Freund mit seiner Anwesenheit zu beglücken.

Das chemische Untersuchungslabor, eine Landeseinrichtung, liegt versteckt am Ende des Johannes-Roggebusch-Weges. Dort arbeitet Rudolf Hartwig als Laborleiter. Piet will ihn mit den Funden seiner morgendlichen Untersuchung überraschen. Rudolf hat einige Male für Erich Riemer schwierige kriminologische Untersuchungen mit großem Erfolg vorgenommen. Piet braucht von ihm genaue Analysen. Das Labor verfügt über eine gute Ausstattung. An der Gegensprechanlage des Eingangs sagt er, dass er mit Herrn Hartwig einen Termin vereinbart habe. Ein Summer öffnet ihm die Tür. Rudolf Hartwig ist noch nicht an seinem Schreibtisch, das gibt Piet Zeit, einer

eventuellen Ablehnung vorzubeugen. Er leert seine Tüten auf ein Tablett. Versieht Stacheldraht und die diversen Grasbüschel mit kleinen Zetteln: 1. Teil Stacheldraht - 2. Teil Stacheldraht - 1. Fundort Zaun Grasbüschel - 2. Fundort Zaun - 3. Blondi? - 3. Graben Patronenhülse.
Zwischendurch dreht er sich seine unvermeidliche Samson und qualmt genießerisch das Büro von Rudolf Hartwig voll. Er weiß, dass Rudolf nichts mehr hasst als Zigarettenrauch.
Gegen 9 Uhr betritt R. Hartwig sein Büro ... bedächtig ... und erstaunt, Rauch und dann Piet hier an seinem Schreibtisch vorzufinden. Vor jeglicher Begrüßung geht er zum Fenster und öffnet es, entschlossen bedächtig! Rudolf Hartwig weiß, dass er einen Streit über gute oder schlechte Manieren und Höflichkeit mit Piet verlieren würde. Eine Entschuldigung erwartet er gar nicht erst, obwohl er doch insgeheim hofft, dass eines Tages die Bitte um Vergebung ausgesprochen wird: in ihrer kürzesten Form, die einfach lautet „Es tut mir leid!“ oder „T‘schuldigung!“. Das Versprechen, es nie wieder zu tun, erwartet er nicht, das ist von einem ‚Paffer‘ wie Piet nicht zu erwarten. Drückte der jedoch sein Bedauern aus, ohne zu versprechen, dass er derartiges in Zukunft nicht mehr machen werde, dann hielte er Piet für einen ernsthaften, wandlungsfähigen Menschen. Doch davon ist Piet Meiners weit entfernt.
„Was willst du denn so früh hier, hast du wieder ungelöste Rätsel mitgebracht? Hat das etwa mit der Leiche in der Bäke am Einkaufszentrum zu tun?“ Er schlägt leicht mit einer zusammengefalteten NWR auf seinen Schreibtisch und weist mit einem Kopfnicken auf die Zeitung wie zur Bestätigung seiner Informiertheit. Er zeigt auf das Tablett auf seinem Schreibtisch. Piet berichtet von der Grabenleiche und dem unberechtigten Tatverdacht gegen einen 16jährigen Jungen.
„Die Bullen verdächtigen den Jungen, stell dir das mal vor!“ Piet bringt sein Anliegen vor, höflich, bedächtig, und eine neue Samson drehend. Rudolf Hartwig überhört Piets Bemerkung über die Polizei, wohl, weil auch er Beamter ist. Er sieht sich das Tablett an, taxiert offensichtlich den zu erwartenden Zeitaufwand und sagt dann schließlich:
„Ruf mich um halb eins an, dann kann ich dir erste Ergebnisse geben.“
Er gibt ihm einen Zettel mit einer Telefonnummer und sagt: „7007-258. Das ist die Durchwahl.“
Piet zeigt auf den Zettel „3. Graben Patronenhülse“.
„Kannst du die auf Fingerabdrücke untersuchen und mir eventuell ein Photo davon machen?“
Rudolf Hartwig nickt, macht sich eine Notiz auf einem kleinen roten Zettel und klebt ihn auf das Tablett über den Zettel „3. Graben Patronenhülse“.
„Melde dich gegen Mittag.“

Piet steht plötzlich wie überflüssig im Büro. Das war es, was er so an diesen Bürokraten hasst. Jede Aufgabe wird sklavisch gemacht, ohne Hinterfragung nach dessen Sinnhaftigkeit.
In diesem Fall aber ist es ihm recht.

Die Wallstraße, die ‚Kneipenmeile' Oldenburgs, ist Piets nächste Etappe. Er braucht dringend einen Cappuccino und ein Baguette mit Schinken. Seine eigene Cappuccino-Maschine ist von der Polizei blockiert und wo besser, als in einer dieser Kneipen, konnte man um diese Tageszeit das Ersehnte erhalten. Piet lässt sich nicht gerne das Gesetz des Handelns aus der Hand nehmen, auch nicht von Hauptkommissar Erich Riemer. Im ‚Bastian' hat er neben dem Frühstück auch die ‚yellow press' mit den bekannten reißerischen Schlagzeilen auf dem Tisch liegen: „Grabenmord in Oldenburg", „Mord an Mädchen in Oldenburg" oder „Brutaler Mord im Abwasser", den Vogel schießt wieder die Blind-Zeitung ab: „Vierfachmord in Oldenburg?", mit dem Untertitel: „Internationaler Kriminalexperte: Oldenburg - Mordhochburg mit Weltgeltung!" Piet interessierten nur die Veröffentlichungen über den Mord und die Stellungnahmen der Polizei. Die Schlagzeilen der Zeitungen beschäftigten sich alle mit dem Mädchen und mit dem Toten:
Mädchen im Gebüsch gefunden - lebendig - aber schwer verletzt - unter Schockwirkung - im Krankenhaus. Polizei untersucht Tötungsdelikt an Mann - tot gefunden in Graben.
Tatverdächtig nach Auskunft der Polizei ist in beiden Fällen ein Junge: 16 Jahre alt, mit Namen Eberhard N.. Der Junge müsse Spuren von Gewalteinwirkung am Körper, wahrscheinlich an Gesicht und Armen, haben. Bisher gibt es von dem Jungen noch keine Spur, außer, dass sein Rad aus dem elterlichen Haus verschwunden ist. Die Polizei fahndet nach ihm. Die Eltern von Elisabeth sind sehr besorgt um das Leben beider Kinder, Elisabeths und Eberhards. Eberhards Eltern konnten noch nicht ausgemacht werden! Elisabeth und Eberhard sind nach Auskunft der Eltern von Elisabeth sehr eng befreundet, sie sind seit zwei Jahren nahezu untrennbar. Zweckdienliche Hinweise nimmt jedes Polizeirevier entgegen.
Für Piet war das natürlich die Neuigkeit: Erich tappt im Dunkeln und signalisiert über die Presse den Wunsch nach Kontaktaufnahme zu ihm. Nach dem Frühstück, Zeitungsstudium und Samson-Genussstengel die Überlegungen für die nächsten Schritte. Heute morgen war er mit seinem Drei-Fundorte-Plan ganz gut gefahren, vielleicht klappt das mit dem nächsten ja auch so gut. Rudolf Hartwig sagte „Melde dich gegen Mittag." Jetzt war es kurz nach zehn Uhr, zu früh für Rudolf. Cappuccino, Baguette mit Schinken und Salat bezahlt er von seinem Fünfer-Paket ...

„Eins, zwei, drei ... stimmt so." Die Bedienung sieht ihn ungläubig an. „Ist das ein Scherz?" Er erregt schon am frühen Morgen Aufsehen. Die Bedienung ist neu im Geschäft und kennt den Detektiv-Sonderling noch nicht. Er hatte vor einiger Zeit die Gelegenheit und den Zugang zur Landeszentralbank Oldenburg gewagt, um dort 500,- DM in einen Block mit 5,- DM-Noten umzutauschen. Wenn es sich ergibt zahlt er seitdem von diesem Stapel und reißt genüsslich Schein für Schein ab. Die Bedienung faltet die drei Scheine zusammen und geht zur Theke, um sich bei der Geschäftsführerin zu versichern, dass auch alles seine Ordnung habe. Piet beobachtet, wie die Bedienung erst auf das Geld, dann auf ihn zeigt und die Geschäftsführerin fragend ansieht. Er bemerkt deren wohlwollendes Kopfnicken - sie kennt ihn schon länger- und geht befriedigt zum Telefon und ruft im Schützenverein an:
„Piet Meiners!" er meldet sich unnachahmlich wie immer. Brommen ist am Apparat und klärt ihn über den Belagerungszustand seines Grundstücks auf. Sie verabreden sich in der Stadt am Waffenplatz.

Brommen ist pünktlich. Sie gehen rüber zum ‚Engel', einer kleinen, gemütlichen Kneipe direkt an der Ecke Waffenplatz und Wallstraße gelegen. Hier können sie in Ruhe den Belagerungszustand von Piets Haus besprechen. Sie bestellen sich jeder einen Cappuccino, Brommen noch einen Mariacron. „Zum Anwärmen", wie er sagt. Sie sind eigentlich schon mit dem Austausch von Informationen fertig, als urplötzlich ein hinterlistiges, fast verschlagenes Blitzen, erst in den Augen, dann über das ganze Gesicht von Brommen, heraufzieht, sich festsetzt und wie eine Provokation vor ihm hin- und hertänzelt.
„Iss' was?", fragt Piet direkt rein in die Provokation.
„Hast du dir schon mal überlegt, was dir eine gute Information wert ist?"
Das Gesicht von Brommen ist keine Provokation mehr, tänzelt auch nicht mehr vor seinen Augen hin und her, ist nur noch verschlagene, gemeine Gier, aalglatt und genauso fettig.
Piet steigt modriger, fauler, abgestandener Geruch in die Nase. Er sieht sich um, als wenn der Geruch durch die Kneipentür von draußen reinschwappt. Das gibt es manchmal, es kommt aus den Gullys und veranlasst vorbeigehende Passanten ihre Schritte zu beschleunigen.
Da ist es wieder:
Der Geruch ... wenn er vor der Lösung eines Falles steht hat er den Geruch des Täters in der Nase. Jetzt hat er den Geruch von ... Fäulnis in der Nase. Ist Brommen der Täter? Unmöglich!! Das passt nicht zusammen! Aber da ist was, verdammt, da ist was!

Er richtet seinen Blick auf Brommen, versucht gar nicht erst Überraschung aufkommen zu lassen, sondern sagt:

„Kommt auf die Information an."
„Hundert!"
Kurz und trocken, geschäftsmäßig, ohne Wenn und Aber. Die Scheine wandern über die schwarze Tischoberfläche. Bevor der beginnt bestellt er noch einen Mariacron für sich und einen weiteren Cappuccino für Piet.
„Geht auf meine Rechnung! Du kannst dich an deine Schießübungen mit dem Tonbandgerät erinnern? Du hast ein bisschen Krieg gespielt. Bei dem Krieg hast du drei Männer in die Flucht geschlagen. Kannst du dich daran erinnern?" Piet konnte sich nur zu gut daran erinnern, auch daran, dass Erich Riemer am nächsten Morgen auftauchte und von ihm wissen wollte, wo der dritte Mann, ein Gessenich, ein Dr. Gessenich, abgeblieben war. Für ihn war es sein Waterloo, eine Schlappe, eine verdammte Schlappe, an die er sich überhaupt nicht gerne erinnerte. Seine Genialität hat schwer darunter gelitten und er ist dabei, an die Zeit davor anzuknüpfen, und jetzt kommt dieser Brommen und reißt noch nicht verheilte, tiefe Wunden wieder auf.
Das Leben kann ja so ungerecht sein.
Ihm kommt eine Idee, erst nur ein Samen, dann Keimling, schnell wachsend zu einer großen Pflanze, tief verwurzelnd, sich festkrallend in seinem Kopf:
„Sag mal, hast du dem Riemer die Sache mit dem Tonband erzählt?" Brommen streitet ab:
„Iich, wie kommst du denn da drauf? Würd' ich doch niiie machen!"
‚Also doch!!'
Er verfällt in Selbstmitleid, während Brommen zu den eigentlichen Informationen, jetzt deutlich leiser, kommt:
„Ich habe dir doch nach dem Anschlag auf den Bus erzählt, dass Dr. Gessenich vorher mal mit zwei Kerlen im Schießstand war und mit ihnen diese KK-Gewehre ausprobiert hat. Bei Gesprächen, die sie im Restaurant bei einem Schnaps führten, hörte ich im Vorbeigehen die Worte ‚Waffen' und ‚Munition'. Die gleichen Worte hörte ich einige Tage später, ich glaube es war der Sonntagvormittag, als Dr. Gessenich, Dr. Kleistermann und Dr. Schnüssel zusammensaßen."
„Das ist doch nichts Ungewöhnliches, wenn sich Schützenbrüder im Schützenverein über ‚Waffen' und ‚Munition' unterhalten, im Gegenteil, es wäre geradezu auffällig, wenn sie es nicht machen würden."
Brommen durchbohrt mit seinem Blick Piet, trifft ihm mitten ins Herz und reißt ihm das Herz mit beiden Händen aus dem Leib. ‚Will der Kerl mich nicht verstehen oder kann er mich nicht verstehen?'
„Piet, ich kann sehr wohl Diskussionen über ‚Waffen' und ‚Munition' von Geschäftsgesprächen über ‚Waffen' und ‚Munition' unterscheiden. Verstehst du, was ich meine?"
Piet sieht Brommen mit leeren Augen an. Der wache Blick, den er sonst hat und der ihn auszeichnet, ist glanzlos entschwunden. „Nee!"

Brommen rückt sich in seinem Stuhl zurecht und will ihm eine Erklärung liefern.

‚Der nimmt sich ein bisschen zu wichtig - der Kerl', findet Piet, gibt aber keinen Kommentar ab, um das Gespräch nicht zu unterbrechen.

„Diese Besprechungen wurden von den drei abseits von den übrigen Schützenbrüdern geführt. Das passiert immer dann, wenn über spezielle Geschäfte, Verbindungen oder Informationen über 'nen Konkurrenten, Klienten oder Geschäftspartner gesprochen wird. Passiert häufiger! Bei mir werden oft richtig dicke Geschäfte gemacht." Brommen drückt sein Kreuz durch, wird größer, wirkt wie aufgeblasen und ist jetzt richtig wichtig. Er lässt seinen letzten Satz auf seiner Zunge zergehen, nachklingen. Er verdreht seine Augen in Richtung Restaurantdecke. Man meint, er beobachte die Wirkung seiner Worte an höherer Warte.

„Ist ja 'ne richtig feine Gesellschaft, euer Schützenverein. Wusste ich nicht."

„Ich glaube, die drei führt nicht nur der Schießsport zusammen. Da steckt noch mehr drin." Brommen lehnt sich zurück und macht immer noch einen wichtigen Eindruck.

„Nun komm schon raus damit, lass dir nicht alles einzeln aus der Nase ziehen, ist ja fürchterlich!" Piet spielt jetzt den Part des ungeheuer Neugierigen.

Brommen fühlt sich in seinem Element:

„Ich sage dir nur, die hängen am ganz großen Geld dran, da wird richtig was bewegt. Glaub mir!"

„Das ist mir zu ungenau, damit kann ich nichts anfangen. ‚Hängen am ganz großen Geld dran!' Was soll das denn heißen? Ich weiß, dass Gessenich ein mieser kleiner Leichenfledderer ist, der sich an Oma hier und Opa da bereichert. Hier ein Kettchen, da einen Ring und an der nächsten Ecke 'ne Brosche, das ist nicht das große Ding."

„Dr. Schnüssel und Dr. Kleistermann sind Rechtsanwälte oder so was ähnliches, Schnüssel ist im Rat der Stadt, Mitglied im Bauausschuss, in der gleichen Partei wie Frantz Mörtel und Mitglied im Landes-Planungsausschuss und in tausend anderen Gremien, z.B. auch Aufsichtsrat bei der Noba AG, einer Tochter der Euro Banco S.A.. Gehen dir jetzt die Lichter auf?" Brommen lehnt sich zufrieden zurück. Er ist nicht nur ein ausgewiesener Waffenexperte, er hört und sieht auch viel. Piet ist trotz dieser Informationen unzufrieden:

„Mir fehlt die Verbindung zu den beiden schießwütigen Kerlen. Und was haben die Schnüssel und Kleistermann und Co. KG und meinetwegen auch noch AG und S.A. mit Gessenich außer dem Schießsport gemeinsam? Gut, da ist die Hehlerei. Was wird da verschoben? Waffen etwa? Das haben die doch nicht nötig, sich auf diese Ebene zu begeben, das ist doch Parterre, was sag ich?, Keller ist das ... Tiefkeller. Die Klunker von Gessenich können es

auch nicht sein, das sind für die kleine Noten, falls sie auf dem Klavier spielen sollten, von dem du sprichst. Also was ist es, was die verbindet?"
„Du hast keine Ahnung, wovon du sprichst, wenn du von kleinen Noten redest. Das ist große Kohle, mein Lieber. Gessenich hat mir gegenüber mit über 'ner halben Million geprahlt, die er in Bauland investieren will."
„Wie kommt Gessenich dazu, dir gegenüber mit Investitionen zu prahlen? Wann und in welchem Zusammenhang hat er das gesagt?" Piet ist jetzt hellwach, eine mögliche Spur, Zusammenhänge, von denen er bisher nichts wusste. Er lässt nicht locker.
Jetzt will er es wissen: „Waldemar!"
Er langt mit seiner Hand rüber zu Brommens Arm, fasst den an, zieht ihn ein bisschen zu sich rüber in seine Richtung. Der ist in Fahrt gekommen, sein Gesicht weist eine leichte Rötung auf, er nimmt den dritten Mariacron:
„Frag nach, wer die Fläche hinter dem Wendehammer gekauft hat! Die ganze Fläche! Frag nach den Gesellschaftern der Plan + Bau GmbH! Frag nach dem Grundstück, eingetragen auf den Namen Gessenich! Und erkundige dich nach den Verbindungen von Kleistermann und Schnüssel zur Noba AG, der Tochter der Euro Banco S.A.. Und wenn du so weit gekommen bist: Kümmere dich um die Verbindungen der Noba nach Spanien! Frag einfach mal nach, das ist dein Job!" Wie einstudiert mit erhöhter Stimmlage und eindringlichem Blick auf Piets Gesicht gerichtet presst er jedes Wort eindrucksvoll durch Handbewegungen untermalt in dessen Richtung. Bei jedem Punkt, den er ausführt, stakst er mit seinem Zeigefinger auf die schwarze Tischplatte. Fünf Fettabdrücke bilden einen Kreis auf der Tischplatte. Piet starrt den Kreis auf der Platte an. Wieder steigt ihm ein modriger, fauler Geruch in die Nase. Er lehnt sich in seinem Stuhl zurück, sein Nacken spannt leicht. Der Geruch kommt diesmal nicht von der Tür her, er scheint aus der Tischplatte ... aus den fünf Fettpunkten ... dem Kreis aufzusteigen.
„Auf jeden Fall fehlt ein Mann."
Er sieht Brommen herausfordernd an, so herausfordernd, wie Erich Riemer ihn vor einigen Tagen angesehen hat, als er ihn nach Gessenich fragte. Piet scheint Brommen mit seiner Bemerkung sagen zu wollen: „Nun rück den Burschen schon raus, du hältst ihn versteckt, Bürschchen."

Nachdem er sich von Waldemar verabschiedet hat ist eine Telefonzelle am Schlossgarten Piets nächster Anlaufpunkt. Piet wählt eine hamburger Nummer an. Er hat sofort eine Verbindung. „Hallo Piet, altes Haus! Wie geht's? Alles im Lot? - Nein, du hast wieder den richtigen Riecher gehabt, dein Dr. Gessenich hat seine Schmuckstücke an den Mann gebracht. - Nein, über Dr. Schnüssel und die Noba Bank, da komm' ich gerade her. - Die Preisvorstellungen von Gessenich? - Dr. Schnüssel hat mir erzählt, dass Gessenich eine

Million DM wollte. - Weiß ich aber nicht, ob das stimmt, ich hab' den Mann noch nie gesehen. - Nein, ein Dr. Gessenich war nicht hier, heute war so'n jungscher Typ mit zwei Koffern hier. - Die Koffer waren schwarz. - Schnüssel sagte irgendwas von Brummkreisel ... Brummkopf oder ... Brummeister? - Nein, ein blonder! - Den Wert der Sammlung habe ich heute auf 600.000 DM geschätzt.- Wieviel Gessenich abkriegt? 150.000 DM. - Dr. Schnüssel hat für sich oder seine Compagnie locker 300.000 DM eingesackt. - Wie der zweite Mann heißt? - Weiß ich nicht.- Es war nur dieser Blonde da, dieser Brummüller oder Brummweise. - Rainer hat die beiden von Hamburg nach Berlin begleitet. Sie haben auf einer Raststätte vor Berlin zwei schwere Taschen übernommen und dafür zwei Bündel Scheine zurückgelassen. - Was meinst du? - Waffen? - Hab' ich Rainer auch gefragt. Er sagte mir, dass er es nicht sehen konnte. Die Taschen waren nur schwer, meinte er, mehr kann ich dir nicht sagen."
„Jost, meine Karte ist gleich alle, ich muss Schluss machen." Sie verabreden sich für den Abend in Hamburg. Piet will noch genauere Informationen haben. Die Fahrt von Oldenburg nach Hamburg ist auf einer Moto Guzzi ein Genuss.
Er legt den Hörer auf, holt die Karte raus, steckt eine neue rein, dreht sich in dem Telefonhäuschen eine Zigarette, steckt sie an, nebelt sich ein, wählt als nächstes die Durchwahlnummer von Rudolf Hartwig und hat ihn direkt am Hörer:
„Rudolf, was haben deine Untersuchungen ergeben?"
„Hast du was zu schreiben da? Gut: Dann notiere dir folgendes:
Stacheldraht Teil 1: Hat Stoffreste, wahrscheinlich blauer, schon länger getragener Jeansstoff. Das können wir durch Vergleich mit uns vorliegenden Stoffproben unter unserem Mikroskop feststellen.
Stacheldraht Teil 2: Hat Stoffreste, wahrscheinlich schwarzer Köper, so nennt man den Stoff, wie er von Bau- oder Zimmerleuten getragen wird. Der Stoff ist noch relativ neu und wenig getragen. Genaueres kann ich dir aber erst sagen, wenn wir eine Stoffprobe von Plünnen Axmann bekommen, das kann noch etwa eine Stunde dauern." Piet unterbricht ihn: „Rudolf, da bin ich sehr dran interessiert, ich rufe dich deswegen heute nachmittag noch mal an."
Rudolf Hartwig fährt fort:
„1. Fundort Zaun: Das Grasbüschel enthält Teerpartikel und Granitgranulat, wie sie z.B. beim Straßenbau verwendet werden. Wenn du uns Proben beibringen kannst, können wir die sehr genau bestimmen und hundertprozentig identifizieren.
Nun zum 2. Fundort, der hat mir größere Mühe gemacht, aber ich habe neben Teer-Partikeln und Granitgranulat noch Sand und Zementanteile gefunden, die normalerweise auf einer Wiese nicht zu finden sind.

Und jetzt zu ‚Blondi': Auch wieder Teer-Partikel und Granitgranulat, das Granitgranulat ist umgeben von Teer, aber, also so, als ob es mit flüssigem Teer in Kontakt gekommen ist. Klingt blöde, beschreibt aber exakt den Vorgang. Reines Granitgranulat habe ich nicht gefunden. Die Patronenhülse weist zwei Fingerabdrücke auf, etwas unscharf, aber doch zu erkennen. Ein Foto kann ich dir auf Wunsch zukommen lassen."
Piet vereinbart mit Rudolf ein erneutes Telefongespräch am nächsten Tag und verabschiedet sich. Die Kontaktaufnahme mit Erich verschiebt er auf den nächsten Tag. Wichtig sind für ihn jetzt die Informationen seiner hamburger Quelle.

Piet vermeidet jeden Kontakt mit der Polizei. Er fährt mit seinem Roller durch den Wald am Johannes-Roggebusch-Weg und erreicht den Kiosk von der Hinterseite. Er stellt seinen Roller direkt hinter dem Kiosk ab und geht zu dem kleinen Parkplatz - da steht seine Moto Guzzi. Er rechnet damit, dass es im Feierabendverkehr um Bremen, auf der A 1 und vor dem Elbtunnel zu Staus kommt. Da hat es sich bewährt mit einem Motorrad durch einen Auto-Blechwurm zu surfen. In Hamburg wählt er die Abfahrt Othmarschen, sein Ziel ist das Markt-Café am Fischmarkt. Er weiß, dass er dort noch was zu essen kriegt.
Er fährt seine Guzzi direkt auf den Fischmarkt und bockt sie neben einer anderen Maschine vor dem Restaurant auf. Er hat es ganz gerne, wenn er seine Maschine im Auge behalten kann. Wie die andere Moto Guzzi vor dem Restaurant verrät, wird seine Ankunft schon erwartet. Er hat seinen Helm nicht abgenommen und die Jacke noch nicht aufgemacht, da steht wie verabredet Jost Dexus neben ihm. „Hast 'ne freie Fahrt gehabt, oder war die Piste wieder voll? Hast nich' lange gebraucht."
Jost Dexus ist nicht nur leidenschaftlicher Moto-Guzzi-Fahrer wie er, sondern auch Geschäftspartner. Er hat eine kleine Firma für Micro-Electronik-Bauteile und beliefert Transport-, Aufzugs-, Sicherheits- und andere Firmen mit maßgeschneiderten Lösungen. Piet entwirft manchmal Microprozessoren für ihn und baut auch schon mal eine Nullplatine in seiner Wohnstube zusammen. Die endgültige Fertigung der Platinen übernimmt dann Jost Dexus in seiner Firma.
Spezielle technische Probleme lösen beide durch Diskussion und Miniatur-Versuchsaufbauten. Erst wenn sich im Versuch abzeichnet, dass eine Lösung gefunden wurde, wird eine praxisfähige Platine gebaut und installiert.
Jüngst hat Piet den Vorstand einer hamburger Bank glücklich gemacht, weil der jetzt ohne seine Chipkarte in den Automaten stecken zu müssen in die Tiefgarage seines Unternehmens fahren kann. Der Schlagbaum öffnet, wenn der Wagen des genannten Herrn in die Abfahrt zur Garage einbiegt und

schließt sich, wenn er sie durchfahren hat. Die Anbringung eines Leuchtschildes mit der Aufschrift „Willkommen Herr Direktor!“, die beim elektronischen Öffnen des Schlagbaums aufgeleuchtet hätte, hat Jost verhindert. Er wollte sich den Kunden erhalten. Piet hat seinen Spaß daran gehabt und überlegt nun, wem er diesen Leuchtempfang auf dem Garagendach anbringen soll. Sein Mieter Anton schlug ihm vor, es mit einem der vielen Schuldirektoren zu versuchen: „Die sind immer ganz begeistert, wenn sie etwas umsonst bekommen, egal was es ist - Hauptsache umsonst.“
Ein weiteres Diskussionsthema ist die Zusammenarbeit zwischen beiden. Jost will, dass Piet bei ihm als Partner in die Firma eintritt aber Piet will sich seine Unabhängigkeit erhalten. Er sagt bei jeder sich ihm bietenden Gelegenheit, dass noch so viele Kriminalfälle in Oldenburg auf ihre Lösung warten, dass er sich nicht einfach in die Elektronik verabschieden kann. „Die Kriminellen werden nicht weniger in Oldenburg und die Polizei ist personell überfordert. Für mich gibt es ein weites Betätigungsfeld.“

Jost begrüßt Piet mit der Feststellung: „Piet, da bist du mal wieder mit dem richtigen Riecher in einen Fall reingeraten ... der zieht große Kreise.“ Erwartungsvoll sieht Jost Piet an, erhofft sich begeisterte Zustimmung. „Brauch‘ erst mal ’n Bier.“ Piet reagiert nicht wie erwartet. Er klemmt sich Helm und Jacke unter den Arm, brummt unverständliches Zeug in sich rein und stapft mit steifen Beinen in Richtung Markt-Café davon.
Ein Bier steht vor Piet auf dem Tisch, er hat natürlich einen Fensterplatz um sein ‚Mopped‘ im Auge zu behalten, das Essen ist bestellt, Jost fängt mit seinem Bericht an:
„Über den Deal mit dem Schmuck von diesem Gessenich hab‘ ich dir schon am Telefon erzählt. Der dicke Hund ist aber nicht die Klunkernummer. Das ist ein kleiner Fisch gegen die Geschichte mit den Waffen. Gestern stand ein Artikel über eine Gang in der Zeitung, die Waffenschiebereien im großen Stil macht. Die Waffen kommen aus Armeebeständen und gelangen in den Westen. Beteiligt sind alle: Russen, Deutsche, Rumänen, Tschechen usw. usw., du kannst dir jede beliebige Waffe bestellen, fast wie im Katalog, und bekommst sie über Schlepper bis vor die Tür gebracht.“
Piet starrt Jost an, will was sagen, druckst ein bisschen rum und platzt dann plötzlich raus: „Ich hab’ ’ne Idee! Wir fahren nach Oldenburg und da zeig’ ich dir ’n Waffenlager. Das heben wir aus!“ Piet ist Feuer und Flamme von seiner Idee, steht auf, legt Geld auf den Tisch, zieht sich die Jacke an, greift seinen Helm und geht auf die Tür zu. Jost bleibt auf seinem Stuhl sitzen, beobachtet interessiert Piets Aktivitätsanfall und sagt, bevor der die Tür erreicht: „Nun mal langsam Alter, ich bin noch nicht fertig, setz dich hin, ich will dir wenigstens die übrigen Neuigkeiten erzählen.“

Piet lässt sich nicht gerne in seinen Aktivitäten stören, sieht aber ein, dass in diesem Fall der Austausch von Informationen in einem Restaurant besser vonstatten geht, als von Moto Guzzi zu Moto Guzzi auf der Autobahn.

Jost Dexus fasst zusammen, was er in den letzten Tagen im Fall Dr. Gessenich herausgefunden hat:
„Du kannst dich an den Auftrag für den Bankchef erinnern, der nicht immer seine Plastikkarte in den Automaten schieben wollte? - Ja? - Gut! Das ist der Chef der Noba AG. Als wir damals deine Platine in der Garage installiert haben, hatte ich mit dem Sicherheitsbeauftragten der Bank Dr. W. zu tun. Er ist Jurist. Ich habe mich damals gewundert, wieso die einen Akademiker und dazu noch Juristen und keinen Dipl. Ing. auf eine Stelle für Sicherheitsfragen gesetzt haben. Er ist zwar offiziell verantwortlich für alle Sicherheitsbelange der Bank, das ist aber sehr viel weiter gefasst als ich ahnte. Er hat ein bisschen aus der Schule geplaudert. Er organisiert alle Transporte für die Bank, Devisen, Papiere u.ä.. Sowohl die Sachen, die verschickt werden, als auch die, die nach oder von z. B. Russland, England, Holland oder Spanien gehen und kommen. Seine Aufgabe ist nicht nur die Transporte abzuwickeln, sondern dafür zu sorgen - juristisch dafür zu sorgen - dass alles problemlos abläuft. D.h. er ist die meiste Zeit damit beschäftigt, Kontakte in den Ostblock zu pflegen, Leute zu schmieren, staatliche Entscheidungsträger für die Ziele der Bank zu gewinnen. Wenn man so will ist er im weitesten Sinne schon für die Sicherheitsfragen der Bank zuständig, aber mehr im Sinne der Risikominimierung der Bank. War ganz interessant: Er hat mir erzählt, dass die Bank groß eingestiegen ist in die Rückführung von Beutekunst über die jetzt soviel in der Presse geschrieben wird. Er sagte wörtlich: ‚Die Politiker reden, wir machen‘.
Werner erzählte mir von diesem Schmuckdeal, für den er von der Bank als Schmuckexperte engagiert wurde. Er hat dabei erfahren, frag mich nicht wie ...“, Jost hebt seine Hände hoch, hält sie Piet flach in Schulterhöhe entgegen, schüttelt seinen Kopf und deutet damit an, dass er keinerlei Verantwortung für Werners Informationsquelle übernehmen will, „... dass Dr. Gessenich über Dr. Schnüssel Kontakte zur Noba AG erhalten und Schnüssel Gessenich, als Versuchsballon sozusagen, den Auftrag gegeben hat, Waffen anzukaufen. Die Waffen sollen vermutlich über einen deutschen Fleischexporteur nach Spanien gebracht und dort verteilt werden, auf eine international tätige Drogenorganisation. Das ist aber keine 100% sichere Information, nur ’ne Vermutung von Werner. Werner meint, dass die Waffen als Arbeitsgeräte für Dealer dienen könnten. Keiner von den genannten Personen und Firmen wollte selbst tätig werden.“
Piet fällt Jost Dexus ins Wort und greift den Faden auf, den er gesponnen hat:

„Das passt aber ganz gut zu den Überlegungen, die ich angestellt habe. So dumm sind Werners Vermutungen nicht. Dazu braucht man Kriminelle, Ratten, solche, die die Dreckarbeit verrichten. Die Idee von Dr. Schnüssel oder Dr. W. war wohl, durch Gessenich Kontakt zu willigen Ratten zu bekommen, auszuprobieren, ob eine Verteilerlinie für Waffen aufgebaut werden kann, bei der sie sich als Drahtzieher keine Hände schmutzig machen müssen, aber gleichzeitig Nebeneinkünfte realisieren und Geschäftspartnern in Spanien mit einem Gefallen dienen können. Einstieg sollte die Schmucknummer in der Noba AG sein, eine Gefälligkeit für Gessenich, die Schnüssel einen dicken Extraprofit eingebracht hat. So könnte es gewesen sein."
Piet lehnt sich in seinem Stuhl zurück, holt ein Päckchen Samson aus der Tasche, dreht zwei Zigaretten, schiebt Jost eine rüber und gibt erst ihm Feuer, bevor er sich seine anzündet. Beide rauchen ihre Zigaretten schweigend zu Ende.
Zehn Minuten später dröhnen zwei Moto Guzzis durch die Straßen Hamburgs in Richtung Elbtunnel.

Der weiße Peugeot 104 hält auf dem Parkplatz vor dem Kleingartengelände, Motor und Licht werden ausgemacht. Piet und Jost Dexus, gekleidet in Lederzeug wie es Motorradfahrer tragen, steigen aus und holen aus dem Kofferraum zwei längliche Reisetaschen. Piet steckt sich eine Taschenlampe in die Brusttasche seiner Jacke und geht in Richtung Birkenweg zur Kleingartenanlage, Jost folgt einige Schritte hinter ihm. Es ist kurz nach Mitternacht, ein lauer Wind streicht über die Gesichter, die Blätter der Birken rascheln leicht im Wind, an einem Fahnenmast knallt leise die Leine, sonst ist Ruhe. In der Mitte der Anlage, an einem Mitteilungsbrett, biegen beide ohne zu zögern zielstrebig nach rechts in den Rosenweg ab. Sie halten vor einer Gartenpforte und öffnen sie ohne Mühe. Sie knarrt und quietscht leicht, ist aber nicht weit hörbar. In der Dunkelheit erkennen beide am Ende des Kleingartens eine Holzbude, größer als sonst üblich in solchen Anlagen. Beide gehen mit sicheren Schritten auf das Grundstücksende zu, dort steht eine Gartenbude. Die Hütte ist auf die linke Grundstücksseite gebaut worden und hat auf dem anderen Grundstück ein gleich großes Gegenstück. Beide Grundstücke und Buden machen selbst im Dunkeln einen verkommenen Eindruck. Hier ist längere Zeit keine Kleingärtnerhand tätig gewesen. Piet und Jost sind nicht interessiert am Zustand des Gartens, sie machen sich an der Budentür zu schaffen und öffnen sie.
In der Hütte knipsen sie ihre Taschenlampen an und leuchten damit auf den Boden. Piet kniet sich vor einer Bodenklappe nieder und zieht sie an einem eingearbeiteten Eisenring auf. Sie sehen in das kellerähnliche Loch, die Seitenwände sind gemauert. Modrige Luft steigt ihnen in die Nase. Jost hält die

Klappe fest, überrascht presst er Luft durch seine Lippen. Vor ihnen liegt ein kleines Lager: Schnaps-, Wein-, Sektflaschen, Zigaretten, Pralinenschachteln, Keksrollen und ... Waffen.
Jede Menge Walther PPK, eine „Royal R 93" und Einzelstücke, edel mit Nussbaum-Lochschaft und Monte-Carlo-Backe.
Jost steigt in den rechteckigen, ungefähr zwei Meter mal einen Meter tiefen ‚Keller', er reicht Piet erst die eine, dann die andere Tasche. Beide Taschen werden mit Waffen vollgestopft und obenauf legt er jeweils eine Flasche Schnaps: „Gegen den Durst!" und grinst bei dieser Bemerkung. Auf dem Rückweg zum Auto schleppen beide schwer, das Gewicht macht ihnen zu schaffen. Sie sind sichtlich außer Atem. Die Taschen verstauen sie im Kofferraum.
Das Motorgeräusch ist in der Stille der Nacht einige hundert Meter weit zu hören.

Jost ist kurz nach dem ‚Aushub' im Kleingarten nach Hamburg zurückgefahren. Sein Kommentar zu der Aktion: „War 'n cooler Joke, sollten wir mal wiederholen - wenn es sich ergibt." ‚So sind wir Guzzi-Fahrer: pfiffig und geradeaus', denkt Piet.
Piet fährt an seinem Haus vorbei und registriert, dass die Polizei abgezogen ist. ‚Haben die meine Bude auf den Kopf gestellt und Beweismitteln gefunden?' Er beschließt als Erstes bei Brommen vorbeizufahren und ihn zu fragen ob er Neuigkeiten von der Polizeiinvasion hat. Er dreht ‚auf dem Teller' und steht eine Minute später vor Brommens Restaurant. Er hält seinen Daumen auf den Klingelknopf und lässt ihn erst los als Brommen in der Tür steht. „Hab' ich mir gedacht, dass du das bist. Die Polizei hat dich also nicht erwischt. Hast du dich unsichtbar gemacht oder wie bist du denen entkommen?" Bewundernd sieht Brommen Piet an. Seit jenem denkwürdigen Treffen in einer Innenstadtkneipe ist Piets Ansehen bei Brommen ins Unermessliche gestiegen. „Waldemar, hast du was mitgekriegt von der Polizeiaktion?" Piet forscht Brommens Gesicht nach Warnsignalen ab, erteilt sich aber schnell selber Entwarnung und wird von Brommen bestätigt. „Die Polizei ist zwei Stunden auf deinem Grundstück gewesen. Die haben, was ich beobachten konnte, nichts gefunden oder mitgenommen. Ich hab' sie die ganze Zeit von unserer Einfahrt aus gesehen. Die haben mich auch nach dir gefragt, aber ich konnte denen nur sagen, dass wir uns kaum kennen. Stimmt doch! Oder? Ich glaub' die waren nicht von der Kripo sondern von der „Bepo", sonst wären die ganz anders zur Sache gegangen. Die haben noch nicht mal deine Garage untersucht, obwohl das Tor sperrangelweit aufstand. Telefoniert haben sie und so'n bisschen rumgeguckt, sonst nichts." Piet kann das Gehörte nicht glauben und fragt nach: „Die Polizei hat weder das Haus

noch die Garage untersucht? Aber das Garagentor war zu als ich das Haus verließ. Das muss die Polizei aufgemacht haben!"
„Glaub's mir, die waren von der „Bepo", die hatten nur die Aufgabe dein Haus zu umzingeln." Brommen verzieht sein Gesicht zu einem breiten Grinsen, er ist kurz davor einen Kriegstanz hinzulegen und in Siegesgeheul auszubrechen. - Wir, ich und Piet, haben den Gegner geschlagen! - Brommen wird wieder ernst und sagt dann einen Satz, der Piet elektrisiert: „Du wirst durch Anton über die Situation informiert sein. Das hast du gut eingefädelt."
„Wie meinst du das Waldemar?"
„Naja, das mit dem Fahrrad!" Piet sieht Brommen verständnisvoll an und versucht dabei einen unbeteiligten Eindruck zu machen. „F a h r r a d?" Er zieht das Wort in die Länge und will Näheres aus Brommen herauskitzeln. Es gelingt ihm! Brommen erzählt ihm voller Stolz von seinen Beobachtungen:
„Anton ist hier dreimal am Haus mit einem Fahrrad vorbeigefahren und hat die Lage gepeilt, beim dritten Mal hat er sogar direkt an deiner Einfahrt angehalten, sein Hosenbein in seine Socke gesteckt und ist weitergefahren. Hat er dir das nicht erzählt?" Piet ringt sich mühsam ein Schmunzeln ab, murmelt etwas von: „Ist ja gut gelaufen", und schwingt sich auf seine Guzzi. Sekunden später hält er vor seinem Haus. Die Garage ist zu! ‚Der Brommen hat zuviel Phantasie.' Für Piet ist die Sachlage klar. Er öffnet das Tor, schiebt rasch das Motorrad rein und sieht - natürlich - Ebbis Fahrrad. ‚Wenn Anton hier gewesen ist, dann ist er nicht mit dem Fahrrad vom Jungen gefahren. Außerdem wollte Anton einige Tage nach Cloppenburg! Der ist gar nicht in Oldenburg!' Je weiter Piet sich zeitlich von Brommen entfernt, umso unwahrscheinlicher kommt ihm die Geschichte mit Anton und dem Fahrrad vor. In der Küche erwartet ihn aber eine Überraschung. Auf dem Tisch liegt ein Zettel:
„Ruf mich sofort an!! A."
Piet fühlt sich hohl und ausgelaugt. Ihm steckt die letzte Nacht in den Knochen. Er überlegt, was er als Nächstes machen soll. ‚Hier suchen die mich in den nächsten Stunden bestimmt nicht' - müde schaut er auf seine Armbanduhr. Nach der langen, zu kurzen Nacht eine ausführliche Dusche, Rasur, Eincremen mit seinem Route 66 und seinem Spezialfrühstück Cappuccino mit einer Selbstgedrehten. Er versucht den Rauch gegen die Decke zu pusten während er Antons Nummer wählt. Der ist sofort am Apparat, gerade so, als wenn er auf ihn gelauert hätte. Anton erzählt ihm sofort ohne große Erklärungen, dass er in der Küche war als drei Polizeifahrzeuge auf der Straße hielten. Er hatte keine Lust sich mit ihnen zu unterhalten.
„Ich dachte, die wollten was von mir. Mich hat das Großaufgebot gewundert. In dem Moment hatte ich aber keine Zeit darüber nachzudenken. Ich muss-

te weg! Verstehst du? Ich bin von Geertsens Werkstatt in die Garage gegangen und wollte mir dein Bromfiets holen. Ich hab das Fahrrad gesehen und da war mir klar, dass die Polizei dich oder das Fahrrad sucht - oder beides. Ich bin damit über die Einfahrt von Geertsen verschwunden und ohne Probleme hinter der Polizei auf die Straße gekommen. Ich hoffe, dass ich dir aus 'ner Klemme geholfen habe - mit dem Fahrrad meine ich." Anton war mit seiner Erzählung fertig. Das mochte Piet an Anton: kurz und klar ein Helfer in der Not. Er wollte trotzdem von ihm wissen, warum er das Garagentor aufgemacht und das Fahrrad wieder zurückgestellt hat.

„Das Garagentor war schon auf als ich kam. Wahrscheinlich hat Geertsen mal wieder einen Spannungsprüfer gebraucht. Musst ihn fragen! Das Fahrrad hab' ich zurückgestellt als die Polizei abzog - wollt' nicht auf dich warten - wusste nicht, wo du steckst - musste wieder nach Cloppenburg. Piet, was ist mit dem Anorak auf dem Gepäckträger? Der gehört doch nicht Knut!" Piet vertröstet Anton auf später. „Ich hab' unheimlich viel zu tun!" Er legt den Hörer auf.

‚Jetzt ist Zeit für Erich!' Piet macht sich auf die Socken. Er will ihn nicht länger im Dunkeln tappen lassen.

Piet sitzt vor Erichs Schreibtisch und schnippt die Asche seiner Selbstgedrehten in einen von ihm geformten Papieraschenbecher. Riemer ist Nichtraucher. Er registriert die Situation mit polizeilichem Kennerblick und der Bemerkung:

„Na Piet, dreimal von ‚selbst':

- Selbstgedreht - Selbstgeformt - und - Daselbst -?"

Er knurrt ein trockenes, abgehacktes Lachen hervor, massiert sich dabei seinen Nacken und kann seine Anspannung nicht verbergen. Piet schlägt scheinbar völlig entspannt die Beine übereinander und lässt sich nacheinander über Steuer- und Rentenreform aus, um dann schließlich zur Polizeireform zu kommen. Er hält aber inne, drückt die Zigarette ohne ein Brandloch in den Schreibtisch von Riemer zu brennen in seinem Aschenbecher aus, steht auf und geht zur Tür, öffnet diese mit der Bemerkung: „Kommst du mit?" Seinen Aschenbecher lässt er dabei lässig in den Papierkorb neben dem Schreibtisch fallen. Verdattert folgt ihm Erich Riemer, ahnend, dass Piet auf einer Erfolgswolke schwebt.

Mit dem Elektroroller in Richtung Johannes-Roggebusch-Weg, ‚Fässchen' als Sozius. Es ist Cappuccino-Zeit hat Piet beschlossen. Vorher fahren sie bei Rudolf vorbei. Er sollte vereinbarungsgemäß noch eine Stoffprobe von Plünnen Axmann bekommen und untersuchen. Das Ergebnis der Untersuchung steht noch aus.

Vor Rudolf liegt eine Stoffprobe schwarzen Köpers und der Stacheldraht Teil 2. Er bestätigt die Vermutung von Piet, dass beide Proben in ihrer Gewebestruktur übereinstimmen. Rudolf Hartwig ist sogar persönlich bei den Physikern der Universität gewesen und hat sich alles unter einem Elektronenmikroskop angesehen. Begeistert berichtet er von seinem kleinen Ausflug und überschlägt sich bei den ungeahnten Möglichkeiten, die dieses Mikroskop bietet:
„Phantastisch, phantastisch, einfach phantastisch!"
„Was ist mit den Fingerabdrücken auf der von mir gefundenen Patronenhülse?"
Um nicht in Vergessenheit geraten zu lassen, wer das wichtige Beweisstück gefunden hat wiederholt er: „Von mir gefunden!" Er legt großen Wert darauf, wer schlussendlich die Verdienste an der Auflösung des Falles haben wird.
„Es sind zwei unterschiedliche Fingerabdrücke. Ich habe die Patrone ins Polizeilabor bringen lassen. Ein Foto müsste auch schon fertig sein, das hat der Kollege von der Polizei zugesichert."
Wieder vor der Tür beratschlagen beide den nächsten Schritt. Piet ist für Cappuccino und Riemer für die Durchsicht der Durchsuchungsergebnisse. Sie finden einen Kompromiss und fahren zu Piets Haus. Die Cappuccino-Maschine anschmeißen ist seine Aufgabe, Riemer telefoniert von seinem Handy aus mit seinem Büro. Er steht in der Küche, das Handy wie eine heiße Kartoffel in der Hand, den Mund sehr vorsichtig vom Gerät fernhaltend, er will sich nicht daran verbrennen.
Die Maschine dampft, die Tassen stehen auf der Maschine und werden vorgewärmt, die Küche strahlt den Charme eines richtigen italienischen Restaurants aus: ein bisschen schummerig. Der goldene Adler versucht mit weiten Schwingen seinen Platz zu verlassen - hoffnungslos - er befindet sich in den Krallen von Piet Meiners.
Vielleicht ist es Übermut - Größenwahn - eine Fehleinschätzung der Person Erich Riemer - oder Piets Leichtsinn - von Dämlichkeit soll in diesem Zusammenhang nicht die Rede sein. Es kommt, wie es auf keinen Fall kommen sollte: Erich Riemer steht in der Garage. Er wird ganz steif als er sieht, was außer dem Fuhrpark von Piet noch abgestellt ist. Piet wollte ihm den Anorak und das Eisenrohr eigentlich später übergeben. Aber wenn sich Wolbuscher etwas in den Kopf gesetzt haben sind sie nicht mehr zu halten, gnadenlos setzen sie ihren Willen in die Tat um - manchmal. Erich Riemer ahnt sofort, wessen Fahrrad sich hier befindet.
„Was verstehst du unter Zusammenarbeit?" Er baut sich vor Piet auf, wirkt plötzlich unendlich viel größer als Piet, geht ihn frontal an.
„Das sind schwere Informations-Unterlassungen, Verstecken von Beweis-

stücken. Ich habe es schon seit einiger Zeit geahnt. Du betreibst die Deckung eines Mörders und eine gezielte Irreführung der polizeilichen Ermittlungsarbeit. Du kommst mit ins Präsidium, zur Vernehmung und Überführung in Untersuchungshaft."

Piet ist überrumpelt und verwandelt sich von der einen zur nächsten Sekunde von einem Adler, der hoch in den Lüften kreist und seine Opfer sucht, zu einer Ratte, einer Maus, einem erbärmlichen Täter. Jetzt befindet er sich in den Krallen eines richtigen Adlers ... der Polizei.
Plötzlich geht alles sehr schnell, oft geprobt und von Piet so manches Mal bewundert. Riemer bedient sich seines Handys, beordert seine kleine Starbesetzung und zwei Polizeiwagen zum Johannes-Roggebusch-Weg, ordnet die Fahndung nach drei Frauen und einem jungen Mann an, unter Angabe von zwei Namen, ohne Angabe von Adressen.

Piet ist schon auf dem Weg ins Präsidium, als er schließlich zum Denken kommt. In ihm brodelt es, schlimmer als bei der Schlappe mit der Inszenierung des Elektro-Autos vor dem Schützenverein. Er tobt innerlich, nicht wie damals, da war er sauer auf sich. ... diesmal ist er so verdammt alleine und einsam.
Genialität, Selbstbewusstsein, alles ist endgültig dahin und kann auch von den Anfangserfolgen nicht wieder aufgerichtet werden. Er verschwindet in einer Falte des Rücksitzes wie eine vertrocknete Brechbohne, braungrau und verhutzelt. Mitleid überfällt ihn, lähmt seine Energie.
Das Ende eines strahlenden Privatdetektivs?

II Erich Riemer

Die Nachricht vom Anschlag auf den Bus erreichte ihn um 19.22 Uhr. Er hatte sich gerade den Fernseher angemacht um die Reste von „Das!” im NDR III zu sehen. Noch von seiner Wohnung aus gibt er die Anweisung zur Haltestelle Gartenstraße zu fahren. „Zwei Fahrzeuge mit Spurensicherungsleuten.“ Der Polizeisprecher muss benachrichtigt werden, es steht zu erwarten, dass die Presse Informationen haben will. Das muss ein Kollege übernehmen.

Der morgige Tag wird eine Sonderschicht einbringen, Zeugenvernehmung am Fließband. Erste Zeugenvernehmungen morgens ab 8.00 Uhr. Der Fragenkatalog musste noch formuliert und vervielfältigt werden. Jupp Blenders hilft ihm dabei. Schreibtischarbeit. Er verflucht in solchen Situationen seine Arbeit, seinen Beruf.

Ein jüngerer Kollege vereinfacht die ganze Angelegenheit durch einen Flip-Chard. Er trägt Namen ein, zugeordnet zum jeweiligen Standort während der Tatzeit. Erich Riemer beschließt, dass Polizeischulen eine gute Einrichtung sind.

Die Diskussion ‚im kleinen Kreis‘, einem Leitungsorgan, und mit Kriminalrat Eugen Ostendorf, dem Kollegen Kriminalrat Hans Spreckelmann verläuft ... ratlos. Organisatorisch, Spuren etc. etc., gibt es keine Probleme, aber wo es kneift, das ist die Motivation bei solchen Anschlägen. Was wollen die Täter erreichen? Keine Drohbriefe, keine Erpressung, keine Geldforderungen, wie letzte Woche Kollegen aus Lübeck von Anschlägen berichteten - Ratlosigkeit. Sie sind schon seit dem vergangenen Herbst mit diesen Anschlägen beschäftigt, jetzt kommen diese Typen auch noch nach Oldenburg. Jede Menge Spuren, aber keine Täter. Die Presse wird frech und berichtet laufend über die Unfähigkeit der Polizei.

Er läuft nur noch mit Mütze rum damit die Schläge, die die Presse austeilt, nicht so weh tun. Presse - Fresse ... das ist seine aktuellste Wortkombination. Er würde diesen verfluchten Presseheinis am liebsten die Fresse polieren. Stattdessen ermahnt ihn Kriminalrat Ostendorf zur Disziplin und ruft ihn zur Ordnung auf:

„Riemer, sind sie nicht solch ein ungehobelter, undisziplinierter Mensch!“

Zum auf die Palme klettern. Was wollen die Ballermänner, um Gottes willen? Was?

Die Untersuchungsergebnisse werden Erich von dem neuen Kollegen Hanns Meinrichter, er kommt frisch von der Polizeischule Hann. Münden, vorgetragen.

„Dürftig, dürftig“, bemerkt Erich Riemer nach dem Bericht. Der junge Polizist wird rot und sieht ihn erschrocken an.
„Nein, nein, nicht Ihr Bericht, die Ergebnisse.“
„Sicher ist, dass die Täter mit einem KK geschossen haben.“
„Wieso die Täter?“
„Wir haben Abdrücke im Park gefunden, die decken sich übrigens mit Abdrücken von Anschlägen aus dem Süd-Oldenburgener Land.“
„Süd-Oldenburger Land ... Süd-Oldenburgener Land sagen hier nur Ausländer.“
Erich Riemer grinst den jungen Kollegen frech und breit ins Gesicht. Der wird wieder rot und schluckt ...
„Gut, wenn es der Wahrheit dient, Süd-Oldenburger Land. Von den bisher verübten sechs Anschlägen liegen Fußabdrücke vor. Die sind identisch mit denen aus dem Park.“
Erich Riemer reitet heute morgen der Teufel: „Garten ... S c h l o s s g a r t e n, nicht Schlosspark!“ Stumm erleidet Hanns Meinrichter die neue Attacke.
„Sind alle Fahrgäste vernommen worden?“ fragt Erich und wartet gar nicht die Antwort ab, er ist schon in der Jacke und auf dem Weg zur Tür.

Die Nachricht von dem bewusstlosen Mädchen am Einkaufszentrum erreicht Erich Riemer zu Hause. Ein Krankenwagen brachte das Mädchen ins Krankenhaus. Seine kleine ‚Starbesetzung‘ hat ihm die Ergebnisse zukommen lassen. Er schickt einen jüngeren Kollegen, der sich bei dem Busanschlag vor einigen Tagen hervorgetan hat hin. Der soll Praxis sammeln. Wie aus seinem Bericht hervorgeht, hat er nicht nur den Tatort untersucht, sondern sich auch gleich die Frage nach dem Täter gestellt. Das war zwar nicht sein Auftrag, aber immerhin hat er den Täter gleich mitgeliefert, den Jungen Eberhard Nimzun, der Freund des Mädchens.
‚Gute Arbeit! Eine kleine, privat gemeinte Rüge werde ich ihm trotzdem erteilen.‘ Erich stutzt, als er das Alter des Jungen liest: Schüler, 16 Jahre alt. ‚Na gut ... möglich ist heutzutage alles.‘ Die Fahndung will er noch fertigmachen und dann ist Feierabend.
Das Telefon klingelt schrill und aufdringlich - immer noch kein Feierabend! Manchmal gibt es Situationen da spürt man an der Tonhöhe und der Intensität des Klingelns um welche Person es sich am anderen Ende der Leitung handelt. Es breitet sich um das eigene Telefon eine Aura aus, ist blitzschnell im ganzen Raum, nimmt die eigenen Gedanken in Beschlag, lähmt jede Aktivität und macht einem zum willfährigen Idioten des unsichtbaren, weit entfernten Gegenüber. Erich Riemer durchlebt beim ersten Klingeln genau dieses Phänomen und ahnt, dass seine alte Wolbuscher Freundschaft - Piet Meiners - am Telefon ist. Erich flucht innerlich, weil er in Momenten wie diesem

nichts von dem Schnösel Meiners hält: ‚Der will immer eine Sonderrolle spielen, das war damals in der Schule schon so.‘
In der Geburtsurkunde von Piet Meiners, seinem Ausweis und dem Führerschein steht der Name Dirk Peter Kleinmeinertzhagen. Nur an der Haustür, im Telefonbuch, Ausweis und in der Lizenz als Privatdetektiv steht Piet Meiners.
Erich Riemer wusste es aus den Anfängen seiner Dienstzeit in Wolbusch. Die Daten aller Einwohner von Wolbusch aus der damaligen Zeit waren ihm geläufig. Er hat anderen Wolbuschern gegenüber nie auch nur den kleinsten Hinweis auf falsche Geburtstage, Scheidungen, Anzahl der Ehen oder die richtige Anzahl der Kinder gemacht. Das war eigentlich auch nicht nötig, denn jeder wusste von jedem ... alles. Auf dem Dorf, dem flachen Land, ist das so. Auch Piet bildete da keine Ausnahme. Es fing aber schon damals an, dass der nicht mehr Kleinmeinertzhagen, genauer Dirk Peter Kleinmeinertzhagen, heißen wollte. Seine Mutter, die Munde, wusch ihm in jungen Jahren, als er erste Veränderungswünsche aussprach, einmal gehörig den Kopf und Schluss war mit den Flausen. In dieser Ecke war Piet nicht ganz richtig im Kopf.
Er hebt den Hörer ab und ... richtig. Piet Meiners ist am Apparat. Er will Intimitäten aus der Polizeiarbeit, meistens dem aktuellsten Fall, erzählt bekommen. Irgendwie, Riemer hat noch keine Idee wie, schafft es der Kerl, sich unkontrolliert in originäre Polizeibelange einzuklinken. Heute ist es anders. Piet berichtet, eine Nachbarin habe ein verletztes Mädchen bei Hämmermann gefunden. Doch Erich weiß schon Bescheid, er erzählt Piet von einem 16 Jahre alten Jungen mit Namen Eberhard Niemzun. Sie suchen den Jungen mit seinem Rad, weil sie glauben, dass er einen Tötungsversuch an dem Mädchen vorgenommen hat. Das Motiv? Eifersucht!
„Was ist mit den Informationen über die Anschlagtäter, die du mir geben wolltest? Ist das heiße Luft, oder hast du konkretes Beweismaterial? Du weißt, dass du Beweismaterial sofort an die Polizei weitergeben musst.“
„Ich glaube, dass zwei Männer die Täter sind. Sie haben die Tatwaffe in einem Kunststoffkasten versteckt. Der Kasten hängt an zwei Eisenstangen im Uferbereich der Mühlenhunte im Schlossgarten. Der Kasten, es ist möglicherweise ein Styroporkasten, hängt an zwei Eisenhaken dicht über dem Wasser.“
„Hast du dir die Konstruktion ausgedacht und gemacht?“ Schweigen am anderen Ende des Telefons.
... „Nein! Ich bin schwer beschäftigt, Erich, lass uns da später drüber reden.“
„Okay, wir überprüfen das sofort, kannst du eben noch genauere Angaben machen, wo sich da dein Hintern nass gemacht hatte?“
„Die Eiben im Schlossgarten ... gegenüber kann man durch die Rhododen-

dren das Landgericht sehen, und genau in der Höhe ist die Konstruktion versteckt. Tschüs!“
Erich legt den Hörer auf und ruft Jupp Blenders an. Er gibt ihm Instruktionen.

Beim Essen erreicht ihn die Nachricht von der Leiche in der Bäke. Wieder ist es Piet Meiners, der die Nase vorne hat. Er erzählt von einem Mann, der eine Leiche bei Hämmermann gefunden hat und dann ist da noch was mit Hunden. Erich kriegt den Bogen zwischen der Leiche und den Hunden und dem Mann nicht. Er organisiert schon im Kopf, während Piet noch erzählt, und überlegt sozusagen auf einer peripheren Denkspur: ‚Unglaublich, wie macht der Kerl das nur?‘ Telefonieren, Instruktionen geben, runter vor die Tür und auf den Dienstwagen warten, geschieht alles innerhalb von zwei Minuten. Das ist inzwischen Routine. Er schiebt sich gerade das letzte Stück geräucherte Forelle in den Mund, als der Wagen neben ihm hält. Seine fettigen Hände wischt er reflexartig im Sitzpolster ab, normalerweise muss da seine schwarze Cordhose für herhalten.
Gleichzeitig mit der ‚Starbesetzung‘ trifft er am Tatort ein. Das OSV-Heim wird sofort von seinen Männern zur provisorischen Zentrale umfunktioniert.
Über Handy teilt ihm der junge Kollege aus dem Schlossgarten mit, dass er zwei Eisenstangen mit Haken am beschriebenen Ort gefunden hat, aber keine Waffe und keinen Kunststoffkasten. Er will nun wissen, ob er die Stangen in die Dienststelle mitbringen und nach Fingerabdrücken, Erdproben, Blutspuren o.ä. untersuchen lassen soll. ... Er soll.

Die Organisation der Spurensicherung vor Ort ist Routine. Das Opfer untersucht er mit dem Arzt und zwei anderen Spezialisten direkt am Fundort. Er fragt den Arzt, was er von der Sache hielte. Der Arzt will so schnell keine Prognose wagen, lässt sich aber überreden die Leiche zu untersuchen nachdem die Fotos im Wasser gemacht worden sind. Für Erich völlig überraschend richtet sich der Arzt nach der ersten kurzen Untersuchung auf und sagt:
„Ich wette ’ne Pulle Jever, dass der nicht ertrunken ist!“
„Wie kommen Sie zu dem Ergebnis?“
Er ist noch über die Leiche gebeugt und die Worte treffen ihn völlig unvorbereitet. Er hatte sich, wie das so seine Art ist, schon ein komplettes Bild über Täter, Opfer und Tatszenarium gemacht. Er nennt es: „Meine Eingebung!“ Während er das sagt streckt er seinen Körper in die Länge und seine Brust schwillt an. Beobachter erwarten in jedem Moment einen Urschrei aus seiner Kehle. In solchen Situationen haben Erich Riemer und Piet Meiners

eine ungeheure Ähnlichkeit. Ist das die gleiche Herkunft, Wolbusch und umzu? Der eine, Piet, gleicht dann einem auf und ab stolzierenden Hofhahn, seinen Hühnerhaufen nach allen Seiten absichernd. Der andere, Erich Riemer, einem Gorilla, der kurz vor einer Attacke sein Kampfgebrüll über seine Herde legt, um sich dann ins Kampfgetümmel zu begeben.
„Na gut, über das Tatszenarium lass' ich mit mir reden, aber wenn der Mensch nicht ertrunken ist, wie ist die Tat dann abgelaufen?“ Für ihn ist der Tatablauf bis vor wenigen Sekunden einfach und klar gewesen:
„Der Junge überrascht das Mädchen mit einem anderen Typen auf dem Weg an der Bäke, möglicherweise hat er die beiden schon eine Weile beobachtet und verfolgt. Hier an dieser Stelle ergibt sich für ihn die Gelegenheit. Er haut den Kerl um. Die kaputte Nase des Opfers weist eine deutliche Handschrift auf, schmeißt ihn die Böschung runter und befördert ihn ins Wasser. Die Schleifspuren am Ufer sprechen dafür. Dort hilft er noch ein bisschen nach, blubb ... blubb ... blubb, und das war's dann. Das Mädchen wird bei dem Geprügel getroffen, von wem, vermag ich nicht zu sagen, wird ohnmächtig, ihr schwinden die Sinne und findet zu sich, als sich ihr Freund über sie beugt. Beide fahren, friedlich vereint, in Richtung Billig Hämmermann zum Einkaufszentrum, so als wäre nichts gewesen.“
Der Arzt lässt sich auf keine Diskussion ein und vertröstet Erich auf die Untersuchungsergebnisse, die frühestens morgen Mittag, eher Nachmittag, vorliegen werden.

Im Polizeiauto wartet Helmut Schwarzebunte auf ihn. Der hat die Leiche entdeckt. Erich Riemer schiebt die Tür auf und wuchtet sich auf den Sitz gegenüber von Schwarzebunte. Er lässt die Tür einen Spalt offen und will wohl etwas von der kühlen Nachtluft in den Innenraum des Bully kommen lassen.
„Sie haben den Mann gefunden?“ Schwarzebunte sieht sein Gegenüber erstaunt an: „Nein, ich hab‘ ihn nicht gefunden.“ Erich wuchtet sich hoch und schiebt die Tür ganz auf, um den Wagen wieder zu verlassen, als Schwarzebunte ihm sagt:
„Fritz hat den Mann gefunden.“ Perplex dreht Erich Riemer sich um, nimmt wieder Platz auf der Bank: „So - Fritz, und wo ist Fritz?“ Schwarzebunte hat kleine rote Flecken im Gesicht und ist sichtlich nervös.
‚Warum ist der Kerl so nervös, hat der was mit dem Mord zu tun? Hat er ein schlechtes Gewissen, weil er etwas weiß, gesehen hat oder jemand kennt, der beteiligt ist an dem Mord? Der Junge vielleicht?‘ Für Erich Riemer steht fest, dass es sich um einen Mord handelt.
„Fritz ist zu Hause.“ Schwarzebunte presst die Worte über die Lippen. Riemer läuft rot an, haut mit der flachen Hand auf die Tischplatte:
„Ich habe Anweisung gegeben, dass alle Zeugen hierbleiben und zur Ver-

nehmung erscheinen müssen.“ Verschüchtert kommt es von der anderen Seite: „Fritz ist mein Dackel.“ Erst Entgeisterung, dann folgt ein dröhnendes, befreiendes Lachen. „Na, Sie sind mir einer, können beim Anblick ’ner Leiche noch Witze machen ... Junge, Junge, Sie haben Nerven.“ Vor dem Bully sammeln sich einige Männer, die, vom Lachausbruch des Kommissars angezogen, neugierig ins Wageninnere sehen. „Also, wie hat Fritz den Mann gefunden, schildern Sie mir genau die Umstände.“ Schwarzebunte ist sich seiner Bedeutung bewusst, sieht in den Scheiben Gesichter, nimmt Haltung an, lehnt sich an die Rückenlehne seiner Bank: „Ich gehe jeden Tag zweimal, morgens und abends, mit Fritz meine Runde. Von meinem Haus nach rechts ...“ „Moment Herr ...“ -Erich Riemer guckt auf einen Notizblock, der vor ihm liegt- „Herr Schwarzebunte. Ich will keinen Reisebericht mit ausgiebiger Ortsbeschreibung, sondern ... wie und wo Sie und Ihr Dackel Fritz die Leiche gefunden haben. Wenn Sie mir die Uhrzeit auch noch angeben können würde uns das um Einiges weiterhelfen.“
„Wir gehen jeden Tag um die gleiche Uhrzeit los. Nachmittags um Punkt fünf Uhr, vormittags ...“ -Schwarzebunte bemerkt, wie der Kommissar die Augen verdreht und ihn wieder unterbrechen will- „... wir sind den Weg an der Pferdekoppel entlang gegangen. Fritz läuft entweder vorne weg oder ...“ Riemer wird wieder unruhig und trommelt deutlich hörbar auf die Tischplatte: „Es wäre ganz freundlich, Herr Schwarzebunte, wenn Sie bald da ankommen, wo die Leiche lag.“
Enttäuschung auf dem Gesicht von Schwarzebunte „Das wollte ich gerade erzählen ... ich war doch beinahe an der Bäke. Da ist es passiert.“
Riemer beugt sich vor, Anstrengung liegt in seinem Gesicht, beherrscht fragt er: „Was ist da passiert?“
„Da hat Fritz den Mann im Wasser entdeckt.“
„Wo war es? Am Anfang der Pferdekoppel, in der Mitte oder am Ende?“
„Tja, ich weiß nicht so genau, eher am Anfang. Sie müssen wissen: Ich bin gegangen wie immer und habe nicht gemerkt, dass der Hund ...“
Erich Riemer wird ungeduldig: „Es war am Anfang und dann haben Sie bemerkt, dass Fritz nicht bei Ihnen war. Sie sind zurückgegangen ...“
Jetzt ist es Schwarzebunte, der den Kommissar unterbricht: „Herr Kommissar, Sie wissen, wo wir, Fritz und ich, den Mann gefunden haben. Warum fragen Sie mich nach dem F u n d o r t wenn Sie es wissen?“ Er zieht das Wort F u n d o r t in die Länge, unterstreicht damit seinen Unmut.
Riemer ist leicht irritiert und kann die Frage nicht richtig beantworten und brummelt: „ Machen wir immer ... ist Routine. Wie war das mit dem Mann, Fritz und Ihnen?“
„Als ich Fritz entdeckte, dachte ich, was schnüffelt Fritz da an der Bäke? Macht er an dieser Stelle nie. Ich sah den ‚Mann‘ im Wasser liegen.“

Schwarzebunte verfällt in den Tonfall eines Protokollanten, der Daten verliest. „Der ‚Mann' lag im Wasser, mit dem Gesicht nach unten. Ich musste Fritz zurückhalten, denn der wollte ins Wasser springen. In diesesReckswasser, das ist ‘ne Schweinerei ...“ Schwarzebunte merkte, dass er schon wieder den Pfad der Aussage verlässt.
„Wie haben Sie gemerkt, dass es eine männliche Leiche war?“ Schwarzebunte sieht den Kommissar fragend an.
„Sie müssen doch etwas bemerkt haben, an dem Sie erkannten, dass es sich bei dem Mensch in der Bäke um einen Mann handelte.“
Schwarzebunte hebt seinen Kopf höher, streckt ihn fast gegen das Bullydach, seine Gesichtszüge drücken Anzeichen von Unverständnis aus: „Der Mann ... die Person ... hatte kurze Haare und eine Hose an, daran habe ich erkannt, dass es ein Mann war.“ Zur Bestärkung streicht er sich über seinen kahlen Schädel, die roten Flecken sind aus seinem Gesicht verschwunden und machen einer grauen Hautfarbe Platz, die die Aufregung der vergangenen Stunden widerspiegelt. „Mein erster Gedanke war, dass ich die Polizei benachrichtigen muss. Das konnte ich aber erst machen, nachdem ich Fritz aus der Bäke geholt hatte. Das nächste Telefon war zu Hause. Den Rest kennen Sie ja, Herr Kommissar.“
„Sie haben mir die Frage nach der Uhrzeit noch nicht beantwortet, Herr Schwarzebunte. Wann haben Sie den Mann in der Bäke entdeckt?“
„Ich komme immer um halb fünf nach Hause. Ich arbeite nachmittags einige Stunden als Bote bei einem Dentallabor, müssen Sie wissen. Ist ’ne interessante Tätigkeit ...“
Riemer trommelt wieder mit seinen Fingern auf der Tischplatte: „Die Uhrzeit, Herr Schwarzebunte, die Uhrzeit! Wann haben Sie den Mann entdeckt? Wann?“ Er betont ‚wann' besonders stark, brüllt es beim zweiten Mal Schwarzebunte entgegen. „Die Uhrzeit !...“
Schwarzebunte bekommt Falten auf seiner Stirn, kurzzeitig weicht die graue einer blass-rosa Hautfarbe. „„... die genaue Uhrzeit kann ich Ihnen nicht sagen, aber es muss zwischen halb sechs und viertel vor sechs gewesen sein. Die Mädchen und die Pferde waren schon weg.“
„Welche Mädchen und was haben Mädchen und Pferde mit der Uhrzeit zu tun?“
„Nachmittags sind immer ein paar Mädchen auf der Koppel. Wie Mädchen in dem Alter so sind. Meine Tochter hat das auch gemacht. Sie arbeiten mit den Pferden oder sitzen auf dem Gatter und erzählen sich ...“
„Sie sagten, dass die Pferde schon weg waren. Bringen die Mädchen die Pferde weg?“
„Ja, bevor es dunkel wird bringen die Mädchen die Pferde weg.“
„Ach! Und daher wissen Sie die Uhrzeit?“
„Ja.“

„Können Sie mir erklären, warum jetzt noch ein Pferd auf der Weide ist? Die werden nach Ihrer Aussage doch immer gegen Abend von den Mädchen weggebracht."
„Das ... das ... ähh ..." Schwarzebunte stockt und kommt nicht weiter. Er überlegt angestrengt: „Als ich mit Fritz am Gatter ..." Er unterbricht wieder, denkt angestrengt nach und setzt erneut an: „Die Mädchen haben die Pferde gerade weggebracht als ich mit Fritz am Gatter war, ich habe sie auf dem Weg in Richtung Stall gehen sehen."
Riemer versucht die Gedanken des Mannes zu ordnen: „Wieviel Mädchen waren es?" Schwarzebunte überlegt nicht, seine Falten auf der Stirn sind weg: „Alle!"
„Wieviele Mädchen, wieviele Pferde?"
„Fünf, sechs ... können auch sieben Pferde gewesen sein. Und genausoviele Mädchen."
„Und jetzt ist wieder ein Pferd auf der Weide. Haben Sie eine Erklärung dafür?"
Schwarzebunte sieht Riemer ratlos an. Er kann sich nicht erklären, wo das Pferd herkommt. „Als ich mit Fritz den Mann in der Bäke entdeckt habe, habe ich kein Pferd auf der Koppel gesehen." Schwarzebunte nickt einige Male mit dem Kopf, das in ein Kopfschütteln übergeht. Er bekräftigt seine Beobachtung: „Ich habe kein Pferd gesehen."
„Ist Ihnen sonst etwas aufgefallen? Leute, die Ihnen entgegenkamen, wegliefen oder sich versteckt haben, Kinder oder Jugendliche, die auf der Koppel gespielt haben?"
„Nein, Herr Kommissar, mir ist niemand aufgefallen. Wenn ich mit Fritz meinen Spaziergang mache ..." Er stockt, sieht Riemer an, schüttelt dann aber mit dem Kopf, will weiterreden. Riemer beugt sich vor und sieht Schwarzebunte fragend an: „Na, ist da noch was?"
„Ja, als ich am Vereinsheim war, sah ich ein Mädchen. Sie kam von Mörtel und stellte ihr Fahrrad am Gatter ab."
„Was wollte die denn am Gatter, ich denke, die Pferde sind von den Mädchen weggebracht worden. Da stimmt doch was nicht, Herr Schwarzebunte!"
„Das stimmt."
„Na? Und?" Riemer trommelt gereizt auf die Tischplatte und stiert Schwarzebunte an.
„Da war doch noch 'n Pferd."
„Wie, ‚war noch 'n Pferd'? Bitte Herr Schwarzebunte!"
„Hab' ich vergessen, da war doch noch dieser ‚Große' auf der Weide, den macht die Elisabeth immer. Sie war wohl 'n bisschen spät dran. Die anderen Mädchen waren ja schon weg. Mir fällt ein, dass ich zwei Männer auf dem

Parkplatz von Mörtel gesehen habe, als ich nach'm Vereinsheim ging. Die Mädchen am Gatter haben sonst immer mit Fritz gespielt ... sie sagen ‚der alte Fritz' zu ihm. Ich bin schon ein Stück vorgegangen, ungefähr zehn Meter, bin dann am Zaun stehengeblieben, habe mich umgedreht und dabei auf der anderen Koppelseite die beiden Männer gesehen. Sie standen am Zaun vom Parkplatz."

„Was haben die beiden Männer gemacht? Können Sie sie beschreiben? Wie alt waren sie?"

„Die Männer standen auf dem Parkplatz am Zaun und haben ... ja sie haben da nur gestanden. Der eine war ... nee, kann ich nicht sagen, war zu weit weg. Ich weiß nicht ... so zwischen zwanzig und dreißig ... fünfundzwanzig, sechsundzwanzig Jahre vielleicht. Genau kann ich Ihnen das nicht sagen, bei der Entfernung."

„Sonst ist Ihnen nichts aufgefallen? Auf dem Rückweg? Als Sie Fritz gerufen haben?"

Schwarzebunte ist in sich zusammengesunken, seine Schultern hängen kraftlos herunter, der Kopf ist nach vorne geneigt, er hat seine Hände auf den Tisch gelegt und gefaltet. Erich Riemer betrachtet ihn und kann sich des Eindrucks nicht erwehren, dass er aussieht, wie jemand, der ein letztes Gebet spricht. Sehr zurückhaltend erinnert er ihn an seine Fragen. „Herr Schwarzebunte, war da noch was? Irgend etwas Besonderes?"

„Als ich so bei mir dachte ... auf dem Rückweg ... ‚Warum kommt Fritz nicht?', da kam ein Junge, ich glaub' das war der Nimzun-Bengel mit seinem Fahrrad vom Einkaufszentrum den Weg nach Frantz Mörtel gefahren. Der fuhr wie wild den Weg entlang. Ich hab' noch so gedacht: hat der was im Einkaufszentrum geklaut und haut jetzt ab? Ich hab' den aber nur kurz gesehen und Fritz entdeckt und den Bengel nicht weiter beachtet."

Erich Riemers Gehirnzellen arbeiten wie wild. ‚Die Theorie von dem Jungen, und dass er da was mit zu tun hat, ist nicht so abwegig. Oder?' Er bewegt diese Überlegung in seinem Kopf und versucht sie auf Schwächen abzuklopfen, landet aber immer wieder bei der These: ‚Der Junge ist der Täter. Es passt alles nahtlos zusammen.'

Erich Riemer ist mit sich und seiner Vernehmung zufrieden und sagt Schwarzebunte, dass er ihm das Protokoll am nächsten Tag im Präsidium zur Unterschrift vorlegen werde. Er notiert sich die Telefonnummer von Schwarzebunte und verabschiedet sich mit Handschlag von ihm. Als der schon vor dem Wagen steht, fällt ihm ein, dass er ein wichtiges Detail vergessen hat. Er lehnt sich aus der Bullytür und ruft in die Nacht: „Herr Schwarzebunte, eine Frage noch."

Der steht Sekunden später vor ihm: „Ja, bitte."

„Wieviel Zeit ist zwischen dem Treffen mit den Mädchen am Gatter und dem

Fund des Mannes in der Bäke vergangen? Können Sie mir das sagen?"
Schwarzebunte bekommt wieder Falten auf der Stirn, streicht mit der rechten Hand über seinen kahlen Schädel, hält sich mit der linken Hand am Dach fest und sagt dann: „Ich glaube es waren ungefähr dreißig Minuten, denn ich hab' noch zwei andere Hundebesitzer getroffen und wir haben erzählt und Fritz war hinter einem Karnickel her. Ja, so ungefähr dreißig Minuten."

In der provisorischen Zentrale im OSV-Heim wird Erich Riemer heute Abend das zweite Mal unvorbereitet und brutal heiß erwischt. Beim Öffnen der Außentür zum Heim treffen ihn helle, gleißende Lichtstrahlen, es sind mindestens sechs, sieben Lampen, die ihn ins Zentrum stellen. Schlagartig treten ihm Schweißtropfen auf die Stirn, eine unangenehme Feuchtigkeit macht sich unter seinem Hemd bemerkbar. Keine Chance dieser geballten Macht der Journalistenfinsterlinge zu entkommen. Unzählige Mikrophone, mit den Herkunftssymbolen der Sender versehen, rauben ihm die Luft zum Atmen.
‚Verflucht, verflucht, warum habe ich mir nicht den Parkplatz angesehen, dann hätte ich mindestens eine Stunde meines Lebens gewonnen.' Er ist Gefangener der Presse. Es gibt für ihn kein Entrinnen. Noch bevor er ein einziges Wort gesagt hat, weiß er, was morgen früh die Zeitungen und Radio und Fernsehen verbreiten werden, zum Kotzen, einfach nur zum Kotzen diese versammelte Bande von Tagedieben.
„Grabenmord!", oder „Brutaler Mord im ...", „Mann - tot im Graben gefunden." usw. usw. usw..
Schlimm auch die entsprechenden Kommentare seines Chefs. Ihm graust schon bei dem Gedanken.
Er reißt sich zusammen und versucht jede Frage, aber auch jede noch so dämliche Frage, zu beantworten. Völlig erschöpft tritt er nach Mitternacht den Heimweg an.
In seinem Dienstwagen riecht es stark nach Fisch.
„Scheiße, heute bleibt mir aber auch gar nichts erspart."

Fünfter Stock Polizeihochhaus Oldenburg, die Sonderkommission des 1. Polizeikommissariats zur Untersuchung des Falles ‚Grabenleiche' hat sich in ihrem Besprechungszimmer eingefunden.
Erich Riemer fasst die vorliegenden Ergebnisse zusammen:
„Ein Helmut Schwarzebunte hat gestern um 18.00 Uhr die Leiche eines jüngeren Mannes, 20 Jahre alt, mit Namen Mirco Hagenow in einer Bäke nördlich von Billig Hämmermann gefunden. Die Leiche wurde mit dem Kopf nach unten im Wasser entdeckt. Schwarzebunte ist Anwohner im Johannes-Roggebusch-Weg. Ein Protokoll seiner Aussage liegt vor.

Die Benachrichtigung der Polizei erfolgte telefonisch durch den Privatdetektiv Piet Meiners."
Ein Raunen geht durch die Reihe der zehn anwesenden Personen.
„Nach Auskunft des Arztes ist der Tote nicht ertrunken. Die Untersuchungen haben ergeben, dass Hagenow wahrscheinlich an schweren inneren Verletzungen gestorben ist. Er weist im Kopf- und Brustbereich Merkmale von Gewalteinwirkungen auf. Die Form der Druckstellen am Körper lässt vermuten, dass der Täter eine Eisenstange benutzte. Wasser- und Bodenproben am Tatort haben keine weiteren Hinweise ergeben.
Wir vermuten, dass der Täter ein Junge, 16 Jahre alt, mit Namen Eberhard Nimzun, ist. Der Junge wohnt in diesem Stadtteil nicht weit vom Tatort entfernt, das unterstreicht unseren Tatverdacht gegen ihn.
Spuren am Fundort lassen die Vermutung zu, dass ein Kampf stattgefunden hat. Der Junge muss, wenn er der Täter ist, Spuren von Gewalteinwirkung am Körper, wahrscheinlich an Gesicht und Armen, haben. Wir haben von dem Jungen noch keine Spur, obwohl er zur Fahndung ausgeschrieben ist. Er und sein Rad sind aus dem elterlichen Haus verschwunden, was uns veranlasst zu glauben, dass er damit geflüchtet ist."
Ein jüngerer Polizeibeamter meldet sich zu Wort:
„Gibt es schon Hinweise auf das Motiv des Jungen?"
Erich Riemer nimmt diese Frage dankbar auf und sagt:
„Wenn ich ganz ehrlich bin, schwimmen wir bei dem Motiv total. Von Raubmord bis Eifersucht, selbst Drogendelikt ist nicht auszuschließen. Wir finden den Jungen nicht, das würde uns die Sache erleichtern und uns auch dem Motiv näherbringen."
Er schaut ratlos in die Runde und merkt dann leise an:
„Ein 16-jähriger Mörder ist in Oldenburg meines Wissens in den letzten 20 Jahren nicht vorgekommen."
„Nun zum Opfer." Riemer strafft sich innerlich, richtet sich gerade auf und nimmt ein Blatt Papier vom Tisch. Er beginnt zu berichten:
„Hagenow ist uns seit einiger Zeit bekannt und kein unbeschriebenes Blatt mehr. Er steht im Verdacht, wie einige andere Jugendliche auch, an dem Anschlag auf den Bus der AVAG beteiligt gewesen zu sein. Wie uns Arbeitskollegen berichteten war er befreundet mit einem Herbert Burmeester. Ihr Vorarbeiter, beide arbeiten als Dachdecker, vermutete bei einer ersten Befragung, dass die Leidenschaft für Waffen sie zusammenführte. Mirco Hagenow und Herbert Burmeester arbeiten seit dem Frühjahr, d.h. seit März dieses Jahres, bei einer oldenburger Dachdeckerfirma und waren in den letzten Tagen mit Renovierungsarbeiten am Studentenheim im Johannes-Roggebusch-Weg beschäftigt.
Mirco Hagenow hatte vor kurzem mit seinem Fahrzeug einen Unfall. Die

Fahrerlaubnis wurde ihm vom Gericht für ein Jahr entzogen. Über Burmeester gibt es Gerüchte in ‚einschlägigen Kreisen', dass er einträglichen ‚Nebentätigkeiten' nachgehe. Wir haben durch intensive Recherchen festgestellt, dass er über viel Geld verfügt. Sein Job bei der Dachdeckerfirma bringt nicht das ein, was er in den letzten drei Monaten ausgegeben hat."
Erich Riemer schwenkt ein DIN A 4 Blatt wie zur Bestätigung in der Luft.
„Er ist in bestimmten Kreisen, wie z.B. Diskotheken, Wallstraße und am Stau dafür bekannt, dass er Geld, Zigaretten und Schnaps im Überfluss hat. Wir glauben, dass er klaut wie ein Rabe, daher könnte das Geld und die anderen Sachen von ihm stammen, wie Schnaps und Zigaretten. Seit dem Mord an Hagenow können wir ihn nicht auffinden. Er könnte uns aber wertvolle Hinweise zu Hagenows Tod geben. Wir haben ihn außerdem in Verdacht, dass er an Waffenschiebereien beteiligt war. Ein Gespräch mit seinem Arbeitgeber hat noch nicht stattgefunden, muss heute aber noch gemacht werden.
Für mich ist dieser Mord, wie auch der Anschlag auf den Bus, ein weiterer Beweis für die Zunahme der Jugendkriminalität. Wir beobachten in den letzten Jahren eine Brutalität der Jugendlichen, die wir bislang nicht kannten. Die glauben, sie haben das Recht, Gewalt mit noch mehr Gewalt zu beantworten. Die unkontrollierte Brutalität ist das Kennzeichen dieser Generation. Ein Überfall kann jeden treffen. Zufällig, ohne erkennbaren Grund, nehmen die sich einen vor. Man steigt völlig ahnungslos aus dem Bus und steht plötzlich, immer noch ahnungslos, vor einer Horde Kinder, 12, 13, 14 Jahre alt, und die schlagen dich zusammen, ohne Grund. Man geht um eine Straßenecke und sieht sich einer Gruppe von acht, zehn oder fünfzehn Jugendlichen gegenüber. Die fragen nicht nach dem Weg, der Uhrzeit. Die knallen den Passanten zusammen, bis der nicht mehr kann ... auf dem Weg liegt. Drei, vier Jugendliche besorgen das, und die anderen stehen drumherum, sehen zu, lernen für das nächste Mal, dann sind sie dran. Zum Abschied tritt dir der Anführer in die Weichteile und du siehst gerade noch, wie sein Stiefel auf dich zukommt. Du hast keine Chance auszuweichen. Er tritt dir die Zähne raus, zerquetscht dir mit dem nächsten Tritt das Nasenbein.
Waffen, Schlagringe, Fahrradketten, Gaspistolen, Butterfly-Messer und Baseballschläger sind die Spielzeuge der Jugendlichen - das hat es so krass früher nicht gegeben. Das ist auch kein Szenarium, das ich erfunden habe, die Kinder sehen es im Fernsehen, im Kino, auf der Straße und in ihren Familien. Vater prügelt Mutter und Kinder, die Kinder prügeln auf der Straße zurück, das ist die Realität."
Erich Riemer hat sich in ein Thema reingesteigert, das nicht unbedingt Gegenstand der Besprechung ist. Er findet aber aufmerksame Zuhörer. Einem Praxismann hören sie lieber zu als einem knochentrockenen Vortrag eines Polizeipsychologen.

„Außerdem: Dramatisch ist das Alter der Jugendkriminellen. Die Täter werden immer jünger. Oft sind sie erst 12 bis 13 Jahre alt, noch nicht strafmündig und dennoch Anführer von Cliquen bei Diebstählen und Erpressungen."
Erich Riemer versucht aus seinem Erfahrungshintergrund einiges aus der oldenburger Szene beizutragen:
„Treffpunkt, Zentrum von Gewalt und Jugendkriminalität ist nach unseren Beobachtungen das Brunnen-Eck, besser bekannt als ‚Leffers'-Eck. Es gibt Jugendliche, die sich zu ganz bestimmten Zeiten dort nicht mehr hinwagen ... Dort finden sich immer wieder kleine Gruppen, die gemeinsam losziehen und andere Kinder und Jugendliche ‚abziehen'. Vor einer Woche haben wir eine Bande von dreizehn Jugendlichen hochgehen lassen, der älteste ist sechzehn, der jüngste elf Jahre alt."
Eine lange Rede, die ihn atemlos macht. Er schließt aber noch eine rhetorische Frage an, die er selber beantwortet: „Wie hoch ist das Ausmaß an Gewalt und Kriminalität unter oldenburger Jugendlichen?
Offiziell jährlich 500 Fälle von Jugendkriminalität, mit steigender Tendenz. Viele Straftaten werden von Opfern gar nicht angezeigt - sie haben Angst. Das merken wir besonders dann, wenn Verhandlungen eröffnet werden. Aus der Justiz wissen wir, dass Opfer auf ihre Aussage verzichten - sie fürchten Rache."

Riemer beendet seinen Diskurs und gibt, übergangslos, den inzwischen eingeteilten Kollegen Instruktionen für das Gespräch mit Klaus Wegmann von der Dachdeckerfirma, die am Studentenheim arbeitet. Klaus Wegmann ist Kolonnenführer des Dachdeckertrupps, in dem auch Hagenow und Burmeester arbeiteten.
„Die Sache mit Elisabeth Borchert gibt uns Rätsel auf. Sie wurde ja bei Billig Hämmermann, am Einkaufszentrum, direkt am Weg unter den Eichen auf der Grasfläche gefunden. Sie hat Kopfverletzungen und war ohnmächtig als man sie fand. Auch in diesem Fall glaube ich, dass der Eberhard Niemzun der Täter ist. Motiv? Vielleicht Eifersucht?! Wer weiß das schon so genau bei diesen jungen Leuten!"
Erich Riemer wirkt bei diesen Worten wie ein resignierter alter Sack. Seine Jugend liegt in diesem Moment einige hundert Jahre hinter ihm.
„Elisabeth liegt im Evangelischen Krankenhaus und wird rund um die Uhr von uns bewacht. Die ärztliche Untersuchung hat bei ihr eine leichte Gehirnerschütterung ergeben. Für mich eine Erklärung ihrer permanenten Faselei von ‚mein Ebbi'. Für die sofort angelaufene verschärfte Fahndung habe ich Fotos von den beiden abziehen lassen. Wir müssen den Jungen heute finden. Das Foto von dem Mädchen dient der Orientierung, die beiden waren oft zusammen und sind sehr eng befreundet. Legen Sie unbedingt beide Fotos vor, mit der entsprechenden Erläuterung."

Riemer verteilt routinemäßig die angesprochene Arbeit und verlässt dann schnell den Raum. Während seines Berichtes wurde ihm ein Zettel mit einem Vermerk zugeschoben, dass Piet Meiners in seinem Büro auf ihn wartet.

Piet ist in Erich Riemers Büro, schert sich nicht um Nichtrauchergewohnheiten, verqualmt das Büro, genießt seine Unverfrorenheit. Er sitzt entspannt auf einem Stuhl vor dem Schreibtisch, vor sich einen selbstgeformten Papieraschenbecher. Er faselt irgendeinen politischen Unsinn. Erich Riemer ignoriert die durchsichtige Selbstdarstellung, sucht in einem Papierstapel auf seinem Schreibtisch nach imaginären Papieren und spannt seinerseits Piet Meiners auf die Folter. Ein Spielchen, das sich wiederholt, sich in mannigfachen Varianten ergeht und keinen endgültigen Sieger kennt. Piet steht auf - der selbstgefertigte Aschenbecher landet dabei demonstrativ und in hohem Bogen im Papierkorb neben dem Schreibtisch - und geht zur Tür, öffnet diese mit der Bemerkung: „Kommst du mit?“ Verschlagen und frech sieht er dabei Erich ins Gesicht.
„Komm mit!“
Erich Riemer ist in der Defensive, das spürt er, gönnt es seinem Gegenüber aber nicht und versucht durch geschäftsmäßige Polizeifragen Piets Erfolgswelle zu dämpfen.

Das Zimmer sieht so aus wie alle Krankenzimmer, weiß gekalkt, funktional, ohne Ausstrahlung. Erich Riemer braucht keine zwei Minuten, schon hat er sich einen bequemen Stuhl geschnappt, vor sich einen Tisch, den man rollen kann, neben sich Jupp Blenders. Blenders soll das Gespräch protokollieren. Im Bett vor ihm thront wie eine kleine Prinzessin Elisabeth ‚Lissi‘ Borchert. Mutter Borchert sitzt auf einem Stuhl neben dem Bett, ihre Augen sind stark gerötet und in der Hand hält sie ein großes Taschentuch.
Elisabeth beschwert sich bei Riemer. Sie kritisiert, dass die Polizei Ebbi, ihren geliebten Ebbi, zum zweifachen Täter erklärt hat, wo der ‚doch nicht mal 'ner Katze auf den Schwanz treten kann‘. Wenn schon Täter, dann nur einmal Täter. „Herr Kriminalrat, ich bin ohnmächtig geworden als wir beide in Richtung Einkaufszentrum fuhren. Dafür kann Ebbi doch nichts. Und dann wollen Sie ihn dafür auch noch einsperren.“
Riemer wehrt sich nicht gegen den Kriminalrat.
Es folgt die detaillierte Schilderung mit Peer, der völlig überraschende Angriff auf Peer und sie ... durch den Mann.
„War es denn ein Angriff oder ist der nur gestolpert? Da sind doch so viele Maulwurfshügel auf der Weide.“ Sie ignoriert die Frage und schildert, wie sie den Mann unter dem Zaun hindurchgerollt haben.

„Oder haben wir den gezogen? Wir haben den auf den Weg an der Bäke gezogen und Ebbi hat ihm sogar noch seinen Anorak unter den Kopf gestopft damit der Mann nicht direkt auf den harten Pflastersteinen liegt."
Die nächste Bemerkung lässt Riemer aufhorchen:
„Die Schießerei vom Dach fing mit dem Lärm der Straßenbaumaschinen an. Ebbi war doch nicht in der Nähe, ich habe ihn nicht gesehen, und außerdem, warum soll Ebbi auf mich schießen? Wir lieben uns doch!"
Erich sieht sie ungläubig an, verfolgt, wie Elisabeth aus dem Bett steigt, sich unters Fenster stellt, raussieht und dann zu ihrer Mutter gewendet, Erich Riemer scheint nicht im Raum zu sein, sagt: „Mama, und jetzt sagt die Polizei, dass Ebbi erst mich, und dann den Killer umbringen wollte. Das ist doch lächerlich, nicht wahr?"
Sie wartet keine Reaktion ihrer Mutter ab, baut sich vor Erich Riemer auf, sieht ihn streng an:
„Sie sorgen mir dafür, dass Ebbi nicht in den Knast kommt!"
Erich muss sich eingestehen, dass er mit Elisabeths Auftritt überfordert ist und sein Selbstbewusstsein schwer wankt. Dieses Persönchen ...
„Die hat was!"

Bei Erich Riemer laufen die Informationen immer dichter auf. Die jüngste Information betrifft Mirco Hagenow, der sich darauf spezialisierte, Frauen und Männer in kompromittierende Situationen zu bringen, um daraus Kapital zu schlagen. Sein jüngstes Ding: Er rief eine Frau an, setzte sie unter Druck und verlangte 1.000,- DM von ihr, die sie auch bezahlt hat. Sie hatte auf einer privaten Feier Nacktfotos von sich machen lassen, von denen Hagenow Kenntnis erhielt. Mit diesem Wissen presste er der Frau das Geld ab. Die Information über diesen Fall hat Riemer von einem Mittelsmann aus einer der Innenstadtkneipen in der Wallstraße bekommen.
Herbert Burmeester wurde nach Informationen aus den gleichen Kreisen einträgliche ‚Nebentätigkeiten' und ein teures Waffenhobby nachgesagt.
Erich Riemer und sein Stab wissen von diesen Gerüchten und sind ihnen nachgegangen. Riemer ist sich inzwischen sicher, dass Burmeester an dem Busanschlag beteiligt war. Burmeester ist nach seinen Erkenntnissen Einzelgänger und in periodischen Abständen ‚auf Bruch' gegangen.
Seine Mitarbeiter befragten bestohlene kleine Laden-, Kiosk- und Tankstellenbesitzer und hatten durch Vergleich von gefundenen Fingerabdrücken mit denen von Herbert Burmeester in drei Fällen Erfolg. Befragte Arbeitskollegen von Burmeester bestätigten, anfänglich zurückhaltend, dann offen, neidisch seine ungewöhnlich gute Finanzausstattung.
„Herbert hat Kohle!"
Er hatte immer Geld, Zigaretten, Schnaps und eine große Vorliebe für alle

Typen von Waffen. Dass sie selber an mancher Schnapsflasche von Herbert genuckelt hatten lassen sie natürlich unerwähnt. Sein Auto verschlingt ebenfalls so manchen 100-Markschein und seit zwei Jahren hat ihn eine neue Leidenschaft -Waffen- gepackt.
Er hatte einige Male von seinem größten Problem gesprochen, dem Ausprobieren der Waffen. Er wäre auf Einladung mit dem Arzt Dr. Gessenich im Schützenverein gewesen und hat nach Auskunft des Schießstandverwalters in den vergangenen Monaten dreimal einige Schüsse aus einem KK am Schießstand abgeben können.
Piet Meiners hat Erich Hintergrundinformationen zu Hagenow und Burmeester zukommen lassen, die etwas mehr Licht in die Anschläge und einen illegalen, gefährlichen Waffenhandel bringen. Hagenow und Burmeester sind durch ihre Kleinstkriminalität und durch Zufälle in eine Verbrecherebene gelangt, die nicht ihrer Kragenweite entspricht.
Erich Riemer berichtet seinen Kollegen aus der Sonderkommission: „Aber wir wissen ja, dass in der Kriminalität nichts unmöglich ist. Hagenow und Burmeester haben geglaubt, mitspielen zu können: ‚Rahm abschöpfen!', so hätte sich Burmeester vor Kollegen gebrüstet. Er meinte mit ‚Rahm' ... Geld. In einer Größenordnung, die seine miesen Raubrittereien wirklich als Kleinkram erscheinen lässt. Beide hätten nach der Wende Kontakte zu ostdeutschen, polnischen oder russischen Waffenschiebern bekommen. Dr. Gessenich aus Oldenburg hat sich diese Kontakte zu Nutze gemacht und Waffen und Munition preisgünstig oder umsonst bezogen. Als Gegenleistung hat er sie zum Schießstand am Johannes-Roggebusch-Weg mitgenommen. Sie haben nicht geahnt, dass ihre anfänglichen kleinen Waffenschiebereien zu einem Teil eines weiter gespannten Netzes werden sollten.
Piet Meiners glaubt, dass Dr. Schnüssel und einige andere über ihre Bankgeschäfte Kontakte zu spanischen Partnern haben, die wiederum im Drogenhandel tätig sind. Über diese Kontakte wollte Dr. Schnüssel die Waffen haben. Sie haben durch ihre internationalen Verbindungen von dem schwunghaften Waffenhandel mit dem Osten gehört, sind selber über das Bankhaus Noba AG in Geschäfte verwickelt, die im weitläufigsten Sinne mit Rohstoffen wie Gold, Silber, Diamanten, Uran und nach neuesten Vermutungen des erwähnten Privatdetektivs mit Beutekunst zu tun haben.
Die in der jüngsten Zeit verübten Anschläge auf Fahrzeuge, wie z. B. Traktoren, Busse oder Lastwagen auf dem Lande und der Anschlag auf den Bus in Oldenburg gehen auf das Konto von Hagenow und Burmeester."
Erich Riemer steht trotz dieser beachtlichen Ermittlungsergebnisse unter starkem Druck. Die NWR fordert in ihrer jüngsten Ausgabe Konsequenzen, wenn Erfolge ausbleiben. Die Fernsehsender, vor allem die regionalen Privatsender, sind mit großem Tross nach Oldenburg eingefallen, drehen jeden

Stein, jedes Blatt um und verkaufen ihre eigenen ‚Recherchen‘ als grandiose Ergebnisse intelligenter Journalistenarbeit. Die Frage nach der Fähigkeit bzw. Unfähigkeit des Polizeiapparates wird immer lauter gestellt.

Es fehlt der Mörder von Mirco Hagenow. Die Polizei weiß noch nicht einmal, ob der Junge der Täter ist - der Junge wurde bisher noch nicht gefunden. Tatverdacht besteht bei ihm nach wie vor. Erich Riemer glaubt immer noch, dass er von Piet Meiners versteckt wird. Inzwischen stellt er sich aber eine neue Frage:
„Kann Burmeester Hagenows Mörder sein, oder ist es doch der Junge?“

Erich Riemer ist Sozius, er klemmt hinten auf Piets Elektroroller, sie fahren in Richtung Stadtzentrum.
Aparte, gelebte Komik, vorne die Bohnenstange Piet mit seinem überdimensionierten Helm und hintendrauf ‚Fässchen‘ Riemer, den Roller eindeutig asymmetrisch belastend; jederzeit die Gefahr, dass der Roller vorne wie ein Trakehner bei einer Parade hochsteigt. Ein Postermotiv für die Oldenburg-Werbung:
‚Gemütliche Großstadt im Nordwesten: Liebenswerte, ökologiebewusste Menschen auf dem Weg zur Arbeit.‘
Erich hat Fragen zu den von Piet gesammelten Beweismitteln und lässt sich die Lage der Fundorte erklären:
„Der erste Fundort ist dort, wo die beiden den Mann gefunden haben, hinter dem Zaun. Der zweite Fundort ist die Stelle am Zaun, wo sie den Hagenow unterm Zaun durchgezogen haben. Der dritte Fundort ist die Stelle am Graben, wo Hagenow abgelegt wurde.“ Erich protestiert, er hat einen anderen Ablauf im Kopf:
„Du erzählst mir dummes Zeug!“ Piet ignoriert den Einwand, holt Tabak und Zigarettenpapier aus der Tasche, dreht sich eine Zigarette und fährt fort:
„Ich habe fünf Beweisstücke ... willst du nicht wissen, welche?“ Erich vereinbart mit Piet, dass die Ergebnisse von Hartwig ins Präsidium kommen und dort ausgewertet werden. Er lässt sich, unwillig zwar, darauf ein, dass Bodenproben aus der Umgebung ‚flächendeckend‘ gezogen werden.
Bei den Bodenproben hat Piet angefangen von ‚wir‘ zu sprechen. Er glaubt allen Ernstes an eine ab jetzt beginnende Zusammenarbeit zwischen Privatdetektiv Piet Meiners und der oldenburger Polizei. Erich schüttelt über so viel aufgeblasene Überheblichkeit verwundert den Kopf.
Der Fall ‚KKL‘- ‚Küstenkanalleiche‘ ist Erich noch in frischer Erinnerung. Der Fall beschäftigte über drei Wochen lang die Öffentlichkeit und die Polizei. Piet hatte einige Tips, eher zufällige Hinweise, gegeben, behauptete hinterher, maßgeblich an der Auflösung des Falles beteiligt gewesen zu sein.

Der Fall wurde gelöst, als er begann, sich dem Polizeiteam zugehörig zu fühlen und sich den Anweisungen von ihm, Erich Riemer, unterzuordnen.
Sie kommen beide aus Wolbusch, oder jedenfalls aus der Nähe, und deswegen sagte er zu Piet gewandt:
„Die Wiese ist das Fundament, dann die Kuh drauf, die macht die Milch, dann Butter und Käse, hat meine Großmutter immer gesagt. Damit haben wir aber immer noch nicht den Jungen. Wo ist der abgetaucht?“
Piet verfällt wieder in seine Geschichtenerzählerei und lässt sich durch Erichs erneutes Kopfschütteln nicht aus dem Konzept bringen. Er erzählt von dem Anschlag auf den Bus der AVAG, von Waffen in der Republik, einem roten Ford und von Spuren im Schlossgarten.
Erich Riemer hört sich alles sehr geduldig an, blickt zweimal verdeckt, wie es sich gehört, auf seine Armbanduhr, um dann in einem günstigen Moment zu fragen:
„Wo hast du den Jungen versteckt?“
Piet ignoriert die Frage und Erich sagt:
„Also es bleibt dabei, Hartwig schickt uns die Untersuchungsergebnisse. Ich rufe gleich an. Der Computer wird nach dem Besitzer des roten Ford befragt. Ein Hausdurchsuchungsbefehl wird vorbereitet. Wenn wir einen Namen haben, werden wir aktiv. Die erneute Untersuchung vom Tatort und die Bodenproben sind Aufgaben unserer kleinen Starbesetzung.“
Eigentlich ärgert ihn, dass er Piet so weit Einblick in seine Überlegungen gewährt. Die Suche nach dem Jungen ist bisher ohne Ergebnis verlaufen. Er lässt den Stadtteil, in dem Meiners Haus steht und in dem der Mord passiert ist, lückenlos überwachen. Das Elternhaus des Jungen steht ebenfalls unter Beobachtung. Die beteiligten Kollegen beginnen unruhig zu werden. Der Junge und Burmeester, beide sind nicht auffindbar, wie vom Erdboden verschluckt. Es ist eine bundesweite Fahndung ausgelöst worden, gegen Riemers Willen. Erich Riemer glaubt, dass sich beide in der Stadt aufhalten, vielleicht sogar von Helfern versteckt werden. Ein Helfer im Falle des Jungen könnte Piet Meiners sein, davon ist Riemer überzeugt.

Sie sind zum zweiten Mal auf dem Weg ins Krankenhaus um mit Lissi zu sprechen.
Ein Polizeibeamter sitzt auf einem Stuhl vor dem Krankenzimmer. Seine Haltung ist etwas merkwürdig, erst als die beiden näherkommen sehen sie, dass sein Kopf schräg auf die rechte Schulter gekippt ist. Er kommt gerade wieder zu Bewusstsein und blickt verstört von Piet zu Erich Riemer und dann wieder zu Piet. Er versucht aus deren Gesichter abzulesen was ihm widerfahren ist. Er ist sichtlich nervös und ziemlich blass. Er blickt an sich run-

ter und bemerkt, dass seine Hände mit einem Plastikband zusammengebunden sind. Langsam kommt ihm die Erinnerung wieder und er berichtet, dass zwei Frauen und ein Junge mit dem Mädchen das Zimmer verlassen haben und weggegangen sind.
„Wie, weggegangen?“ fragt Riemer.
Piet findet die Frage, wie sie ins Zimmer reingekommen sind viel interessanter und fragt den Beamten danach. Der Polizeibeamte berichtet, dass vor einigen Minuten ... „genau weiß ich das nicht“, zwei Frauen mit einem jungen Mann im Schlepptau vor ihm standen. Eine Frau schob ihn beiseite, die andere Frau öffnete die Tür des Krankenzimmers und drängte den jungen Mann ins Zimmer. Die erste Frau sagte zu ihm:
„Rühren Sie sich nicht vom Fleck, wir sind bewaffnet!“ Der Polizeibeamte gestand, dass er ziemlich überrascht, ja gelähmt, war und ihm plötzlich ein Plastikband die Hände verschnürte.
„Die Dinger, mit denen man Kabel zusammenhält.“ Er ist immer noch verschnürt und hält seine Hände wie anklagend in Richtung Riemer und Piet. Riemer befreit ihn aus seiner misslichen Zwangssituation. Der Beamte massiert sich die Handgelenke und fährt mit seiner Schilderung fort.
„Die Frau schob den Stuhl beiseite, drängte mich mit dem Gesicht an die Wand und hielt mir eine Waffe in den Rücken, mit der anderen Hand holte sie offenbar ein Tuch hervor und hielt es mir vors Gesicht: War wohl Äther! Ich war jedenfalls weg. Hab‘ nichts mehr mitgekriegt.“
Zögernd und völlig zerknirscht gesteht der Beamte:
„Ja ... ja ...., als die größere Frau mir sagte: ‚Rühren Sie sich nicht vom Fleck, wir sind bewaffnet!‘, hätte ich sofort reagieren müssen.“
Erich Riemer beauftragt den Polizeibeamten im Präsidium anzurufen. Kollegen sollen das Zimmer auf Spuren untersuchen und anschließend soll er sich zur ärztlichen Untersuchung abholen lassen. Seinen schriftlichen Bericht erwartet er für den nächsten Tag. Sie sehen sich im Krankenzimmer um, können aber nichts entdecken, außer den üblichen Krankenhausbesuchsmitbringselutensilien.
„Was nun?“ fragt Riemer Piet leise.
Erich Riemer hat die Hoffnung, dass der Polizeibeamte seine Ratlosigkeit nicht bemerkt. Piet ist schon auf dem Weg zum Fahrstuhl. Er kann in solchen Situationen, obwohl Sportverachter, ein großes Tempo vorlegen. Fässchen bekommt seine Beine, seinen Körper knapp in den Fahrstuhl, die Türen schließen sich und er sieht Piet mit großen Augen an:
„Und nun?“
Die Tür öffnet sich wieder, und ohne dass Piet eine Antwort gegeben hat geht er geradewegs zur Information. Dort fragt er die Frau hinter der Glasscheibe, ob sie vier Personen, drei Frauen und einen jungen Mann, hat raus-

gehen sehen. Die Frau sieht kurz von ihrer vollelektronischen Anlage mit Lämpchen, Schaltern, Hebeln, Telefonen und zwei FAX-Geräten auf:
„Vier Personen? Bis jetzt habe ich fünfhundert Personen reinkommen und vierhundert Personen rausgehen sehen. Welche vier von den vierhundert Personen meinen Sie? Ich kann Ihnen keine Auskunft geben, Sie sehen doch was hier los ist." Die Frau ist sichtlich genervt. Das Telefon klingelt, aus einem Lautsprecher tönt eine Stimme: „Frau Hagen, bitte ein Taxi für ...", Besucher reihen sich hinter Piet Meiners und Erich Riemer ein, ein Rollstuhl wird von einem Pfleger an den Tresen geschoben, ein Weißgekleiderter mit orangefarbenen Streifen an Jacke und Hose ruft von Weitem „Wo ist der OP, ich komm' aus Aurich!"
„Schaurig!" Piet verkneift sich jede weitere Bemerkung und geht zum Ausgang. Vor dem Ausgang holt er Tabak und Blättchen raus. Als er mit seiner Selbstgedrehten fertig ist steht Erich Riemer neben ihm.
‚Erich Riemer ist nicht von der ganz schnellen Truppe', registriert Piet.
‚Aber zuverlässig, er geht wenigstens nicht verloren', denkt er weiter.

Erich und Piet sind wieder mit dem Roller unterwegs. Sie wollen zu Rudolf Hartwigs Labor. Das Ergebnis der Untersuchung der Stoffproben liegt vor. Die Stoffprobe von Plünnen Axmann liegt bei Hartwig auf dem Schreibtisch.
Rudolf bestätigt die Vermutung, dass die zu vergleichenden Proben in ihrer Gewebestruktur übereinstimmen. Rudolf Hartwig ist bei der Schilderung über einen Besuch bei den Physikern der Universität völlig aus dem Häuschen. „Phantastisch, phantastisch, einfach phantastisch!" Begeistert berichtet er von einem Elektronenmikroskop und ist über die ungeahnten Möglichkeiten, die dieses Mikroskop bietet, nicht mehr zu halten. Erich Riemer steht diesen Gefühlsausbrüchen ratlos und verlegen gegenüber.
„Soviel Gefühle für einen Apparat, für eine Maschine ... nee ... neee! Da ist mir mein Garten lieber als so'n blödes Mikroskop."
Sie bedanken sich bei Hartwig für dessen Arbeit und entfliehen durch einen schnellen Abgang seinen Gefühlsausbrüchen.
Sie fahren zu Piets Haus. Von da können sie das Büro von Riemer anrufen.
Der Cappuccino schmeckt wie immer hervorragend. Erich Riemer muss sich auch keine Geschichten über die Maschine, ihre Vorteile, die Originalität und den Preis anhören. Er steht in der Küche, die Tasse in der einen Hand, das Handy in der anderen Hand, telefoniert und trinkt, immer abwechselnd. Die Maschine dampft in ihrer alles überragenden Position so vor sich hin, zischt manchmal leise, als wenn sie auf sich aufmerksam machen will. Einige Tassen stehen auf der Maschine und werden vorgewärmt, die Küche könnte eine gründliche Reinigung vertragen, findet Erich. Er sagt es nicht, denkt es

nur. Er weiß, dass er in einem frauenlosen Haushalt ist, und da kann man nicht jedes Staubkorn auf die Waagschale legen. Die Maschine versprüht den Charme eines italienischen Restaurants. Der goldene Adler umkreist mit seinen weiten Schwingen seinen Platz, dominiert die Küche. Piet ist Gefangener seiner Ausstrahlung, ihr hemmungslos ergeben.
Als sie die Garage betreten weiß Erich Reimer sofort, dass hier irgendetwas nicht stimmt. In der Garage wird ihm klar, wessen Fahrrad hier steht, er selber hat die Beschreibung nach Zeugenaussagen von Passanten bei der Hämmermann-Geschichte mit dem Mädchen rausgegeben. Schlagartig ist er nicht mehr der Jugendfreund, der sich Flegeleien von Piet gefallen lässt. Er wird ganz steif und offiziell:
„Du unterschlägst uns Informationen, versteckst Beweismittel, deckst einen Mörder und betreibst gezielte Irreführung unserer Ermittlungsarbeit."
Erich Riemer ist außer sich ... vor Wut? .... Enttäuschung? Sein sonst so rosiges, fleischfarbenes Gesicht überzieht eine Blässe, die vom Hals über Gesicht bis unter den Haaransatz reicht. Die Lippen sind aufeinandergepresst und signalisieren Piet Funkstille.
„Du kommst in Untersuchungshaft."
Piet ist in den Krallen von ... Erich Riemer.

III Ebbi und Lissi

Elisabeth und Eberhard sind zu ihrer großen gemeinsamen Entdeckungsreise gestartet. Unberührt aufgewachsen von den Schrecknissen dieser Welt und mehr mit sich und ihrer gemeinsamen Entdeckung des Lebens beschäftigt, als Gemeinschaftserlebnissen anderer Art zugewandt. Sie sind der kindlichen Erlebniswelt entwachsen und beginnen ihre unterschiedlichen Geschlechter wahrzunehmen. Sie tun das mit wachsendem Bewusstsein, lebhafter Begeisterung und ... gemeinsam.
Eberhard ist verantwortlich für die Namengebung ‚Lissi', und Lissi ist verantwortlich für die Namengebung ‚Ebbi'. Lissi liebt Ebbi und Ebbi liebt Lissi ... sie fühlen ... füreinander. Die Liebe ist in diesem Alter grenzen- und zügellos, auch bei Elisabeth und Eberhard. Beide haben sich unabhängig voneinander mit dem Anderen gedanklich beschäftigt, süße Träume labend, rosa-rote Welten durchwandernd, Hand in Hand oder Arm in Arm.
Ebbi bewegt eines Tages, ziemlich zu Beginn ihres gemeinsamen Weges, den Namen Elisabeth stundenlang in seinem Kopf und gerät langsam in einen verrückten, tranceähnlichen Zustand, nicht mehr voll zurechnungsfähig, lallend auf seinem Bett hockend. Wunderbare Melodien und Bilder gehen ihm durch den Kopf, bis aus Melodie, Trance und Unzurechnungsfähigkeit Worte aus ihm rausquellen: Lisiiiii ... ihr zartes wunderschönes Gesicht ... Lisiiiii ... die Haare geschüttelt, den Kopf in den Nacken, lichtdurchfluteter Haarvorhang vor hellblauen Augen ... Lisiiiii ... Fahrrad fahren, helles Lachen, atemlose Gemeinsamkeit ... Lisiiiii und Lissssiiii ... Lissssiiii ... Lissssiiii ... lange Beine, zarter Nacken, lockende Lippen ... und dann wieder Lisiiiii ... Lisiiiii ... Lisiiiii ... tiefseeblau ihre Augen, süße Umarmungen, Hand in Hand über Wiesen, Wolken segeln den Weg in eine schöne Zukunft.
Das ging wohl fast den halben Nachmittag so, bis er aufstand, schnurstracks zur Tür ging, diese wild aufstieß, über den Holzzaun stieg und nach nebenan ins Nachbarhaus stolperte. Dort wohnt Elisabeth. Die Tür zum Haus stand offen, wie meist um diese Jahreszeit. Er wusste, wo er sie finden würde, stieß genauso wild wie bei sich zu Hause die Wohnzimmertür auf und sagt zu ihr gewandt, sie war natürlich im Wohnzimmer: „Für mich heißt du ab jetzt ... Lissi !" Er drehte sich auf den Hacken um und verließ in der gleichen atemberaubenden Geschwindigkeit wie er gekommen war Zimmer, Haus und Grundstück.
In seinem Zimmer angekommen legte er sich wieder auf sein Bett und starrte fünf Millionen Löcher in die Decke.
„Warum fällt das Haus davon nicht zusammen?"
Er kehrte erst wieder in die Normalität zurück, als Elisabeth, nein Lissi, vor seinem Bett stand:

„Du bist ja so süß und ich hab‘ mir für dich auch einen Namen ausgedacht, du heißt ... Ebbi.“ Das passierte, als Lissi 15 und Ebbi noch 14 Jahre alt war.

Lissi hat eine Einladung von ihrer Reiterfreundin Brigitte, zu deren Geburtstagsparty sie eingeladen ist. Sie ist in einen Bus an der Haltestelle Gartenstraße eingestiegen, in der Hand hält sie ein kleines, eingepacktes Geschenk. Wegen des Geburtstagsgeschenks war sie schnell in die Stadt gefahren, das war klar. Das Geschenk, ein Pferdebrevier, hatte sie in dem Reiterladen Hallervorden gekauft. Sie ist auf dem Weg zur Party. Ein Blick nach vorne, ein Blick nach hinten: Sitzen noch andere Bekannte, Freunde im Bus? In Oldenburg macht man das so. Der Bus ist zu ihrem Erstaunen voll, sie hat aber in der Nähe der mittleren Bustür noch einen Sitzplatz ergattern können. Der Busfahrer schließt die Türen und genau als das Zischen aufhört und der Bus anfährt ... zerplatzt vorne beim Fahrer ein Fenster. Kurz darauf knallt es scharf und wieder zerplatzt eine Scheibe. Glas platzt, spritzt auseinander, Glassplitter fliegen durch die Luft. Nach einem winzigen Moment schreien Menschen auf und gehen in Deckung, andere sitzen erstarrt auf ihren Sitzen, wieder andere versuchen die Türen zu öffnen um ins Freie zu gelangen. Der Bus hält abrupt. Die Fahrgäste haben Mühe auf den Sitzen oder Beinen zu bleiben.
Reflexartig dreht Lissi ihren Kopf zum Fenster ... nach draußen ... nach links zum Zaun am Schlossgarten und sieht zwei Männer wie Schattenumrisse vor dem Zaun stehen.
Sie speichert in den nächsten drei, vier Sekunden eine Serie von Bildern, die sie lange nicht mehr loslassen sollen.
Der erste Eindruck, das für sie wichtigste Bild, sind die beiden Männer, wie sie am Zaun stehen und interessiert zum Bus hinübersehen. Erst wirken sie wie Unbeteiligte, die auf den Bus warten, wie Kontrolleure, dann, bei näherem Hinsehen, machen sie einen entschlossenen, kalten Eindruck. Einer von den beiden hat ein Gewehr in der Hand, er hat Sekundenbruchteile Blickkontakt mit ihr, sie fühlt sich von seinen Augen ‚getroffen‘ und ‚durchbohrt‘. Es fröstelt sie, sie schüttelt sich leicht und verschränkt dabei unbewusst die Arme vor ihrem Oberkörper.
Der Mann mit dem Gewehr in der Hand hat blonde, lange Haare, ein Halstuch oder einen Schal und trägt eine schwarze Lederjacke. Er ist etwa 20 Jahre alt, älter als sie. Der andere Mann hält einen Kasten in der Hand, hat dunkelblonde Haare, wie sie trotz zunehmender Dämmerung registriert. Beide sind gleich groß und etwa gleich alt.
Im Augenwinkel sieht sie, geblendet durch Buslicht und Spiegelung im Fenster, verschwommen und durch ihr eigenes Spiegelbild überdeckt, eine andere Szene: Der Dunkelhaarige schmeißt den Kasten über den Zaun ins Ge-

büsch im Schlossgarten und springt hinterher, gekonnt, mit einer Seitflanke. Der Blonde dreht sich zum Zaun und ... will wohl auch springen.
Das kann sie nicht mehr sehen, weil sie durch Panik, Hektik und Aufregung im Bus abgelenkt wird. Sekunden nur, aber tausende von Sequenzen, Bildern und Ausschnitten. Es sind ungefähr fünf, sechs Sekunden vergangen, als über den Buslautsprecher der Befehl vom Fahrer kommt:
„Runter und hinlegen!“ Fast gleichzeitig geht das Licht im Bus aus und die Türen öffnen sich, um gleich wieder geschlossen zu werden. Sie blickt nach vorne und sieht, wie beim Lenkrad eine Person am Boden liegt und irgendwelche Hebel bedient.
Die Polizei ist zehn Minuten später mit vier Fahrzeugen am Tatort. Alle Businsassen müssen den Bus verlassen und in das nahegelegene Handelshaus gehen, es sind fast 35 Personen. Die Personalien werden aufgenommen, die Namen auf einem Flip-Chard-Bussitzplan von einem Kriminalbeamten schnell skizziert und eingetragen. Einige Fahrgäste wissen nicht mehr, wo sie im Bus waren als der Anschlag passierte. Die Befragung zieht sich hin, konzentriert sich schließlich auf fünf Personen, die offensichtlich alles gesehen haben. Aus der Geburtstagsfeier wird vorerst nichts. Lissis Reiterfreundin Brigitte muss noch ein wenig warten.

Ebbi schlendert durch den Einkaufsmarkt. Vor dem Reisebüro trifft er Rainer aus seiner Schule, beide gehen zur Realschule Alexanderstraße. Rainer will ‚schnell noch mal gucken‘ und streicht auch durch den Einkaufsmarkt. Die aufgehängten Plakate von Zypern und Miami, sonnenüberflutete Strände mit Bikini-Modellen, wecken Träume und Begehrlichkeiten nach Wärme, Freiheit, Erotik und Strandleben.
Wieder draußen am Eingang, wo Ebbis Fahrrad abgeschlossen am Uhrenmast steht, überblickt er die Parkreihen. Keine bekannten Gesichter. Er schließt sein Fahrradschloss auf, hängt es so unter den Sattel, dass es beim Fahren nicht klappern kann und fährt los. Sein Weg geht vorbei an parkenden Autos in Richtung Pyramide, Hämmermann, einem Billigmarkt, nach Hause. Der gepflasterte Weg führt parallel zum Einkaufszentrum bis in Höhe der Getränkeabteilung, verdeckt durch Sträucher und Büsche auf einem aufgeworfenen Wall, schließlich durch zwei mit Stacheldraht abgezäunte Wiesen in Richtung Wendehammer, der Endstation der Linie 8.
Die Pferde, die auf seinem Hinweg noch von fünf Mädchen abgerieben und gestriegelt wurden, äsen verteilt auf der Wiese. Die Mädchen hocken auf dem Gatter und sehen ihm neugierig entgegen, Ebbi ahnt nichts Gutes und will pfeilschnell vorbeischießen, sie sollen nicht sehen, dass er rot wird. Den Blick starr auf den Weg gerichtet tut er so, als ob kein Mensch weit und breit sei. Er findet, dass es einer taktischen Meisterleistung gleichkommt, wie er

so durch die anwesenden - für ihn nichtanwesenden - Mädchen hindurchschießt. „Das soll mir Ole mal nachmachen." Im höchsten Gefühl seiner taktischen Überlegenheit über alles Weibliche und seinen Freund Ole gleitet er pfeilschnell an der Situation vorbei. Da zerstört der Ruf „E b b i !!" seine strategisch aufgebaute Gemütsverfassung.
„Verdammt, Lissi sitzt da auch mit rum!" Lissi, Nachbarstochter und - viel schwerwiegender - Oles Schwester und - viel, viel, viel schwerwiegender - seine große Liebe, will sich an seinem Tomatenaussehen erfreuen. Er dreht sich um, richtet seinen Blick auf und in Richtung Lissi. „Hallo, ... ich hab's eilig" und fährt weiter, Marke dunkelrote Tomate. ‚Nur nicht aus der Bahn bringen lassen!!' Zwei Pferde traben durch den Ruf des Mädchens angelockt auf den Zaun zu.
Am Gebäude von Frantz Mörtel, schon außerhalb der Gefahrenzone der Mädchen, sieht er im Vorbeifahren am Fahnenmast vor dem Haupteingang eine Bundesfahne mit Bundesadler flattern. Fast dankbar verlässt er das eben Erlebte und wendet sich gedanklich der Bundesfahne zu. Sein Vater erzählte vor einiger Zeit, dass einem örtlichen Ex-Bundestagsabgeordneten, Parteifreund von Frantz Mörtel, für seine unwahrscheinlichen Verdienste um Deutschland ein Institut geschenkt wurde. Deshalb die Bundesfahne mit Bundesadler. „Vielleicht krieg' ich auch mal 'ne Bundesfahne mit Bundesadler. Da muss der Fahnenmast aber mindestens doppelt so hoch und die Fahne doppelt so groß sein."
So vertieft und beschäftigt mit seinen zwei großen Themen biegt er in Höhe des Wendehammers in den Johannes-Roggebusch-Weg ein.

Der Johannes-Roggebusch-Weg ist wie leergefegt, die Eichenblätter rauschen leicht im Wind, eine alte Frau harkt auf der anderen Straßenseite den Gehweg vor den Arbeiterwohnhäusern der ehemaligen Abdeckerei. Auf dem Parkplatz des Gesundheitszentrums der AOK stehen mehrere Autos. Ein paar Meter weiter geht es dann los! 2 - 3 m vor dem Rad schießt ein ferngesteuertes Auto auf die Straße. Plötzlich steht das Spielzeugauto, wie auch er sie kennt, nur größer, mitten auf der Straße. Ebbi tritt nur verblüfft, erschrocken, in die Bremse und sieht sich mit raschem Blick um. ‚Kein Junge zu sehen', registriert er durch eine schnelle Rundumkontrolle, auch keine anderen Spielzeugautos. Jungen spielen diese Spielchen meistens zu zweit oder dritt. Beim Absteigen vom Rad bemerkt er, dass das Auto, welches quer vor ihm steht, für ein Spielzeugauto ziemlich groß ist. Teurer als die ihm bekannten Modelle. So'n ähnliches Ding hatte er mal in einem James-Bond-Film gesehen. ‚Dicke Socken', wie ihm durch den Kopf geht, ziemlich hohe Karosserie. Beim Bücken bewegt sich das Gefährt ruckartig nach vorne auf ihn zu, er macht instinktiv abwehrend einen Schritt rückwärts, das Auto vollführt eine 90° Drehung und fährt immer schneller werdend in Richtung Wildtannenstraße davon. Nach 20 m bremst es, schleudert kleine Steinchen weg, radiert eine richtige Spur auf den Asphalt. Ebbi besteigt wieder sein Rad und setzt seine Fahrt ebenfalls in Richtung Wildtannenstraße fort, von oben auf das Spielzeugauto starrend und an diesem vorbei. Sein Gedanke ist: ‚Auto überholen, Fahrrad querstellen, Jungen aus seinem Versteck locken ...Triumph!‘ Das Auto fährt jedoch gleichermaßen wieder an und setzt sich parallel zu seinem Rad, langsam die Geschwindigkeit anziehend. Ebbi merkt das und setzt nach, ebenfalls schneller werdend. ‚Den Kampf gewinn‘ ich !!‘ Er tritt mächtig in die Pedale, kommt aber nicht hinterher und bleibt zurück. ‚Das Auto macht mindestens 40 km/h!‘

Nach der Einmündung der Wildtannenstraße vom Johannes-Roggebusch-Weg erhöht das Auto seine Geschwindigkeit nochmals auf fast 50 km/h. Ebbi passiert die Einmündung, keuchend, ohne den Mann am Verteilerkasten zu registrieren, immer noch in der Hoffnung, den Kampf gegen den unsichtbaren Feind zu gewinnen. Vergeblich mit dem Oberkörper über seine Lenkstange gebeugt, der Kopf berührt fast seine Fahrradlampe, tritt er mit allen seinen Kräften in die Pedalen, Jan Ullrich bei der Tour de France gleichend. Seine Augen sind starr auf den Asphalt gerichtet, nur von sekundenschnellen Unterbrechungen der Fahrtrichtung abgelenkt.

Nichts ... das Auto macht etwa 40-50 m weiter vorne eine erneute Vollbremsung, wieder spritzen kleine Steinchen links und rechts zur Seite, dann ruckartig eine Fahrtrichtungsänderung um 90°, nach links in eine Einfahrt.

Dann ... kein Auto mehr. Es ist verschwunden. Verblüfft sieht Ebbi den Johannes-Roggebusch-Weg hinunter, keuchend und atemlos zugleich. Er bremst und bleibt an der nächsten Grundstücksauffahrt stehen und sucht wieder einen Gegner, einen Jungen ... nichts, noch nicht mal das Elektroauto. ‚Wie vom Erdboden verschwunden.‘

Das Betreten des Grundstücks verhindern Nelly und Omo, die beiden Yorkshire Hofhunde. Sie sind nicht groß, wahrlich nicht, aber unschlagbar laut, gebärden sich wie reißende Wölfe. Sie unterdrücken seinen Wunsch nach weiteren Nachforschungen.

In Ebbi steigt das Gefühl des ‚Geschlagen-Sein‘ hoch. Ein vertrackter Tag: Erst Lizzis „Ebbi“ dann dieses verfluchte Auto und jetzt noch die kläffenden Pinscher. Ein bisschen viel für seinen Seelenzustand. Er besteigt sein Rad und biegt in die nächste Querstraße ein, um nach Hause zu fahren, sichtlich frustriert.

Ein paar Tage später steht Lissi am Johannes-Roggebusch-Weg zwischen zwei Eichen am AOK-Gebäude, ihr Rad hat sie an einen Baum gelehnt, an dem anderen Baum lehnt sie und sieht die Straße in Richtung zum Tennis-

verein. Von dort kommen Straßenbaumaschinen auf sie zu, langsam quälend und riesige Ungetüme, Dinosauriern gleich und unter ohrenbetäubendem Lärm. Sie ist mit zwei Freundinnen an der Pferdekoppel verabredet und später mit ihrem Freund Ebbi zum Eisessen im Einkaufszentrum. Sie hat noch etwas Zeit.
Auf dem Dach des Studentenheimes bemerkt sie eine Bewegung, oder war es ein Blatt oder Stück Papier? Die Maschinen, es sind zwei, kommen näher. Sie weicht zurück auf das Gelände der AOK, weil ihr diese Ungetüme doch Angst machen.
Knallen, zischen, quietschen, gequältes Geknarre des Materials. Plötzlich ein scharfer Luftzug und ... Plumm, überhaupt nicht zu den anderen Geräuschen passend, aber gleichzeitig mit dem übrigen Lärm. Einfach nur ... Plumm.
Alarmglocken bimmeln grell und schrill in ihrem Kopf, verursachen stechende Kopfschmerzen, reflexartig krallt sich ihr Körper in den Eichenbaum. Sie wirbelt hinter ihn. Sie kriecht förmlich in den Baum, sie spürt, wie sie eins wird mit dem Baum. Sie ist atemlos im Kopf. ‚Das ist anders als letzte Woche im Bus!'
Die Maschinen sind inzwischen nur ein kleines Stück näher gekommen. Plötzlich wieder ein Luftzug, nicht so scharf wie der erste, aber wieder mit dem gleichzeitigen ... Plumm. Blitzschnell steckt sie jetzt ihren Kopf hinter der Eiche hervor und sieht auf dem Dach des Studentenheims einen Typen mit Gewehr im Anschlag stehen, in ihre Richtung zielend. Wie hypnotisiert sehen sich beide an, er von oben nach unten, sie von unten nach oben, die Blicke verschweißen sie für Sekundenbruchteile miteinander.
In dem Moment wird ihr jäh klar, dass sich hier das Anschlagereignis auf den Bus vor einigen Tagen wiederholt. Die beiden Schützen auf dem Dach machen auf Elisabeth einen entschlossenen Eindruck, genau wie die Männer bei dem Busanschlag. Sie wirken heute nicht wie Unbeteiligte, die auf den Bus warten, wie Kontrolleure, sie sind die Akteure. Das Bild, das sich unauslöschlich einprägte. Die beiden Männer vor dem Zaun, wie sie stehen, ihre Haltung, Körperkonturen und der Blick des einen Mannes mit dem Gewehr. Sie spürt, wie er sie mit einem kalten Blick ‚durchbohrt'.
Ihr tritt deutlich vor Augen, wie der Mann mit dem Gewehr in der Hand bei dem Busanschlag Sekundenbruchteile Blickkontakt zu ihr hatte, und wie sie sich von seinen Augen ‚getroffen' und durchbohrt fühlte.
Digitalaufnahme total, unauslöschlich: „Typ ... Jeans ... blauer Pullover ... dunkelblonde Haare."

Jetzt geht alles schneller, die Maschinen erreichen die Bäume. Lissi kann ungefährdet das Rad erreichen, schiebt es vorsichtig vor die Maschinen, das

Dach im Blick, schwingt sich dann auf ihr Rad und fährt im Schutz der Straßenbaumaschinen in Richtung Wendehammer und weiter zur Pferdekoppel. Vor Frantz Mörtels Parkplatz hält sie noch einmal an und blickt rüber zum Studentenheim.

Sie sieht, undeutlich zwar, aber immerhin, zwei Männer, einer blond mit etwas Rotem um den Hals, der andere dunkler. Beide halten etwas in ihren Händen und hantieren damit rum, reißen es vor die Augen, wahrscheinlich doch ein Gewehr, dann wieder runter, so drei- viermal. Sie kann nur schemenhafte Bewegungen ausmachen. Geräusche vom Dach her kann sie auf die Entfernung nicht hören, der Lärm der Maschinen übertönt alles.

Außer den beiden Männern kann sie niemanden auf den Dächern entdecken. Kein Lastwagen der Dachdeckerfirma, keine Arbeiter auf dem Dach, nur das Förderband steht auf seinem Platz an der Straße neben der Telefonzelle.

Sie registriert ein leichtes Zittern ihrer Hände, starrt wie gebannt darauf.

Die Blicke der Männer beschäftigen sie: ‚Was geht in solchen Köpfen vor? Nehmen eine Waffe, ein Gewehr, und schießen auf Menschen, ... wollen mich abknallen. Ich kenn‘ die nich‘, hab‘ denen nichts getan, und die wollen mich abschießen, einfach so abschießen.‘ Sie versucht das aufsteigende Zittern in ihrem Körper bei diesen Gedanken zu unterdrücken. Ab diesem Augenblick sind beide Männer für sie nur noch ‚die Killer‘.

Während sie am Gebäude von Frantz Mörtel vorbei in Richtung Pferdekoppel fährt, beschließt sie, die Polizei von der Schießerei zu benachrichtigen nachdem sie ihr Pferd Peer gepflegt hat. Die panische Angst der Fahrgäste beim Anschlag auf den Bus fällt ihr ein. Angst und Hysterie hat sie nicht gehabt, ein bisschen Zittern hinterher, ja das stimmt, aber sie wäre die einzige gewesen, die der Polizei eine Personenbeschreibung von den ‚Killern‘ hätte geben können, allein die Polizei hat sie bis heute nicht angerufen. Ebbi, ihr Freund, will nachher beim Eis mit ihr darüber sprechen. Er meint, sie soll nicht aufgeben und sich bei der Polizei melden.

Lissi ist mit Peer beschäftigt. Beide stehen auf der Pferdekoppel am Einkaufszentrum. Peer lässt sich Lissis Behandlung geduldig gefallen, das Striegeln und Abbürsten genießt er sichtlich.

Lissi ist durch die blöden Straßenungetüme ein bisschen in Verzug geraten, sonst war sie um diese Zeit schon immer fertig mit dem Pferd und auf dem Weg zum Stall mit den anderen Mädchen und ihren Pferden. Der Lärm am Johannes-Roggebusch-Weg hat aufgehört, die Maschinen sind mit ihrer Arbeit offensichtlich fertig und abgerückt. Die Ruhe tut gut, nur das ziehende Geräusch auf dem Fell, vom Striegeln, und das Schnaufen von Peer schafft eine wohlige Vertrautheit zwischen Lissi und Peer. Lissi ist vertieft in ihre

Arbeit, Peer am Gras zupfend und mit zunehmend glänzendem Fell. Vorbeifahrende Passanten registrieren ein friedliches Bild - Mädchen mit Pferd. Ein Hurrikan ... Orkan ... ein Taifun: Brüllen und Stoßen, Schläge und Schreien, Blut, Stolpern, das Striegelwerkzeug fliegt weit ins Gras, Lissi liegt blutend am Boden, ohnmächtig.
Peer bäumt sich auf, schlägt wie teuflisch mit den Hinterhänden, bricht aus. Es kracht, splittert und er prescht in wilder Manier auf die andere Seite der Koppel. Zurück bleiben zwei leblose Leiber, Lissi und ein junger dunkelblonder Mann mit Jeans und blauem Pullover, sowie ein schnaufendes, zitterndes Pferd auf der anderen Seite der Weide.

Ebbi hat sich mit Lissi im Eiscafé des Einkaufszentrums ‚auf ein Eis' verabredet. Er jagt mit seinem Fahrrad den Johannes-Roggebusch-Weg runter, sein Anorak flattert im Wind. Er bleibt fast an dem neuen, ganz frischen Straßenbelag kleben, es knirscht richtig unter den Reifen, er muss wie bei der Tour de France seinen Lenker fest in beide Hände nehmen ‚Ein total geiles Gefühl!' Er biegt bei Frantz Mörtel in den Weg zum Einkaufszentrum ein. Am Gatter zur Pferdekoppel lehnt Lissis Rad. Auf der Koppel sieht er Peer grasen, aber weit weg am anderen Ende der Weide: „Komisch", murmelt Ebbi. „Ist Lissi schon zum Einkaufszentrum?" Am Ende der Koppel an der Bäke sieht er in der Nähe des Zauns zwei Körper auf der Weide liegen. Er hat eine schlechte Vorahnung, tritt kräftiger in die Pedale, fährt in wilder Fahrt den Weg entlang, stiert von Panik befallen auf die Pferdeweide, versucht in Bruchteilen von Sekunden jeden Maulwurfshügel, jeden Grashalm vor seinem geistigen Auge nach Unregelmäßigkeiten zu überprüfen, hetzt am Gatter von seinem Rad, schmeißt es neben Lissis Rad gegen den Zaun. Im Unterbewusstsein bemerkt er, dass sein Anorak sich im Stacheldraht verheddert. Rrritsch.
Lissi und ein Mann liegen am Zaun, rechtwinkelig zueinander, der Kopf des Mannes ist blutüberströmt. Lissi ist leichenblass, Ebbi erfasst Panik, sein Kopf droht zu platzen, Erregtheit befällt ihn.
‚Das kann doch nicht sein, dass sie tot ist, wir wollten doch ein Eis essen.' Er zieht seinen Anorak aus und legt ihn Lissi zusammengerollt unter den Kopf. Er befühlt ganz sachte ihr Gesicht und registriert, wiederum im Unterbewusstsein, dass sie ganz warm ist.
Eine Welle der Erleichterung durchströmt seinen Körper, er wird schlagartig ruhig, der Druck weicht aus seinem Kopf. Dieses Gefühl hat er noch nie gehabt, obwohl, wenn er Lissi so beobachtet, dann geht ihm das ähnlich durch den Körper.
Leicht tätschelt er ihre Wange, fühlt dann die Halsschlagader und den Puls. Beim Puls messen wacht sie auf, ihre Hand noch in seiner. Sie sieht ihm di-

rekt ins Gesicht, sein Gesicht nur 30 cm entfernt von ihrem, sie flüstert, noch mühsam, aber hörbar erleichtert: „Schön, dass du da bist !“
Er zieht sie hoch und deutet mit dem Kopf im Hochziehen auf den Mann neben ihr. „Was ist mit dem Kerl da?“ Lissi hält sich an Ebbis Arm fest und sieht zum Mann rüber:
„Wer ist das denn?“ und „Was hat er?“ und dann erschrocken: „Der blutet ja am Kopf !“
Ebbi hebt den unteren Draht des Zauns hoch und hilft Lissi, darunter durchzukriechen. Sie schafft es und hält dann selber den Draht hoch, für den Mann, den sie auf den Weg legen wollen, weg von der Koppel und dem Pferd. Er zieht den Mann an den Zaun und rollt ihn unter den Zaun hindurch auf den gepflasterten Weg. Sie legen ihn an den Rand des Weges, der Anorak dient wieder als Kopfkissen. Der Mann atmet, hat aber Verletzungen im Gesicht. ‚Auf jeden Fall ist er von der Koppel runter, Peer kann ihn nicht mehr verletzen.‘
Beide hatten beschlossen, so zu handeln, schnell, atemlos und flüsternd gesprochen. Jetzt zum Einkaufszentrum, einen Arzt alarmieren und alles Weitere in die Wege leiten.
Mit Lissi vorne auf der Lenkstange fährt Ebbi in Richtung Einkaufszentrum. Direkt auf dem Weg zum Zentrum, in Höhe von Billig Hämmermann, wird Lissi erneut ohnmächtig. Sie sinkt kraftlos und wie tot in sich zusammen und reißt Ebbi mitsamt Fahrrad zu Boden. Wieder panische Reaktion, er fasst Lissi an den Armen und zieht sie auf eine Grasfläche unter einigen Eichen. Sie ist wieder leichenblass, er spürt keinen Atem, obwohl er sehr dicht an ihrem Gesicht ist. „Ich brauche Hilfe!!“ hämmert es in seinem Kopf. „Ich brauche Hilfe!!“ Er fährt wie von Hunden gehetzt in rasender Fahrt in Richtung Johannes-Roggebusch-Weg.
‚Da ist doch dieser verrückte Kerl. Piet Meiners, mit seinem komischen Haus, der kann mir vielleicht helfen.‘ Rein in die Einfahrt vor der er vor einiger Zeit stand und nicht weiterkam, weil zwei kläffende Hunde ihm den Zutritt verweigerten. „Gott sei Dank! Er ist da!!“ Ebbi schmeißt sein Fahrrad auf den Rasen und stürzt auf Meiners zu. Er bleibt vor ihm stehen, versucht zu sprechen, zu erklären, schnappt nach Luft, spürt, wie ihm die Stimme versagt. Die Beine drohen ihm einzuknicken, wollen ihm unter der Last der Verantwortung für Lissi den Dienst verweigern. Er will erklären, warum er hier ist, merkt, dass er von seinen Gefühlen überwältigt wird, ringt nach Worten, merkt nicht, dass gestammelte Wortfetzen seinen Mund verlassen - unartikulierte, kehlige Laute. Er wird von Meiners geschüttelt, an der Schulter gezerrt. Der Detektiv versucht ihn zum Sprechen zu bringen. Ebbi reißt seine Hände zum Kopf hoch, fährt verzweifelt durchs Gesicht, die Haare. Der Detektiv drückt ihn auf eine Bank und hockt sich vor ihm hin. Er

bemerkt es nicht, wie Piet Meiners sich vor ihm hinhockt, beruhigend auf ihn einredet - immer wieder. Ihn beherrscht nur ein Gedanke: ‚Lissi!' Dieser Gedanke lähmt ihn, kreist ihn ein, macht ihn willenlos, handlungsunfähig. Aus weiter Ferne hört er eine Stimme und plötzlich erreichen ihn die Worte:
„Wie heißt du?" Wie durch einen dunklen Schleier bemerkt er, dass Meiners sich eine Zigarette dreht und ganz langsam kommt ihm zu Bewußtsein, dass der ihm forschend ins Gesicht sieht, ihn beobachtet. Er fordert ihn auf zu erzählen, was ihn bewegt hat zu ihm zu kommen. „Du bist ja leichenblass! Ist was Schlimmes passiert?" Ebbi würgt es im Hals, er bekommt keinen Ton heraus, ist den Tränen nahe. Piet tätschelt sein Knie. Dann sprudeln auf einmal - wie befreit - die Worte aus ihm heraus: „Ich heiße Eberhard!" Er erzählt, wie er Lissi gefunden hat, wie sie zusammen einen Mann von der Koppel „ ... er war ohnmächtig" auf den Weg gelegt haben und gemeinsam auf seinem Rad ins Einkaufszentrum fahren wollten, wie Lissi plötzlich wieder ohnmächtig wurde und er sie unter den Eichen am Weg liegen ließ:
„Lissi braucht Hilfe ... Lissi braucht, Lissi stirbt mir sonst." Rote Flecken bedecken sein Gesicht, die Leichenblässe ist von ihm gewichen. Ebbi weiß nicht wie, aber Meiners schiebt ihn vor sich her, sie stehen vor dem Haus.
Ebbi betritt zum ersten Mal das Haus von Piet Meiners. Er ist oft hier vorbeigefahren und wollte immer schon wissen, wie es drinnen aussieht. Von außen macht es einen seltsamen Eindruck auf ihn, so wie die Aufbauten von einem Schiff oder so ähnlich. Ein Flachdachteil mit einem großen, runden Fenster und daneben ein Turm mit runden Fenstern. An der Stirnseite ein Fahnenmast mit einer blauen Fahne und oben am Fahnenmast so'n blankes Ding, das sich bei Wind in wahnsinniger Geschwindigkeit dreht. Sein Freund Ole und er haben überlegt, ob das vielleicht ein Dynamo ist, mit dem dieser Meiners seine Hausnummer beleuchtet. Muss er ihn mal fragen.
Sein Elternhaus ist ein ordentliches Haus, Giebeldach mit roten Dachpfannen, Eingang an der Seite, Garage neben dem Haus, Garten nach hinten, vorne drei große Fenster mit Jalousien, oben drei kleinere Fenster auch mit Jalousien, vor dem Haus ein ordentlicher Rasen, ein paar Blumen.
Von innen? Er muss sich erst an die Dunkelheit gewöhnen. Als Kontur sieht er eine grässliche Jungengestalt in einer Glasscheibe ... Glastür?, abgehetzt, tiefliegende Augen ... ein Gespenst.
„Das bin ich!!"
Er dreht sich nach rechts, eine andere Glastür, das gleiche Gespenst. Piet Meiners schiebt ihn durch die zweite Glastür, links sieht er eine mit buntem Papier beklebte Holztür, ein Name vielleicht?, er kann es nicht entziffern. Ein quadratischer Flur. In einem Ofen in der einen Ecke sieht er ein Feuer glimmen, es riecht nach verbranntem Papier und Holz. Rechts neben dem Ofen eine Türöffnung, die in eine kleine Küche führt, aus den Augenwinkeln

entdeckt er über einer Anrichte eine goldene Maschine. Ein Bussard, ein Adler (?) breitet seine Flügel aus. Es sieht aus als wenn er zum Flug abheben will. Ein großes, rundes Fenster gibt den Blick frei auf Rasen, Bäume und Gebüsch. Dampf kräuselt aus irgendwelchen Öffnungen. Auf dem Johannes-Roggebusch-Weg fährt gerade ein Bus vorbei. In einer Ecke links neben dem Ofen eine weitere Glastür, die Piet Meiners ihm öffnet und ihn in ein Wohnzimmer führt. In einem Sessel findet er sich wieder. Piet beruhigt Ebbi zum wiederholten Male und geht dann zum Telefon. Er führt ein längeres Gespräch. Ebbi beobachtet, wie der Privatdetektiv dabei wie Einverständnis unterstreichend mit dem Kopf nickt, unterbrochen von zustimmendem Gemurmel: mmmh ... mh ... mmmmh. Als er zurückkommt erzählt er ihm die wichtigsten Neuigkeiten von Lissi, dass sie im Evangelischen Krankenhaus liegt und dass es ihr den Umständen entsprechend gut geht.
Piet Meiners fragt ihn nach seinen Eltern, er sagt ihm, dass sie erst nächste Woche wiederkommen. Der will was zu essen machen und ihn rufen wenn er mit dem Essen fertig ist. Er legt sich in das Bett von Piet Meiners Jungen. Als er alleine im Zimmer ist wird ihm plötzlich klar, dass er sein Schicksal in die Hände von Meiners gelegt hat. ‚Der kann mit mir machen, was er will. Und wenn ihm einfällt, mich der Polizei auszuliefern, dann bin ich dran ...‘
Es vergeht Zeit als er von draußen aus dem Garten Hundegebell hört und es einige Minuten später dann an der Tür klingelt. Ebbi steht auf, öffnet die Zimmertür, will in den Flur gehen, als Piet Meiners ihn ins Zimmer zurückschiebt und ihn heftig anfährt, ja das Zimmer nicht zu verlassen bis er ihn ruft. Vom Bett aus hört er Stimmen, die von Piet Meiners und die von einem Mann. Er kann nicht verstehen worüber sie sprechen, kann nicht einmal einzelne Wortfetzen aufschnappen. Ebbi ist aufgewühlt, die Erlebnisse der letzten Stunden kreisen in seinem Kopf, das Blut hämmert gegen seine Schläfen, mit seiner Angst um Lissi ist er schlagartig alleine, aber wenigstens der verrückte Kerl, der Privatdetektiv, steht ihm zur Seite. ‚Hilft der mir wirklich?‘ Unsicherheit steigt in ihm auf, befällt ihn, lässt ihn ganz starr auf dem Bett liegen. Nach einer endlosen Zeit steht Piet Meiners wieder vor seinem Bett und fragt ihn nach einer Leiche. Ebbi wird ganz aufgeregt und schießt vom Bett hoch. Er bestreitet etwas mit einer Leiche zu tun zu haben. Piet Meiners erzählt ihm, dass er zur Pferdeweide muss: „Die Polizei wartet schon auf mich. Bleib du so lange hier.“ Bevor er weggeht fragt er ihn :
„Wo ist dein Fahrrad?“
„Draußen bei der Garage.“

Nachdem Piet von der Weide zurückgekehrt ist, erzählt er ihm die letzten Neuigkeiten von den Untersuchungen, der Grabenleiche, der Presse und der Polizei. Der Detektiv macht sich in der Küche zwischendurch einen Cap-

puccino und unterhält sich mit Ebbi über Details, wie zum Beispiel die Anzahl der aufgebauten Scheinwerfer, dem Presseaufgebot, der Abriegelung des Geländes und der Theorie des Arztes zur Todesursache.
Weit nach Mitternacht legt sich Ebbi wieder in Knuts Bett. Piet Meiners will in Ruhe über die vergangenen Ereignisse nachdenken und muss sich dazu unbedingt auf sein Sofa legen. „Komischer Kerl, dieser Piet Meiners!" Mit diesem Gedanken dreht sich Ebbi ins Kopfkissen. Das Haus am Johannes-Roggebusch-Weg kommt aber noch lange nicht zur Ruhe.
Die Nacht nimmt kein Ende ... der Detektiv schnarcht und macht dabei Lärm für zehn. Ebbi wacht nach einer Stunde auf und beide besuchen das nahegelegene Studentenheim. „Morgens um drei!!" Piet Meiners findet in einem Heizungsraum einen Schlüssel und faselt etwas über Gerüche: „Morgens um drei!!" Der Kerl spinnt. Er glaubt, den Geruch von Teer und Pulver zu riechen. Ebbi bestärkt das in seiner Einschätzung vom Detektiv. „Der ist durchgeknallt." Er weiß vom Hausmeister der Schule an der Alexanderstraße, dass der dort auch im Heizungsraum ein Versteck für einen Schlüssel hat, das jeder dritte Schüler kennt. Der Detektiv macht daraus eine grandiose Entdeckung, schreibt dies seiner Genialität, seinem ‚Riecher', zu und glaubt den Täter schon fast überführt zu haben. Eigentlich scheint er zu erwarten, dass Ebbi ihm vor lauter Begeisterung auf die Schulter klopft.
Er nickt zwar mit dem Kopf, zieht aber gleichzeitig die Schulter hoch, die Kopfzustimmung ist damit wieder aufgehoben. Als kleiner Junge hatte er, wenn er ein Versprechen gab, Mutter, Vater oder Freunden, und wusste, dass er es nicht einlösen konnte oder wollte, hinter seinem Rücken Zeige- und Mittelfinger überkreuz gehalten, das galt als Aufhebung des Versprechens. Der ‚Liebe Gott' konnte es bestätigen, der sah, was in seinem Rücken geschah. So ist das Schulterhochziehen zu verstehen. Der ‚Liebe Gott' ist aber jetzt nicht mehr im Spiel. Für die eigene Balance bilden Kopfnicken und Schulterhochziehen jedoch ein tröstliches Gleichgewicht.

Es ist weit vor 6 Uhr morgens. Nach viel zu kurzem Schlaf, Orangensaft und Toastbrot mit Marmelade, der Detektiv hat sich noch eine Zigarette gedreht, sind sie unterwegs mit einem Elektroroller. Ebbi wollte sein Rad nehmen, aber Piet Meiners hat ihn ziemlich barsch davon abgehalten. „Bist du bescheuert?" war sein Kommentar, nichts weiter, nur: „Bist du bescheuert?" Der verhält sich genauso wie sein Mathe-Lehrer, keine Erklärung, nicht einmal ein winziger Hinweis. Lag es an der frühen Tageszeit, den schlechten Träumen? Ebbi weiß es nicht, ist ihm auch egal, genauso wie sein Mathe-Lehrer, der ist ihm auch egal. Bevor sie losfahren steckt sich der Detektiv verschiedene Tüten in eine lederne Umhängetasche.
Die Untersuchung am Tatort nervt Ebbi total ab. Der komische Kauz kriecht

auf dem Boden rum, kratzt hier ein bisschen Erde in eine Tüte, schneidet dort ein Stück Draht ab und reißt auch noch verschiedene Grasbüschel raus und tut alles ebenfalls in die unvermeidlichen Tüten. Ebbi ist über die Tätigkeit eines Privatdetektivs ziemlich enttäuscht. Er hatte sich die Arbeit etwas anders vorgestellt. „Der müsste doch vor 'nem Computer sitzen, eine bundesweite Fahndung einleiten und den Täter dann bald in Handschellen der Polizei, dem Staatsanwalt oder dem Untersuchungsrichter übergeben. Schon lange in der Kiste haben. Tausende von Fahndungsfotos müssten längst an den Litfaßsäulen kleben, stattdessen kriecht der hier im Dreck rum." Ebbi sitzt an einen Zaunpfosten gelehnt und beobachtet gelangweilt und total übermüdet die Aktivitäten des hageren, dürren Mannes, der über den Weg rutscht. Das Pferd hält sich immer noch auf der anderen Seite der Koppel auf. Nach einer Ewigkeit kommt Piet Meiners zu ihm. Sie besteigen beide den Roller. Sie fahren ein kurzes Stück an der Pferdekoppel entlang, biegen in Richtung Frantz Mörtel ab, halten auf dem Parkplatz, steigen vom Roller und die Rutscherei am Zaun und auf der Koppel fängt von vorne an. Piet Meiners ist nicht ansprechbar, lässt sich von seinen Kratzereien nicht abbringen, blickt sich immer wieder suchend um. Ebbi sieht nur Zäune, Wiesen, Wege und Büsche. Ebbi spürt eine bleierne Müdigkeit in seinen Gliedern und hängt willenlos an dem Pfosten. Als Piet in seiner Nähe ist, will er zu einer Frage ansetzen, da bedeutet der ihm, dass sie jetzt den Heimweg antreten.
Vom Einkaufszentrum kommen erste Geräusche herüber, ein neuer Geschäftstag kündigt sich an.
Die Fahrt nimmt einen anderen Verlauf, als er sich dachte. Als sie in den Johannes-Roggebusch-Weg einbiegen, sieht er schon von weitem, dass vor dem Grundstück des Privatdetektivs ein Polizeibeamter steht. Der Detektiv hat es gesehen, bevor er ihn darauf aufmerksam machen kann. Er reagiert sofort, fährt wie selbstverständlich weiter und biegt in die Wildtannenstraße ein. Er hat ein Ziel. Das Haus eines Freundes?
Als sie vor einem Haus anhalten, will ein Mann es gerade verlassen. Piet Meiners spricht einige Worte mit ihm, erklärt sein Anliegen. Ebbi steht unbeteiligt am Roller und weiß nicht so recht, wie er sich verhalten soll. Der Mann, er heißt Herrman, ist, wie Ebbi an der Reaktion beobachten kann, mit dem Vorhaben des Privatdetektivs nicht einverstanden. Der setzt sich aber durch und Ebbi darf für einige Zeit, Stunden oder Tage, je nach Entwicklung der Dinge, hier ‚untertauchen'. Das Wort ‚untertauchen' findet Ebbi gewaltig aufregend, geradezu geil.

Beide Flügel des Fensters stehen weit offen. Die Luft strömt an seinem Körper entlang, leichte Gänsehaut überziehen Oberarme und Rücken, die Lun-

gen füllen sich mit der frischen Frühlingsluft. Das ist Leben! Er wirft seinen Kopf in den Nacken, bewegt ihn hin und her, macht es drei-, viermal, bis ihm schwindelig wird, hört auf und legt den Kopf an den Fensterrahmen.
„Wenn Lissi jetzt hier wäre, das wäre schön, wir würden hier sitzen und uns anfassen, nichts sagen, nur anfassen und die wunderbare Luft umschmeichelt uns. Toll, einfach nur toll!!"
Wie er das so sagt, mit dem ‚toll', wirft er wieder den Kopf nach hinten und verharrt in dieser Stellung. Kopf im Nacken, den Blick nach oben in den Himmel gerichtet. Blauer Himmel, Himmel so blau, wie er ihn noch nie gesehen hat und da oben Vögel, Möwen, die ihre Bahnen ziehen. Dreißig, vierzig, ach was, mindestens hundert Meter hoch, oben, vor der blauen, so unendlich blauen Himmelsplane. Hunderte von hellen und grauen Punkten am Himmel, vor diesem unermesslichen Blau. Jetzt, dreißig, vierzig helle Lichtpunkte bewegen sich als Lichtpulk, nicht Lichtbündel, am Himmel. Synchron, spielerisch auf und ab fliegend, einem riesigen, fliegenden, schwerelosen, lichtbepunkteten Raster gleich. Kippen weg in den Hintergrund und werden zu dunkelgrauen Möwenstrichen, immer noch im harmonischen Gleichklang fliegend. Ein anderer Lichtpulk, wunderbares Licht am Himmel verströmend, überlagert die kleiner werdenden grauen Striche, drängt sie in den Himmelshintergrund, gewinnt an Kontur. Helle freundliche Lichtpunkte. Der Himmel über Oldenburg!
Das ist ein gutes Zeichen, so viele freundliche, warme Lichter.
Das ist mein Zeichen!

Ebbi hört ein Geräusch an der Zimmertür. Sie öffnet sich und zwei Frauen treten ein, er kennt sie nicht. Er zeigt aus dem Fenster in den Himmel und fordert die Frauen auf, dem Himmelsschauspiel zuzusehen. Als diese ans Fenster treten, hat sich das Schauspiel, die Fensteröffnung teilend, in eine längliche Wolke aufgelöst, links der blaue Himmel, rechts ein grauer, leicht schmutzig blauer Himmel.
Die Frauen werden energisch. Sie wollen wissen, was er im Haus von Herrman macht. Natürlich, denn für sie kann nur Herrman der Grund für die Anwesenheit des Jungen sein.
Er erzählt ausführlich die Geschichte der letzten Tage, mit Lissi als Zentrum seiner Gedanken und seiner Erlebnisse. Die Frauen sehen sich unbeobachtet von Ebbi zwischendurch an, mit tastenden Blicken, erst ratlos, dann verständnisvoll nickend und schließlich an seinen Lippen hängend, jedes Wort gierig aufsaugend, mit vielen, kleinen Sternchen in den Augen. Ebbi hat, ohne es zu bemerken, einen Sieg errungen. Ein Sieg der Zustimmung, des Vertrauens, nicht ganz leicht bei zwei Lesben, die der Männerwelt nicht besonders wohl gesonnen sind.

Der augenblickliche Aufenthaltsort von Lissi erregt die besondere Aufmerksamkeit von Margot und Monika. Sie werden auch M + M oder Emmchen genannt, wenn beide als Paar gemeint sind. Sie kennen das Evangelische Krankenhaus aus ihrer beruflichen Tätigkeit. Nach ausgiebigem Frühstück, weiterem Kaffeetrinken und einem kleinen Einkauf von Margot und Monika kommt es zu einem grandiosen Vorschlag der Frauen.
„Wir befreien Lissi, denn sie muss da raus."
Die Logik aller Unterdrückten ... aller Minderheiten!!
Ebbi ist überrascht, erst Feuer und Flamme, zwischenzeitlich von Zweifeln geplagt, kämpft fast eine Stunde mit seinem Gewissen, bis er sich durchringt und Zustimmung zu dem Plan gibt und sofort lospreschen will.
Die Frauen haben sich seiner Sorgen angenommen und wollen einen ... Befreiungsschlag, sagt Margot, einen ... Überraschungsschlag, sagt Monika, machen.
Beide sind vom Gelingen ihres Plans überzeugt, lassen keine Zweifel aufkommen.
Er hat es gewusst, das war ein gutes Zeichen am Himmel, so viele freundliche, warme Lichter.

Ebbi, Lissi und zwei von den drei Frauen in Herrmans WG sitzen in der Kneipe am Küstenkanal „Zum schönen Blick". Margot und Monika trinken Coca Cola, Ebbi und Lissi essen, endlich, ihr lange verabredetes Eis. M + M passen ganz gut in die WG von Herrman. Sie haben sich der Sorgen von Ebbi angenommen und sind ohne große Planung mit ihm ins Krankenhaus marschiert. Eine geschickte Formulierung von Margot:
„Rühren Sie sich nicht vom Fleck, wir sind bewaffnet!" Dieser Satz und ein mit Äther getränkter Lappen hat den Polizisten vor dem Krankenzimmer matt gesetzt.
Lissi erzählt ‚ihre' Geschichte:
„Die Fahrgäste im Bus hatten panische Angst. Ich nicht. Ich habe mich nach dem Knall und dem Glassplittern um eine vernünftige Personenbeschreibung für die Polizei gesorgt, die ich von den ‚Killern' hätte geben können. Ich habe die beiden Männer genau gesehen und kann sie auch beschreiben. Aber die Polizei wollte keine Aussage von mir, ich glaub', die haben mich nicht ernst genommen ...oder...?" Sie wiegt ihren Kopf hin und her, überlegt und fährt fort „oder die waren unter Stress!"
Lissi kratzt ihren Becher aus, ergreift dann Ebbis Hand und streichelt sie sanft. So, als ob er das Opfer war und nicht sie. „Dann kam die Sache mit den Straßenbaumaschinen, der Schießerei vom Dach des Studentenheims und wieder diese beiden Männer, diesmal auf dem Dach."
M + M stellen Fragen. Bei Ebbi bilden sich Falten auf dem Gesicht und Lissi

wird zunehmend munterer. Ihr Seelenzustand, die anfängliche Angst, ihre Reaktion bei der Schießerei vom Dach auf sie, wie sie den Anschlag auf den Bus mit kühlem Kopf überstanden hat, bleiben unerwähnt. Sie spricht aber von ‚den Killern' wie von einer Tatsache, unumstößlich. Sie berichtete von einem Ausflug, den sie im April an die Nordsee machten und wie sie dort am Deich lagen und plötzlich Schüsse vom Wasser her hörten.
Lissi beginnt chronologisch zu erzählen:
„Ich glaube, die erste Begegnung mit den ‚Killern' haben wir schon vor dem Anschlag auf den Bus auf mich im Johannes-Roggebusch-Weg gehabt."
Lissi ist sich sicher, dass die beiden ‚Killer' die Schießübungen veranstaltet haben. Der eine von zwei Männern leuchtete mit einer starken Taschenlampe nach jedem Schuss den Deich ab, so, als ob er sich das Resultat ansehen wollte. Dabei gerieten Lissi und Ebbi in den Lichtkegel der Lampe, konnten sich aber durch Hinunterrollen am Deich weiteren Nachstellungen entziehen. Die beiden Männer leuchteten einige Zeit die Deichkrone ab, wahrscheinlich mit der Vermutung, dass sie sich von dort davonmachen würden.
Lissi und Ebbi waren zum Wochenende an die Nordsee mitgefahren, um beim jährlichen Aufbau der elterlichen Wohnwagen zu helfen. Gegen Morgen meinten sie weiter entfernt wiederum einige Schüsse zu hören und erzählten sich dies dann beim Frühstück. Die beiden Kerle wohnten wohl auch auf dem Wohnwagenplatz oder in unmittelbarer Nähe.
Mit dem Anschlag auf der Weide fährt sie dann fort:
„Ich war mit Peer beschäftigt, wir standen auf der Pferdekoppel am Einkaufszentrum. Peer ließ sich meine Behandlung wie immer gefallen. Wahrscheinlich war er aber doch ein bisschen nervös, weil die anderen Pferde schon weg waren. Das Striegeln und Abbürsten genießen wir beide sonst immer ganz dolle." Lissi wird ein bisschen rot.
„Ich war durch die blöden Straßenbaumaschienen und die Schießerei ein bisschen in Verzug geraten. Ich konnte mir nicht, wie sonst, Zeit nehmen mit Peer. Vermutlich hat er das gemerkt und dann ordentlich mit seinen Hinterhänden zugelangt."
Die folgenden Sekunden kann Lissi nicht wiedergeben. Sie hat keine Erinnerung mehr ... nichts ... absolut nichts. Ihr tut es fast leid, dass sie keinen Beitrag zur Lösung des Rätsels leisten kann, wie der Überfall abgelaufen ist. Ihre Erinnerung beginnt erst wieder mit dem Erkennen Ebbis unmittelbar vor ihrem Gesicht.

Dieser schildert dann den weiteren Verlauf mit den zwei leblosen Körpern auf der Weide. Wie Lissi wieder zu Bewusstsein kommt und sie zusammen

den Mann von der Koppel zogen und am Grabenrand liegenließen um Hilfe zu holen.
Beide, Lissi und Ebbi, beteuern, dass der Mann am Graben lebte, als sie mit dem Rad zum Einkaufszentrum fuhren. Ebbi hatte ihm seinen Anorak unter den Kopf gelegt, damit er nicht auf den Steinen liegen musste.
M + M hören sich die Erzählungen der beiden gespannt an, sie sind gewillt an einer Lösung mitzuhelfen. Margot geht zum Telefon und ruft Herrman an, der ist noch nicht zu Hause, wie die dritte Frau der WG, Sabine, berichtet.
Sie beschließen, die Kneipe zu verlassen und sich am Küstenkanal, in der Nähe einer Telefonzelle, in den Bully von M + M zu setzen.
Zu Ebbis Verblüffung, Lissi analysiert die Situation - sie ist nicht mehr seine kleine Lissi. Ebbi seinerseits ist seit seinem Untertauchen auch nicht mehr der Junge, der mit dem Fahrrad hinter dem blöden Elektroauto von Piet Meiners hinterherjagt. Sie haben jetzt das gemeinsame Ziel einen der ‚Killer' zu finden, zu fangen und der Polizei zu übergeben. Er sieht Lissi mit neuen Augen an und lauscht bewundernd ihrem Beitrag:
„Die Polizei hat einen guten Apparat mit viel Spezialisten. Die gut geölte Polizeimaschinerie hat mich fasziniert, was sie binnen kurzem nach dem Anschlag auf die Beine stellten und ablaufen ließen."
Sie streicht sich mit einer Hand durchs Haar, schüttelt es dann mit dem Kopf nach hinten, streckt ihren wohlgeformten Oberkörper und fährt fort:
„Die Polizei ist nicht kreativ, kann nicht kreativ sein, Phantasie ist dort nicht gefragt, der Einzelne vielleicht, aber der geht unter im Apparat." Sie sagt das so, als ob sie ihr fünfundzwanzigjähriges Dienstjubiläum bei der Polizei jüngst gefeiert hat.
Ebbi hört sich Lissis Monolog an, bereitwillig, aber total müde. Bei Margot und Monika macht sich Nervosität bemerkbar.
Margot steigt aus dem Bully und geht zur nahegelegenen Telefonzelle. Ihr zweiter Versuch, Herrman zu erreichen. Monika unterbricht Lissi und fragt die beiden, ob sie eine Vorstellung haben, wo sich der ‚zweite Mann' aufhalten könnte. Ebbi wird hellwach, murmelt etwas vor sich hin und meint dann ganz entschieden, ähnlich wie vorher Lissi:
„Ich glaube, der versteckt sich in der Kleingartenanlage!" Die drei Frauen glotzen ihn mit großen Augen an, sie sind Fröschen in diesem Moment nicht unähnlich. Monika fängt sich als erste, verschränkt die Arme vor der Brust, setzt sich kerzengerade auf und weist Ebbis Vorschlag entschieden zurück:
„In der Kleingartenanlage kann man sich nicht verstecken, da wuseln viel zu viele Kleingärtner rum, die hören doch schon zwei Monate vor Frühlingsbeginn das Gras wachsen."
Ebbi kriegt rote Ohren, fasst an Lissis Knie und wendet sich ihr zu:

„Du kennst die Gärten, die am Birkenweg liegen? Die will keiner haben, weil die am Weg liegen, da kann jeder reinglotzen. Die Radfahrer fahren fast durch die Blumenbeete, der ganze Fahrradverkehr geht da durch, außerdem brennt da nachts die Straßenbeleuchtung. Ich glaube, da gibt es zwei oder drei Gärten, die seit zwei Jahren keinen Pächter haben. Das ist das ideale Versteck für den ‚Killer'. Die beiden Kerle haben auf dem Dach am Studentenheim gearbeitet, vielleicht haben sie von oben beobachtet, welche Gärten bestellt werden und welche nicht. Die Aussicht von da oben ist doch supergeil." Wieder ist es Monika die Einspruch erhebt:
„Ebbi! Mal ganz ehrlich! Das ist bekloppt, was du da sagst! Du widersprichst dich mit jedem zweiten Wort! Hör dir das an, was du gesagt hast! Nur diese Worte: - reinglotzen - der ganze Fahrradverkehr - Straßenbeleuchtung. Ich glaube, das sind die besten Argumente gegen deine fixe Idee." Ebbi hat das Gefühl, dass Monika ihn nicht mag. Margot kommt zurück, besteigt den Bully und beendet die Spekulationen. Sie startet den Motor und fährt wortlos aus der Parkposition, sie hat ein Ziel.

IV Der Blonde und der Pickelige

Der Blonde ist der Boss, er sagt, wo es langgeht, hat die Ideen und Pläne, lenkt den anderen. Sie haben sich auf der Arbeit kennengelernt. Sie arbeiten beide bei einer Dachdeckerfirma, er nennt ihn nur den ‚Blödmann', erst nur für sich, in letzter Zeit immer häufiger auch auf der Arbeit und bei ihren gemeinsamen Aktionen. Der Vorarbeiter wollte ‚Blödmann' zum Mann am Brenner machen. Der Grund? Blödmann war ganze drei Tage eher bei der Firma angefangen als er. Das war für den Vorarbeiter Grund genug, Blödmann für den Brennerjob vorzuschlagen. Er wäre nicht Herbert Burmeester, wenn er diesen Vorschlag nicht innerhalb von Stunden zu seinen Gunsten geändert hätte.

Er lässt sich nicht vorschreiben, wer oben und wer unten ist, er tritt lieber selber, als getreten zu werden. Er hat schon in der Schule ausgeteilt, war oben. Die anderen haben vor ihm gezittert, hatten Angst. „Macht mehr Laune!!" ist seine Einschätzung im Vergleich von Oben und Unten. „Oben macht mehr Laune!!" Das ist seine Devise und er lässt keinen Zweifel daran aufkommen, dass er seine ganze Energie einsetzt, um nach oben zu kommen. „Oben ist Geld ... viel Geld, oben sind Autos ... teure Autos, oben sind Weiber ... tolle Weiber ... oben ist Macht. Ich will Macht, ich will nach oben." Seine Einschätzung über die Höhe im Erreichen des Oben beschreibt er so: „Ganz oben bin ich noch nich', aber ganz unten bin ich auch nich' mehr. Mir fressen schon zuviel aus der Hand. Die sind unten ... für die bin ich oben. Da gibt es aber noch einige, die sind noch weiter oben, wie dieser Gessenich und Schnüssel und die anderen. Die sind richtig oben. Da komm' ich auch hin. Ich brauch' da noch ein bisschen Zeit, zwei, drei große Sachen und dann bin ich dran, dann bin ich oben."

Trotzdem haben sie sich sehr schnell angefreundet, weil Herbert Burmeester es so wollte. Sie haben gemeinsame Interessen entdeckt: Autos und Waffen. Er braucht für seine Streifzüge und Unternehmungen einen nützlichen Idioten. Er hat ihn in dem Pickeligen gefunden. Einige Überwindung hat es ihn, den Einzelgänger, gekostet. Er fährt einen heißgemachten roten Ford Escort, mit links und rechts bogenförmig angeordneten, gespannten Kunststoffantennen. Der Pickelige hatte vor kurzem Abschied von seinem Manta genommen. Die Trauerfeier hat ihn eine gehörige Stange Geld gekostet. Für zehn Meter Leitplanken am Küstenkanal, drei Bäume und Abschlepp- und Abwrackkosten für seinen Manta und die Gerichtskosten. Mit dem Richter hätte er noch eine Rechnung offen, sagt der Blödmann. Seine Pappe ist er für ein Jahr los.

Seitdem fährt der Blödmann, wenn es sich ergibt, beim Blonden mit dem heißgemachten roten Ford Escort mit. Es ergibt sich immer häufiger ... der Blonde will es so.

Raststättenalltag. Die Autobahnraststätte Grundbergsee ist wie immer voll. Abfahrende und ankommende Autos, Busse, Linienbusse der BV AG, Lastwagen, Motorräder, und um diese Jahreszeit die ersten skandinavischen Wohnwagen vor der Raststätte. Ein unübersehbares Menschengewimmel. Zwei Reisebusse sind gerade eingetroffen, die Reisenden drängeln sich vor der Eingangstür und versuchen eilig einen Sitzplatz im Schnellrestaurant zu ergattern. Sie haben offenbar nicht genug gesessen. Ein Sitzplatz am Fenster garantiert einen Blick auf ihre nachdrängenden Mitreisenden. Der Lastwagenparkplatz ist gut besetzt. Direkt neben einem dänischen Thermotransporter steht ein roter Ford Escort, mit links und rechts bogenförmig angeordneten, gespannten Kunststoffantennen.

Raststättenalltag. Zwei junge Männer. Der eine Mann ist der Pickelige, er macht sich an einem Reifen zu schaffen, er will einen Reifenwechsel vornehmen. Der zweite Mann, es ist der Blonde, lehnt mit einem Arm auf dem Autodach und raucht. Er beobachtet die ankommenden Autos, beachtet den pickeligen Blödmann nicht. Bei jedem vorbeifahrenden hellen Mercedes wird er unruhig, reckt sich höher, sieht angestrengt dem Fahrzeug entgegen, steigt in die Türfassung. Der Pickelige ruft: „Pass auf, der Wagen kippt!" Der Wagen ist vorne links aufgebockt, ein Reifen liegt davor. Die Kofferraumklappe ist geöffnet, der Pickelige hebt einen Ersatzreifen raus und rollt ihn nach vorne vor das Auto. Der Warnblinker ist eingeschaltet und beleuchtet rhythmisch auf der einen Seite den Thermotransporter, sowie auf der anderen Seite Büsche und zufällig vorbeikommende Raststättenbesucher.

Raststättenalltag. Ein heller Mercedes kommt, rollt aus, stoppt, hält direkt vor dem Ford Escort. Der Fahrer steigt aus, begrüßt die beiden Männer mit einem kurzen ‚Moin', geht zu seinem Kofferraum. Der Blonde folgt dem Mann zum Kofferraum. Er nimmt zwei flache, schwarze Aktenkoffer entgegen, hebt sie wie prüfend an, nickt, und sagt zu dem Mann: „Goldbarren sind nicht drin." Der Mercedes verlässt kurz darauf die Raststätte in Richtung Bremen, ohne weiteren Wortwechsel. Der Reifen vor dem Auto wird aufgesteckt, die Schrauben angezogen, der Ersatzreifen wandert wieder in den Kofferraum. Der Ford Escort verlässt die Raststätte ebenfalls in Richtung Bremen, verlässt an der nächsten Abfahrt die Autobahn. Fährt die Auffahrt - Richtung Hamburg - wieder auf die Autobahn und ist einige Minuten später an der gegenüberliegenden Raststätte vorbei.
Kuriere bei der Arbeit? Ein vereinbarter Treffpunkt zu einer vereinbarten Zeit?
Raststättenalltag?

Der Ford Escort nimmt den Weg durch den Elbtunnel, fährt die erste Abfahrt nach dem Tunnel, Othmarschen, von der Autobahn herunter und fädelt sich oben auf der Brücke in Richtung Altona/City in den Verkehr ein. Der Beifahrer ist der Pickelige, er muss in der Nähe der Innenstadt zweimal sein Fenster herunterkurbeln und Passanten nach dem Weg fragen.
Vor dem Bankgebäude der Noba AG stoppt das Fahrzeug kurz, blinkt nach links und verschwindet in der Tiefgarage der Bank. Links an der Einfahrt zur Garage steht eine Moto Guzzi, der Fahrer steht daneben und dreht sich gerade eine Zigarette, Marke Samson. Das Motorrad hat ein hamburger Nummernschild. An dem Schlagbaum kommt das Auto problemlos vorbei, die Insassen kennen das ‚Sesam öffne dich' zur Tiefgarage. Der Mann neben der Moto Guzzi sieht dem Ford Escort interessiert hinterher.
In der Tiefgarage bleibt der Pickelige im Auto sitzen. Der Blonde holt zwei schwarze Aktenkoffer aus dem Kofferraum, orientiert sich kurz an den angebrachten Schildern unter der Decke und steuert auf den Fahrstuhl zu. Er verlässt mit seinen Aktenkoffern den Fahrstuhl im 3. Stockwerk - „Konferenzräume". Vor einer gepanzerten Glastür bleibt er stehen, drückt einen Summer und spricht den Namen ‚Doktor' ins unsichtbare Mikrofon. Die Tür öffnet sich und schließt sofort wieder. Er ist froh, dass er den Eintritt geschafft hat. Die lautlose Perfektion macht ihn nervös, er wirkt unsicher in dieser Umgebung, er fühlt sich wie ... ‚Unten'. Kein Mensch. Gänge - links und rechts nur Türen. Gemälde zwischen den Türen. Kameras und Mikrofone an den Glastüren. Und dicke Teppichböden. In der linken Mitte öffnet sich eine Tür und ein junger Mann, ungefähr so alt wie der Blonde, gekleidet in eine Bankuniform: grauer Anzug mit dezentem Schlips. Er begrüßt den Blonden mit einem Kopfnicken und führt ihn in einen Saal: Tische und Stühle sind zur Frontseite hin angeordnet. Sie bleiben an einem Tisch stehen. Der Mann fordert den Blonden auf, sich zu setzen.
„Zigarette?" Dankbar greift er zum Rettungsstengel.
„Der Juwelier kommt sofort!" Kaum gesagt öffnet sich die Tür und ein Mann, ebenfalls grauer Anzug, zwei Koffer, nicht schwarz, sondern braun, steuert auf ihn zu. Auf den Koffern sieht er eine goldene Krone abgebildet und darunter die Aufschrift: ‚Juwelier Herzog'.
„Wo ist die Ware?"
Über die Sprache ist der Blonde verblüfft ... in dieser Umgebung ... und deutet ohne ein Wort zu sagen auf die beiden Aktenkoffer.
Die Untersuchung der Broschen, Ringe, Ketten, Kolliers nimmt eine gute halbe Stunde in Anspruch. Der Juwelier bedient sich dabei einer Lupe, die er sich ins Auge klemmt. Bei manchen Stücken nickt er wie anerkennend, andere legt er schnell, fast achtlos, beiseite. Alles geschieht sprachlos. Drei Menschen in einem Saal, ohne Worte miteinander zu wechseln. Es liegt in der Luft, schwebt über den Köpfen der drei Männer, sie haben außer ihrer

geschäftlichen Tätigkeit keine Gemeinsamkeiten. Der Juwelier nimmt die Lupe ab, setzt sich an einen Nebentisch, geht alle Stücke, die er in drei Haufen aufgeteilt hat, durch, schreibt Zahlen auf die Zettel, holt einen Taschenrechner aus seinem braunen Koffer, addiert die Zahlen und schreibt unter den Schlussstrich eine letzte Zahl ... 150.000. Er schiebt dem Fahrer den Zettel zu und sieht ihn emotionslos, ohne Regung im Gesicht, an. Der Blonde starrt auf den Zettel, wirkt unsicher, und nickt schließlich zögerlich. Der Bankangestellte bedient einen Knopf unter dem Tisch. Routine!
Der Juwelier packt den Schmuck auf drei Tücher, verknotet sie und legt sie in seine Koffer. Lupe, Block und Kugelschreiber packt er ebenfalls in einen der Koffer und verschwindet ohne Gruß durch die Tür. Fünf Minuten später betritt eine junge Frau den Raum, in den Händen drei Stapel Geldbündel und einen Briefumschlag. Der Blonde kontrolliert so schnell er kann das dickere Geldbündel und glaubt, dass es mit der Zahl 150.000 übereinstimmt. Die Geldstapel und der Briefumschlag landen in einem Koffer. Der Weg zurück verläuft ebenso gespenstisch wie das ganze übrige Ritual. Die Gänge sind menschenleer, die dicke Teppichauslegware schluckt jedes Geräusch. Nach einer Stunde ist er in der Tiefgarage am Ford Escort. Der Pickelige schläft und wird erst wach, als sich die Fahrertür öffnet.
Noch in der Garage holt der Blonde den Briefumschlag und die dünneren Geldbündel aus dem Koffer, nimmt einen Stapel und steckt ihn in seine Innentasche. Der andere Stapel und der Briefumschlag sind für den Beifahrer. Beide Stapel sind gleich dick und haben den gleichen Aufdruck - 10.000,- DM.

Der Mann, grauer Anzug, zwei Koffer mit Krone und Aufschrift ‚Juwelier Herzog' schließt die Tür, geht zum Fahrstuhl, fährt eine Etage höher und betritt einen Raum, in dem sich drei Männer befinden. Ihre Haltung verrät ... sie haben ihn erwartet. Der Juwelier holt drei verknotete Tücher aus seinem Koffer und legt sie auf einen Tisch. Alle vier Männer stehen um den Tisch. Ein Mann im grauen Anzug entknotet die Tücher. Ein Stück Papier mit Zahlenkolonnen und zahlreiche Schmuckstücke liegen vor ihnen. Nach einem Blick auf das Papier gibt der ‚Juwelier' zu jedem Schmuckhäufchen eine kurze Erklärung ab, die jedesmal mit einer Zahl endet.
„Gesamtbetrag?!" wird er von dem Mann im grauen Anzug unterbrochen.
„650.000 mit Optionen nach oben, bei Einzelverkauf der Objekte."
Die beiden anderen Männer, mit schwarzen Anzügen gekleidet, sehen sich an, treten etwas näher, spielen mit ihren Händen in den Schmuckhäufchen, heben das eine oder andere Stück hoch, prüfen es ohne Lupe, und der ältere von beiden sagt mit russischem Akzent:
„600.000."
Der Mann, der den Gesamtbetrag gefordert hat, sagt:

„400.000 ... Dollar, dann können beide Seiten gewinnen oder ... verlieren, okay?“
Der ältere Mann schmunzelt ein wenig und nickt dann mit dem Kopf, er hat den Wechselkurs Dollar-DM offensichtlich im Kopf und rechnet sich die Chancen auf einen Extraprofit aus. Der Jüngere stellt einen schwarzen Lederkoffer auf den Tisch, er ist nicht so fein wie die Aktenkoffer, in denen der Schmuck hierher gelangte, eher für Werkzeug geeignet, klappt ihn nach oben auf und entnimmt ihm mehrere Bündel grüner Dollarscheine. Unter dem Geld verdeckt liegen zwei schwarze Waffen. Beobachtet von seinem Verhandlungspartner zählt er das Geld ab. Der ist mit der Zählung zufrieden. Der Schmuck wandert in den schwarzen Werkzeugkoffer. Der Abschied ist kurz, ohne Handschlag ...
Routine? Der ‚Juwelier‘ erhält von dem Mann im grauen Anzug ein vorbereitetes Bündel Hundertmark-Scheine zugeschoben, den er von einem Schreibtisch holt. Er zählt die Scheine rasch nach, 3.000,- DM, bedankt sich und verabschiedet sich per Handschlag von dem Mann und verlässt zufrieden den Raum. Die Koffer mit der goldenen Krone und darunter die Schrift ‚Juwelier Herzog‘ nimmt er mit.

Noch in der Garage öffnet der Pickelige den Briefumschlag und liest den Zettel durch.
„Wir müssen zur nächsten Telefonzelle!“
Der Blonde nickt, er hat damit gerechnet, es war eingeplant. Er ist mit dem bisherigen Verlauf des Tages sichtlich zufrieden. Tiefgarage verlassen, einfädeln in den Verkehr, Telefonzelle suchen, das sind die nächsten Schritte.
Der Pickelige wählt in einer Telefonzelle eine Nummer, die er im Kopf hat und führt ein Telefongespräch. Er liest einiges von dem Zettel ab, der im Briefumschlag steckte und hängt den Hörer nach kurzer Zeit wieder ein. Es ist Tag, Geschäftszeit, einige Münzen klimpern im Schacht, die unbeachtet liegen bleiben. Er steigt in den Ford Escort und sagt zum Blonden: „Wie beim letzten Mal, die letzte Raststätte vor Berlin.“ Die Fahrt wird noch einmal an einer Würstchenbude unterbrochen. Der Blonde bestellt, lässt sich alles einpacken und die Fahrt geht weiter.
Zwei Stunden Autobahnfahrt in Richtung Osten, kaum ein Wortwechsel, die Monotonie überträgt sich von der Straße auf die Reifen, in das Auto und in die Köpfe der beiden Männer. Kurzer Zwischenstopp an einer Raststätte, sie achten darauf, dass sie möglichst alleine stehen und nicht beobachtet werden können. Der Blonde öffnet den Aktenkoffer mit dem dicken Geldstapel und zählt 20.000,- DM ab.
Eine Moto Guzzi mit hamburger Nummer fährt langsam an ihnen vorbei. Der Fahrer wirft einen kurzen Blick zum Escort hinüber und fährt weiter zur nächsten Zapfsäule.

Der nächste Halt ist die letzte Raststätte vor Berlin auf der Autobahn Hamburg-Berlin. Langsam fahren sie an den parkenden Autos vorbei, halten neben einem schwarzen Ford Mondeo mit berliner Nummer und einer kleinen, nach hinten schräg gestellten Dachantenne. Sie werden schon erwartet. Im Wageninneren des Ford Mondeo hält der Mann auf dem Beifahrersitz ein Telefon am Ohr. Plötzlich geht alles sehr schnell, routiniert, wie unsichtbar vom großen Bruder inszeniert. Die berliner Männer laden zwei schwere Taschen in den Kofferraum des Ford Escort, erhalten dafür zwei Bündel Scheine, kontrollieren diese mit einer lässigen, selbstbewussten Gestik kurz, ... verstauen das Geld im Ford Mondeo, kontrollieren von ihren Sitzen die parkenden Autos und den an- und abfahrenden Verkehr. Als sie sicher sind, nicht beobachtet zu werden, nickt der Beifahrer und sie reihen sich in den Verkehr in Richtung Berlin ein. Eine Moto Guzzi mit hamburger Nummer steht auf einem Parkplatz gegenüber, der Fahrer sitzt auf einer Bank, dreht sich eine Samson und sieht auffallend interessiert hinter einer Harley Davidson hinterher, die sich mit hoher Geschwindigkeit und sattem Röhren vom Parkplatz verabschiedet und auf die Autobahn rüberzieht. Moto-Guzzi-Fans interessieren sich auch für die Harley-Davidson-Konkurrenz. Der Ford Escort ist nach wenigen Minuten ebenfalls vom endlosen Verkehrswurm verschluckt. Die Männer haben die Taschen im Kofferraum nicht überprüft. Die beiden Männer sind mit dem Verlauf des Tages sichtlich zufrieden.

Am nächsten Tag parkt vor einem Studentenheim in Oldenburg ein roter Ford Escort. Vom Dach tönt der Lärm einer Gruppe Arbeiter, hier reparieren sie das Dach. Auf den Scheinwerfern, der Motorhaube und der Frontscheibe des Ford Escort kleben viele tote Insekten.
Auf dem Dach des Studentenheims ist Stimmung. Vorarbeiter und Polier Klaus Wegmann ist nicht da, Gelegenheit, die Arbeit für einen Moment zu unterbrechen. Die Männer stehen in kleinen Gruppen zusammen. Eine Gruppe grölt lautstark übers Dach, hemmungslos, unbeherrscht, sie behandelt unter großem Hallo eine Geschichte, die ein Arbeiter von einem Sauffest erzählt. Es wurden Fotos gemacht, Fotos von einigen Frauen in eindeutigen Posen. Die Bilder sind so heiß, dass sie unter der Hand verkauft werden. Der Pickelige, wie er genannt wird, hat sich mit dem Fotografen zusammengetan, sich auf den Vertrieb spezialisiert und verkauft die Bilder in einschlägigen Kneipen. Es werden Namen genannt, es wird über Summen geredet, 1.000,- DM sind drin, brüstet er sich und macht die Moneten-Kohle-Knete-Zaster-Bewegung, die hier jeder kennt.
Als es auf die Fotos kommt hält sich der Blonde merkwürdig still zurück. Der ist Einzelgänger, denkt sich jeder. Nur der Pickelige hat näheren Kontakt zu ihm, arbeitet mit ihm auf dem Dach zusammen. Der Einzelgänger hat den

Befehl am Brenner, bestimmt Tempo und verteilt auch schon mal einen Tritt, meistens in den Arsch vom Pickeligen.
Durch die viergeschossige Bauweise hat man vom Dach einen guten Blick in die nähere Umgebung. An- und abfahrende Fahrzeuge sind gut auszumachen, die Bewegungen auf der Straße einzusehen. Die Kleingartenanlage „Meine Scholle" liegt wie ein aufgeschlagenes Buch vor dem Studentenheim. Einzig der Einblick auf den neu geschaffenen Parkplatz von Frantz Mörtel ist durch Bäume verwehrt, eines der vielen Kabinettstücke von Frantz Mörtel: Parkplatzbau im Landschaftsschutzgebiet.
Der Blick rüber zum Einkaufszentrum ist in der Laubzeit, d.h. Frühling, Sommer und Herbst, nicht möglich. In die andere Richtung, Johannes-Roggebusch-Weg, Wildtannenstraße bis zum Rauhehaus kann man vom Dach aus die Tassen im Küchenregal sehen.

Der Blonde und der Pickelige stehen in der Gartenstraße an den Eisenzaun des Schlossgartens gelehnt. Sie wollen heute ein Ding durchziehen, über das sie schon oft gesprochen haben. Schießübung am beweglichen Objekt. Nervös, schweißnasse Hände der Pickelige. Konzentriert bis in die Haarwurzeln, kalt, beherrscht, routiniert, der andere Mann.
Der Blonde hebt einen Styroporkasten mit einem KK-Gewehr darin vom Gehweg hoch. Verspielt legt er den Kasten an seine Schulter, berührt ihn mit der Backe, dreht sich herum in Richtung Park, deutet kurz Schießen an und sagt: „Bumm, Bumm."
Er verzieht sein Gesicht zu einem diabolischen, kalten Grinsen. In seinen Augen funkelt es eiskalt. Blaugraue, tödliche Nadeln lauern in seinen Pupillen, bereit, auf ein nahendes Ziel abgefeuert zu werden. Eiseskälte umgibt den Mann, lässt jede Emotion erstarren. Unbefangene Beobachter könnten auf die Idee kommen, der Mann spielt in der eigenen Erinnerung. Die Leichtigkeit, mit der er mit dem Kasten umgeht, spielerisch und verträumt ... er durchlebt Kindheitserinnerungen - die Augen liegen tief und strömen Hass aus! Er scheint gänzlich eins zu sein mit seiner Vergangenheit - er ist eine Killernatur.
Nur ... der Pickelige sucht die Straße mit gehetztem Blick in beide Richtungen nach Störenfrieden ab, ein Schritt nach links, ein Schritt nach rechts, geht angespannt auf und ab und ist völlig nervös. Auf der anderen Straßenseite steigen Menschen in den Bus, sonst nichts. Es läuft alles wie geplant und vorher ausgekundschaftet. Für den Notfall haben sie vorgesorgt, der Pickelige soll den Rückzug decken, dafür hat er einen Schlagstock in seinem Gürtel stecken. Der Schütze soll als erster mit dem Gewehr über den Zaun springen, den Kasten bringt der andere mit.

Den Styroporkasten hält er in der linken Hand, mit der rechten Hand führt er eine Zigarette zum Mund und zieht gierig daran. Am Eisenzaun in der Gartenstraße, an der Stelle, die er vorher ausgesucht hat, bleibt er stehen, ‚Blödmann‘ steht hinter ihm. Hier ist der richtige Standort für den Anschlag. Er zertritt die Zigarette sorgsam auf dem Pflaster, zertritt und atomisiert sie, kickt die Reste mit dem Schuh mehrere Male auseinander, nichts ist mehr als Zigarette zu erkennen. ‚Nervös? Nein!‘ Er schiebt sich den Styroporkasten längsseits vor den Bauch, holt das Gewehr raus und lässt den Kasten fallen. ‚Den kann ‚Blödmann‘ nachher rüberschmeißen.‘

Er sieht sich schnell um, erst die weitere und nähere Umgebung, dann die gegenüberliegende Seite. Der Bus füllt sich langsam mit Fahrgästen. ‚Hab’ noch ’n bisschen Zeit.‘

Das Gewehr hebt er an die Schulter, drückt sich mit der rechten Schulter gegen den Knauf, balanciert mit der linken Hand den Lauf in die richtige Höhe, dreht sich noch mal in Richtung Park und deutet wieder zwei Schüsse an: ‚Bumm, Bumm. Das ist es ... Großwildjagd, Elefanten und Löwen, jede Menge Trophäen, häng‘ ich mir im Wohnzimmer auf, über dem Sofa, und erzähl‘ Beate jeden Sonnabend davon. Anschließend noch ’n gemütliches Bier und ab in die Heia, Kinder machen.‘ Bei dem Gedanken an Großwildjagd, Bier und Beate verändern sich seine Gesichtszüge, werden weicher, die Augen sind nicht mehr schlitzig, sind runder. Grinsend lässt er das Gewehr sinken, sieht rüber zu Blödmann.

‚Der ist ja richtig nervös, hoffentlich scheißt der sich nicht in die Hose.‘ Der Pickelige stößt sich vom Zaun ab und schüttelt ihn am Arm. ‚Jetzt fasst der mich auch noch an.‘ Hysterisch zischt der Pickelige ihm ins Gesicht:

„Jetzt geht‘s los“ und weiter, völlig heiser: „Der isses! Los jetzt!“

Er beobachtet den Bus. Die Konturen des Fahrers zeichnen sich durch die Busbeleuchtung im Fenster scharf ab. ‚Ohne Jacke, da macht sich das rote Blut auf dem blauen Hemd gut.‘

Routinemäßig hebt er das Gewehr zum wiederholten Mal an die Schulter, Ziel genommen und:

„BUMM!“

Kontrollblick, Fahrgäste entschwinden seinem Blickfeld und wieder:

„BUMM!“

Sein Blick zieht vom zerschossenen Fenster an der Fahrerseite entlang, weiter an den Fenstern, bis er in der Mitte des Busses anhält. Ein flackerndes, farbiges Glimmen überdeckt seinen kalten Blick.

‚Das ist doch diese verdammte Schlampe vom Idiotenkasten. Die knöpf‘ ich mir vor, die mach ich platt.‘ Er bückt sich, hebt die beiden Patronenhülsen auf und steckt sie in seine Jackentasche. Sein Job ist für heute getan. Er bleibt am Zaun hängen, strauchelt: „Verdammt! Blödmann, hilf mir!“

‚Was hat die Schlampe in dem Bus zu suchen, die gehört ins Bett und nicht auf die Straße. Die kommt wieder am ‚Idiotenkasten' vorbei und dann ist sie fällig." Er hastet, rennt fast, durch den Park und hält erst an der Weggabelung an. ‚Eine Zigarette beruhigt.' „Wo ist der Blödmann geblieben?" Er zündet sich eine Zigarette an, reißt dem anderen den Kasten aus der Hand, gibt ihm Anweisungen:
„Du gehst jetzt am Nebeneingang auf die Straße, am Theater vorbei, in die Stadt und dann zur ‚Pinte'!" ‚Hoffentlich hält der sich daran', denkt er sich dem Pickeligen hinterhersehend.
Er schlägt den Weg zur Mühlenhunte ein, kniet sich bei den Rhododendren am Wasser ins Gras und hängt den Kasten in zwei Eisenstangen mit angeschweißten Haken ein, drückt die Stangen fest zusammen, kontrolliert beim Aufstehen seine Konstruktion und geht dann zufrieden zurück zur Gartenstraße. Hinter einem Plastikband bleibt er stehen und kann sich knapp auf dem Absatz umdrehen, als das Mädchen aus dem Bus ein Haus verlässt und auf den Gehweg tritt. ‚Das hat mir noch gefehlt, dass die blöde Schlampe mich sieht."
Er überlegt diese Möglichkeit der Entdeckung durch die ‚Schlampe' und verwirft sie.

Der Pickelige steht während des Vorgangs dicht beim Blonden am Zaun. Er bewundert die Professionalität und Gelassenheit seines Kumpels: ‚Iss' 'n cooler Typ, hat irre Ideen! Und wie der mit dem Gewehr rummacht, voll geil eeh.' Er ist voller Bewunderung für den Blonden, der hat seine anfängliche Unsicherheit und Nervosität aufgefangen. Wie weggefegt die Spannungen. Gedanken, die ihm Rückhalt geben, verdrängen die Angst: ‚Iss' ganz gut, dass wir die ganze Sache durchgesprochen haben.' Der Pickelige stützt seinen Rücken am Zaun ab. Die Türen des angekommenen Busses öffnen sich auf der anderen, ihnen abgewandten, Seite. Die Fahrgäste steigen ein und nehmen Platz. Gegenüber an der Haltestelle steht ein zweiter Bus. Er beobachtet Fahrgäste, die ihre Fahrkarten im Automat abstempeln und sich einen Platz suchen. Direkt gegenüber, in der Mitte des Busses, wo der Automat steht, sieht er eine junge Frau einsteigen. Sie entwertet ihre Karte im Automaten, sucht sich einen Platz und setzt sich hin. Er sieht nach vorne zum Busfahrer, kann ihn nicht sehen, ahnt aber, dass er losfahren will. ‚Jetzt fährt er los!'
Mit der Hüfte stößt er sich vom Zaun ab, packt den Blonden am Arm, schüttelt ihn und sagt:
„Der isses! Los jetzt!" Während der Bus losfährt zieht der Blonde das Gewehr hoch. Fasziniert beobachtet der Pickelige, wie der andere mit ausdruckslosem Gesicht seine ‚Arbeit' verrichtet. Er hebt das Gewehr, tau-

sendmal geübt, ruhig, fast aufreizend langsam bis vor das rechte Auge, lässt es langsam bis an seine Schulter gleiten, rückt es in die richtige Position und zielt auf den Bus - Schauer der Erregtheit laufen dem Pickeligen über den Rücken bis in die Beine und Hände.
„Erst wenn er ...“ Die Stimme vom Pickeligen droht zu kippen, ihm vor Dramatik zu versagen „ ... losfährt!!“
Rauh kommen die Worte aus der Kehle, er merkt seine Erregung, sein Mund ist trocken. Der Blonde nickt mit dem Kopf:
„Iss‘ doch klar.“ Im selben Moment folgt er mit dem Gewehr dem anfahrenden Bus. Der Pickelige sieht das Profil des Blonden, das zugekniffene linke Auge, den linken Arm, wie er das Gewehr hält und dann ... direkt neben seinem Kopf ... ein lauter Knall. „Bumm.“ Knall und splitterndes Glas und dann noch mal, sein Kopf droht zu platzen ... deutlich lauter: „BUMM.“ Der Bus fährt ein Stück, zwei, drei Meter, hält abrupt. Er sieht, wie die Menschen im Bus umfallen, sich hinschmeißen. ‚Bescheuert, die sind echt bescheuert, fallen um, so bescheuert, wie die sind!‘
‚Die Geschosse haben richtig gesessen.‘ Er sieht auf das Gewehr, wie es sinkt, einen Halbbogen nach unten beschreibt. Er beobachtet den Blonden, wie der die Wirkung seiner Schüsse, die Szene, die sich vor ihren Augen abspielt, auf sich wirken lässt und das Gewehr gedankenverloren, aufreizend langsam nach unten führt. Es ist, als ob er die Auswirkung der Geschosse nachkosten wolle. Er verharrt einen Moment.
Die junge Frau, die er beim Einsteigen beobachtet hat, biegt ihren Körper in seine Richtung. Dem Pickeligen wird kalt und heiß gleichzeitig.
‚Die spinnt doch total.‘ Zwei, drei Sekunden beobachtet er stocksteif die Frau.
‚Scheiße, die hab ich doch schon mal gesehen ... ohh ... Scheiße.‘
Von der Straße her hört er Stimmen, kann aber nicht verstehen, was gesagt wird. Er kann den Blonden gerade noch an beiden Armen festhalten, sonst wäre der in den Dreck gefallen. Dann bückt er sich, hebt den Styroporkasten auf, schmeißt ihn über den Zaun und flankt hinterher. Der andere ist schon auf dem Weg in Richtung Mühlenhunte, er hat Mühe hinterherzukommen. An der Weggabelung bleibt er stehen.
‚Das war nicht einkalkuliert. Jemand, der uns erkennt! Und dann sagt der Blonde immer ‚Keep cool man!‘ Iss‘ doch ’n Spruch. Als wenn das ’ne Flasche Bier ist. Mann, ohh Mann!‘
‚Ging ja gut mit dem Bus, wie die Scheibe knallte und das Glas durch die Gegend flog. Der Bus fuhr schon ein Stück weiter. Dann erst hat der Fahrer in die Klötze getreten. Die Blonde hat mich gesehen, ganz bestimmt!! Wie die mich angestiert hat!! Die weiß, wer ich bin, die hat mich erkannt, schon mal auf dem Idiotenkasten gesehen, die weiß, wo ich arbeite.

Scheiße ... Scheiße ... Scheiße ... so eine verdammte Scheiße. Lief doch alles so super und jetzt die alte Fotze. Muss unbedingt mit dem Blonden d'rüber quatschen - oder doch nicht - der nietet die glatt um. Das wär was, 'nen Mord am Arsch, das gibt mindestens fünfundzwanzig Jahre Knast. Das sag ich dem lieber nich'. Der dreht durch und ballert die um ... ratz ... patz, weg ist sie.'
„Los weiter!" presst er dem Blonden hektisch zu, leise, durch die Lippen und will an ihm vorbei.
„Mach dir nicht ins Hemd, die sind mit den Leuten beschäftigt. Die Polizei iss' auch noch nich' da!"
Er geht in Richtung Mühlenhunte weiter, der Pickelige hinterher. Der Blonde reißt ihm den Kasten aus den Händen und packt das Gewehr in den Kasten.
„Du gehst jetzt wie besprochen zur Wallstraße. Wir treffen uns in der ‚Pinte' und begießen den Erfolg. Denk dran ... keep cool man!"
Der Pickelige hebt die Hand zum Abschied, will einschlagen, verfehlt die Hand des Blonden und stolpert. Fast wäre er hingefallen. Er kann sich mit Mühe aufrechthalten.
Als Erstes kommen schlaglichtartig die vergangenen Minuten in sein Bewusstsein. Die Situation, als sie auf den Bus warten, die Nähe zum Blonden, den heranfahrenden, erleuchteten Bus ... der Fahrer. Dann die alles zerreißende Spannung. Erst jetzt spürt er den kalten Schweiß an den Händen, Armen, am ganzen Körper, das Hemd klebt ihm überall, ein ekelhaft, saurer Geruch steigt ihm in die Nase.
‚Riecht so Angst?' Diese Frage beschleicht ihn eine Sekunde lang ... weggedrängt!
‚Die Form des Gewehrs im Gegenlicht der Laterne, der anfahrende Bus, der Knall neben seinem Kopf, eine riesige Scheibe, funkelnde, gleißende, helle, kleine Feuerbälle, nicht gelb, nein ... nein ... ganz weißes, helles Feuer. Und dann das Mädchen hinter dem anderen Fenster, verdammt ... warum hat die sich nicht in die andere Richtung gedreht und Angst gehabt. Frauen haben im Fernsehen und Kino immer Angst. Frauen schreien immer, oder heulen, wenn es gefährlich wird, sie schreien und weinen und ... schreien und weinen. Nicht wie die im Bus, die beobachtete uns genau. Das musst du dir vorstellen. Scheiße, eine Frau beobachtete uns, wie wir die abknallen wollen. Die hat mich gesehen, ganz genau, wie die geguckt hat. Scheiße ... die hat mich gesehen!
Da vorne ist der Parkausgang, keine Leute, auch keine Busse und ... keine Autos. Halt, da kommen zwei Radfahrer. Die fahren ohne Licht ... schnell raus ... über die Straße ... nur nicht ins Licht gehen ... viel zu gefährlich.'
‚Iss' noch viel Betrieb in der Stadt. Ganz schön voll hier, gar nicht so schlecht, kann mich umsehen. Da hinten iss' 'n Tisch frei, nich' an die Theke, da könn' wir nich' reden. Müssen alles besprechen.
... Wo der bloß bleibt?

Iss' hoffentlich nichts passiert! Haben die Bullen den schon gekrallt? Ging ja schnell. Nee, nee, ich dreh' ja durch, der ist viel zu clever, den kriegen die Bullen nich'. Isser das nich'? Da an der Eingangstür? Mit wem schnackt er da? Iss' das 'n Bulle?'
„Hallo! Alles klar?"

‚Blödmann kann zum Problem werden, muss den ganz kurz halten und genaue Anweisungen geben. Mach' ich wie bei der Arbeit, Tritt in'n Arsch, kurz und zackig, dann spurt er. Die Ballerei war gut, geil, wie die Scheibe geknallt hat, die Splitter rumflogen und die Leute umgefallen sind. Den Fahrer hab ich nicht mehr gesehen, hätt' ich gern gesehen, wie sein Hemd mit Blut ... blau mit rot ... macht sich gut.
Die Zigarette schmeckt viel besser als vorhin. Hat ‚Blödmann' die Schlampe auch gesehen? Muss ich ihn fragen, wenn der die gesehen hat und die ihn, dann gehört die weg, verdammt, dann gehört die weg. Mal überlegen, wie das laufen kann, müsste ich mir 'ne Lösung überlegen. Der Idiot kriegt Scheiße in die Hose. ... Ich komm' da heil raus, ich bleib' oben.
Übermorgen wird nicht gearbeitet, die überholen die Straße, da kann ich vielleicht was löten.
Die hat mich nicht gesehen, und die Bullen greifen mich nicht ... die nicht ... mich nicht, mich greift keiner ! Die sind viel zu blöd, die sind ja so kotzblöde. Auf das Versteck kommt keiner, ein, zwei Wochen und dann kann ich sie wiederholen.
Scheißvoll um diese Zeit, vielleicht ist Beate auch da. Nee, die muss heut' zu ihrem saublöden Kurs, kann sich was Besseres einfallen lassen. Mit dem Blödmann mach' ich das kurz.'
„Hallo Kalle, wie geht's, alles klar?"
„Auf 'n Bier."
„Nee, die Karre steht am Waffenplatz, will nachher noch zu ‚Polli'."
...
„Na, bist' schon voll, Blödmann?"

Der blonde Mann sitzt kaum am Tisch, da steht ein Bier vor ihm. Die Bedienung hat schon auf ihn gelauert und ist sofort gestartet als sie ihn durch die Tür kommen sieht. Los mit einem Glas in der Hand und stellt es vor ihn hin:
„Für dich, von mir, eine feuchte Begrüßung."
Die Serviererin versucht mit einem lange eingeübten, koketten Blick ihn zu zwingen, sich nur auf sie, ihren Blick zu konzentrieren. Es gelingt ihr nur eine Sekunde lang, dann wendet er sich, ihren Hintern tätschelnd, dem Pickeligen zu.

‚So ist das immer', geht es dem durch den Kopf. ‚Die Weiber geiern immer hinter ihm her.' Er blickt bewundernd auf den Blonden und dann auf die Frau. Sie bleibt noch einen Moment dicht an dem Blonden stehen, reibt sich an ihm, unübersehbar, sie genießt die Nähe zu ihm. Der Blonde öffnet die Hand am Hintern der Frau und schiebt sie dann mit der flachen Hand weg, die durch den plötzlichen Anschub in einer Gästetruppe am Tresen landet.
„Warum so stürmisch?" tönt es prompt. Die Frau ist wieder im Kneipenbetrieb weggetaucht.
„Iss' doch super gelaufen." Der Pickelige hebt mit der linken Hand sein Glas und klopft dem Blonden mit der rechten Hand auf die Schulter. Er genießt die Nähe zu ihm, wie vor wenigen Sekunden die Bedienung. Gegen seine Hand auf seinem Hintern hätte er in diesem Augenblick auch nichts gehabt. Der Anblick der beiden, dem Mann und der Frau vor zwei, drei Sekunden, hat ihn eifersüchtig gemacht. Blut steigt ihm in den Kopf: ‚Hoffentlich merkt der das nicht.'
Sie prosten sich zu und trinken in einem Zug ihr Bier leer. Der Pickelige setzt sein leeres Glas ab und ruft zum Tresen rüber:
„Zwei Bier, aber dalli ... dalli!" Im Stimmengewirr und Kneipenlärm hört ihn keiner. Der Blonde registriert das sehr genau und sagt dann zu ihm gewandt:
„Blödmann, das musst du so machen."
Er hebt seinen rechten Arm, schnippt mit Zeigefinger und Daumen und hält anschließend Mittel- und Zeigefinger hoch.
„In zwei Minuten haben wir unser Bier."
Zwei Minuten später steht die Bedienung vor dem Blonden, das ‚Blickspiel' wiederholt sich, genauso das ‚Hand-auf-dem-Hintern-Spiel'. Der Pickelige ist sichtlich beeindruckt und nimmt sich vor, da auch hinzukommen, wo der Blonde jetzt ist. Er verehrt die Selbstsicherheit und den gekonnten Umgang seines Freundes.
Nach diesen Spielchen versucht der Pickelige das Gespräch auf die nächsten gemeinsamen Aktivitäten zu lenken. Sie werden jedoch von anderen Gästen unterbrochen, die an den Tisch kommen und sich mit dem Blonden unterhalten wollen.
„Hallo, alles im Lot, was macht deine Kiste ... die Frauen ... die Liebe ... das Waffengeschäft usw. usw."
Er ist bekannt und beliebt und ... einige bekommen aus einem dicken Stapel einen grünen Schein zugesteckt. Kurz vor zwölf steht er auf und sagt: „Ich bin müde. Ich glaub', ich geh' nach Hause."
Überraschung, damit hat der Pickelige so plötzlich nicht gerechnet.
„Ich dachte, wir saufen noch einen."
Er haut zur Untermalung mit der flachen Hand auf den Tisch.
„Morgen ist auch noch ein Tag." Schon ist er an der Tür.

Der Pickelige will es jetzt wissen, muss seinen Frust begießen, haut zur Untermalung mit der flachen Hand auf den Tisch. ‚Das, was der Blonde kann, kann ich auch.‘ Er hält den rechten Arm in die Luft, schnippt mit Daumen und Zeigefinger einmal, zweimal und streckt Zeige- und Mittelfinger in die Höhe. Er will gerade die Hand runternehmen, als sie von einem Schraubstock eingeklemmt wird und ihm jemand auf die Schulter haut:
„Mensch, lange nicht gesehen, Mann, was machst du denn hier?“
Wieder ein Schlag auf die Schulter und immer noch ist die andere Hand im Schraubstock eingeklemmt. Endlich lässt der Druck nach und er kann sich den Schraubstock ansehen. ‚Hans Friedrich, von der Arbeit.‘
„Das kostet 'ne Runde Bier“, bringt er stotternd hervor und reibt sich seine rechte Hand. Der Schraubstockmann setzt sich an den Tisch, lehnt beide Ellbogen auf die Tischplatte und brüllt in Richtung Tresen: „Zwei Bier mit Korn, aber plötzlich.“
Das Bier mit Korn kommt, wird gekippt und gleich zwei neue bestellt. Die Bedienung ist bei ihm und dem Schraubstockmann nicht so anschmiegsam, wie bei dem Blonden. Irgendwas hat der Blonde, was sie nicht haben. Ist es die Kohle, der Schnaps oder sind es die grünen Scheine, die ihre Besitzer wechseln? Diese Fragen stellt er nach fünf weiteren Bier und Korn. Sie philosophieren über Glück und Unglück bei Frauen, sind nach dem siebten Bier mit Korn bei den Waffen gelandet und ab da beginnt sein Filmriss.

Die Alka Seltzer löst sich schäumend im Glas auf, das Wasser wird milchig. Routinemäßig schluckt er das Glas leer, gibt auf den Rest einen kleinen Schuss Wasser und schluckt ihn hinterher.
Vorsichtig stellt er sich in die Badewanne, erst dann dreht er die Dusche auf. Mit einer Hand an der Fensterbank. Das Gleichgewicht stimmt irgendwie nicht, die andere Hand reguliert die richtige Wassertemperatur ... kalt ... noch kälter ... ganz kalt, das tut seinem Kopf gut. Langsam nimmt die Umgebung feste Konturen an, nichts Verschwommenes mehr in seinem Gesichtsfeld signalisiert normales Leben. Wieviele Biere waren es, vierzehn oder fünfzehn? ‚Aufgehört zu zählen hab‘ ich, glaub‘ ich, bei zehn Bieren. Ich bleib‘ heut‘ zuhaus, das ist mir zu gefährlich auf dem Dach.‘ In der Küche setzt er die Kaffeemaschine in Betrieb.
Der Fernseher läuft, er ist vom Sessel auf den Boden gerutscht, neben sich eine leere Tasse und eine leere Flasche Bier. An der Tür klingelt es, nach einer Pause schlägt eine flache Hand gegen die Tür. Mach auf ... mach auf, ich bin's. Mühsam kommt er zu sich, reißt die Augen auf, sieht den Fernseher laufen und weiß, wo er ist:
„Scheiße, eingepennt ... draußen ist einer an der Tür.“ Er braucht Minuten, um sich langsam an die Realität zu gewöhnen. An der Tür ist keiner als er

öffnet. ‚Das kann doch nur der Blonde gewesen sein. Wie spät ist es jetzt? Ohh Mann, schon vier Uhr.‘ Gegenüber an der Tür hört er Geräusche. ‚Immer dieser Greis, neugierig wie Lumpi.‘
„Pass bloß auf du alte Sau!“ Er ballt seine rechte Hand zur Faust und schüttelt sie in Richtung gegenüberliegende Tür. Er merkt, dass sich hinter der Tür jemand bewegt: ‚Opa lauert wie immer.‘

Klaus Wegmann steht am Firmenwagen und telefoniert mit seinem Chef. Die Nachricht freut ihn, sie haben nächste Woche einen freien Tag am Studentenheim, da der Johannes-Roggebusch-Weg für einen Tag für den Fahrzeugverkehr gesperrt und deshalb nicht befahrbar sein wird. Material, das er für diesen Tag erwartet hatte, muss einen Tag später angeliefert werden. Die Straße wird in nur einem Tag neu asphaltiert, zwei Maschinen aus dem Ruhrgebiet sind extra für diese Arbeit von der Stadt Oldenburg gemietet worden. Er hat seinen Chef überzeugen können, dass für acht Leute und einen Tag kein brauchbarer Einsatz zu organisieren ist. Er hängt den Hörer ein, schaut aufs Dach und sieht, wie zwei von ‚meine Jungs‘ zu ihm runtersehen. ‚Die riechen wieder Lunte.‘
Er grinst vor sich hin, das ist schon eine rauhe Bande. Er kommt aber ganz gut mit ihnen klar, ist sogar stolz auf seine Art, mit ihnen fertig zu werden. Hauereien hat es hier auf dem Dach erst einmal gegeben, zwischen einem ‚Schwarzen‘, Aussiedler, ohne Lohnsteuerkarte, ohne Papiere, und einem Türken. Er hat den Aussiedler gefeuert und damit war die Ruhe wieder hergestellt. Die anderen ‚Jungens‘ registrieren so etwas sehr aufmerksam, lauern auch schon drauf, die versprochenen zwei extra Hunderter einzustecken, die er ihnen nur zusteckt, wenn sie drei Tage vor dem gesetzten Dachabnahme-Termin mit der Arbeit fertig sind. Dafür halten sie sich gerne zurück. Er hat drei Riesen extra in der Tasche, sein Chef wird richtig redselig, wenn der seine drei extra Riesen einsteckt und die ‚Jungens‘ können sich am Wochenende hemmungslos die Glocke begießen, wenn er ihnen die beiden Hunderter zusteckt, jedem einzelnen mit Schulterschlag und:
„Du hast dir das so richtig verdient, bei deinem Einsatz.“

Die Menschentraube im Kaufhauseingang erregt die Aufmerksamkeit des Blonden. Im Eingang des Kaufhauses, direkt an einem Auslagentisch für kleine Stecktücher, Stück 5,-DM, bildet sich eine Menschentraube um einen kleinen Hund. Menschenansammlungen sind für ihn immer von Interesse. Vielleicht ergibt sich eine Gelegenheit, jemandem in die Tasche zu greifen und den einen oder anderen Schein zu ziehen. Mädchen und Frauen haben auch einen Stellenwert, da lohnt es sich anzuhalten und zuzusehen. Auch Verfolgungen waren schon von Erfolg gekrönt, Handtaschen, Scheckhefte u.a. waren der Lohn. ‚Kleinvieh macht auch Mist' ist eine seiner Devisen. Es folgt eine für ihn typische Bewegung, er dreht Oberkörper und Kopf aus der Hüfte heraus, so als ob sein Unterkörper festgenagelt ist, erst in die eine, dann in die andere Richtung, und beobachtet dabei die Menschen um sich herum. Käufer, die von der Langen Straße kommen, können nicht an den Menschen, die vor dem Tisch stehen, vorbeikommen, ohne einen Blick zu ergattern, um dann neugierig stehenzubleiben oder uninteressiert weiterzuziehen. Zwei Verkäuferinnen und mehrere Männer, Frauen und Jugendliche stehen um einen Köter herum und diskutieren, gestikulieren über die Umstände.

Einige Zuschauer und Zuhörer stehen abseits, bilden kleine Gruppen, nicken zustimmend oder abweisend, kommentieren das Ereignis stumm, zeigen auf den Hund und die Verkäuferinnen. Es liegt eine merkwürdige, spannungsreiche Übereinstimmung in der Luft, nicht ausgesprochen. Sie schwebt als Meinungswolke - als Zentrum der Auslagentisch - über dem angebundenen Hund, den Männern, Frauen und Jugendlichen und infiziert diabolisch, wie magnetisch, alle Hinzutretenden.

Gemeinsames Thema ist der an einem Tischpfosten angebundene Hund, der neben sich eine Baumwolltasche liegen hat, leise aber intensive Diskussionen und kumpanenhafte, schnell entstehende Solidarität, Empörung über die Ungeheuerlichkeit, dass ein Hund, dazu noch alleine, in dem Kaufhaus an einem Tisch festgemacht wurde. Verständnis für die Verkäuferinnen ob ihrer Lage, plötzlich eine Verantwortung aufgebürdet zu bekommen, ohne sich dieser entziehen zu können.

Ein langer, dünner Mann, eine Bohnenstange, steht etwas abseits und beobachtet die Szene ebenfalls aufmerksam, bahnt sich plötzlich rasch entschlossen den Weg zu Hund und Beutel, streichelt den Hund, richtet ein paar beruhigende Worte an ihn und fasst in den Beutel. Eine neugierige Dreiergruppe drängelt sich an die Bohnenstange, will wissen was los ist, er hört nur wie der sagt „Iss' nich' meiner" und setzt seinen Weg ins Kaufhaus, Sockenabteilung, fort.

Da ... der Blonde hält ganz kurz in seiner Bewegung inne, die Bohnenstange, den kenn' ich ... woher? Er spürt ein Ziehen an den Schläfen und leichtes Magendrücken, er hat es immer dann, wenn etwas besonderes in der Luft liegt, ein Gespür, das ihm schon oft die richtigen Signale vermittelt hat.

‚Johannes-Roggebusch-Weg, vor dem Idiotenhaus, so'n anderes Idiotenhaus, weiß gestrichen. Sieht aus wie ein MG-Feuerstand. Runde Fenster, muss ein kompletter Idiot sein dieser Kerl, sich diese Bruchbude zu bauen.' Da hat er die Bohnenstange schon mal gesehen. ‚Könnt' 'n Schnüffler sein.' Er hebt bei dem Gedanken an Schnüffler automatisch die Nase hoch, fährt fort in seiner Beobachtung. Nichts besonderes mehr. Er drängelt sich nach hinten weg, zum Ausgang.

Der Tag auf dem Dach beginnt. Umziehen im Vorraum der Gasheizung, Zigarette anzünden, durch die Tür aufs Dach. Der Erste - es ist immer der Vorarbeiter - schließt die Tür auf. Der Schlüssel für die Dachtür, er passt auch für die Toilettentür, liegt während der Arbeitszeit auf einer Feuerlöscherkonsole neben der Tür.
Nach Feierabend nimmt der Vorarbeiter den Schlüssel mit runter zum Firmenwagen. Die morgendliche Arbeitseinteilung und wie immer sein Zustandsbericht:
„Wenn wir das in zehn Tagen schaffen, dann sind zwei Hunderter extra für jeden von euch drin. Dafür setzt sich Onkel Klaus ein."
Die Arbeit geht voran, ein Handlanger legt die Schweißbahn vor, der Mann am Gasbrenner hält die Flamme drunter bis sie weich wird - leicht verläuft - und der Handlanger drückt sie fest. Drei Gruppen arbeiten so auf dem Dach, zwei andere Hilfsarbeiter sorgen dafür, dass immer genügend Flaschen und Schweißbahnen auf dem Dach sind. Kurz vor der Mittagspause stellt ein Arbeiter seinen Brenner ab und sagt zu seinem Mitarbeiter: „Ich muss kurz was besorgen."
Er geht rüber zum Vorarbeiter, der bei einer anderen Gruppe steht, er gibt Anweisung, wie sie die Ecke sauber hinkriegen.
„Ich muss pinkeln und schnell in die Stadt, was kaufen, in 'ner halben Stunde bin ich wieder da." Der Vorarbeiter blickt kurz auf die Uhr: „Bald Mittag, iss' okay."
Der Schlüssel liegt auf der Konsole und verschwindet in der Hosentasche. Zufrieden klopft er auf seine Tasche: ‚Kann nichts mehr schiefgehen.' Vor der Mittagspause geht keiner mehr auf die Toilette, das machen sie nach dem Frühstück und Nachmittags. In dem Ford Escort dreht er die Musik bis zum Anschlag auf und fährt den Johannes-Roggebusch-Weg hinunter in Richtung Stadt.
Der Schlüsseldienst ist nicht weit vom Kaufhaus, zwei Frauen stehen vor dem Mann vom Dach am Verkaufstresen. Sie wollen ein neues Sicherheitsschloss für ihre Haustür haben:
„Sie können uns dies hier empfehlen?" fragt die eine der beiden Frauen und zeigt auf ein Schloss, das der Verkäufer vor ihnen hingelegt hat.
„Das können Einbrecher nicht kaputt machen?" fragt die andere Frau. Eine elend lange Prozedur, schon jetzt zu lange für seinen Geschmack, er macht sich ein bisschen größer, hält einen Sicherheitsschlüssel hoch und fragt laut: „Haben Sie die hier vorrätig?" Der Verkäufer sieht ihn fast erleichtert an, nimmt mit einer Entschuldigung zu den Frauen den Schlüssel in die Hand,

sieht sich bei den hinter ihm hängenden Schlüsseln um, sucht eine Weile und sagt schließlich:
„Vorrätig haben wir die nicht, aber ich kann Ihnen welche machen. Wieviele wollen Sie davon?“ Überrascht über die problemlose Aussicht an einen Schlüssel zu kommen sagt er: „Zwei.“

Der Blonde hat das Paket unter den Arm geklemmt. Mit der rechten Hand steckt er einen Schlüssel ins Schloss und dreht ihn um ... passt. Wie gewohnt legt er den Schlüssel auf die Konsole. Der Pickelige hat fünf Patronenkartons in den Händen. Von Ferne ist Lärm zu hören, die Straßenbaumaschinen nähern sich langsam dem Studentenheim.
Wie jeden Tag seit drei Wochen haben die Männer auf dem Dach ihre Stellung hoch über der Straße bezogen. Der Blonde hockt sich auf den Dachboden, mit dem Rücken zum Aufbau, in dem die Heizung für das Studentenheim untergebracht ist. Aus der Jackentasche zieht er ein kleines Fernglas und sieht sich die Kleingartenanlage an. Der Pickelige stiert ihn unablässig an. Der Blonde lässt sich davon nicht beeindrucken und sucht weiter, Quadratmeter für Quadratmeter. „Was suchst du im Kleingarten?“
„Vielleicht wachsen ja schon die Erdbeeren, das kann man durch so‘n Fernglas ganz gut sehen, braucht man nicht runter zu gehen, Blödmann.“
„Erdbeeren, quatsch Erdbeeren, was suchst du da? Warum willst du mir das nicht sagen?“
„Geht dich nichts an, Blödmann.“
‚Blödmann, Blödmann, Blödmann, immer wieder nur Blödmann. Ich bin kein Blödmann, selber Blödmann. Wenn ich nicht gewesen wäre, dann hätte der das KK-Gewehr nicht und nicht die Walther PPK. Und was ist mit der Waffe, die nicht knallt? Die kostet im Laden 1 1/2 Kilo, von mir hat er sie umsonst, Edel mit Nußbaum-Lochschaft und Monte Carlo-Backe.‘ „Was suchst du im Kleingarten?“ ‚Die Antwort von ihm ist einfach Scheiße, ich weiß doch ganz genau, dass die Erdbeeren erst im Juni wachsen, und immer dieses ‚Blödmann‘.
‚Ich muss ihm zeigen, dass er mir das nicht sagen darf. Das ist zuviel!‘ Er geht auf den Mann am Dachboden zu und tritt ihm mit dem Fuß kräftig in den Oberschenkel.
„Das ist für den Blödmann! Und wenn du das nicht nachlässt, dann geht‘s in die Eier. Klar?“
Der Blonde reibt sich den Oberschenkel, legt betont langsam das Fernglas neben das Gewehr, steht vom Dachboden auf, baut sich langsam aus den Knien kommend vor dem Pickeligen auf und haut ihm dann blitzschnell mit der Faust ins Gesicht. Legt die ganze Kraft seines Oberkörpers in den Schlag,

explodiert förmlich. Blut spritzt, der Pickelige geht zu Boden, hält sich die Hände vors Gesicht und fängt an zu wimmern.
‚Die Faust, die Faust, ohh tut das weh!! Was läuft aus der Nase? Blut? ... Blut! ... Blut!! Ist die Nase gebrochen?‘
Der Pickelige versucht mühsam seine Augen zu öffnen, er kann nichts sehen, setzt sich hin.
‚Ohh ... ohh ... ohh‘, stöhnend betastet er seine Nase. Warum hat er das gemacht? Ich wollt‘ ihm doch nur zeigen, dass ich kein Blödmann bin. Alles schwarz. Warum ist der Schmerz so schwarz? Ohh ... die Faust ... alles soo schwarz. Wieder diese Faust ... ist die brutal, wie der mich hochzerrt, das tut weh!!‘
„Das ist für den Tritt. Für die Eier kriegst du nachher noch einen, du alte Sau ... Dreckskerl.“
Er lehnt sich gegen die Wand und sieht auf den Pickeligen herunter:
„War ’n Fehler sich mit dir abzugeben. Du hast ja nur Scheiße im Kopp, nichts als Scheiße.“ Er hebt Fernglas und Gewehr auf und geht rüber zur anderen Dachseite, zur Seite am Johannes-Roggebusch-Weg. Der andere liegt am Boden und wimmert vor sich hin, verwischt mit einem Tuch das Blut im Gesicht.

Die Straßenbaumaschinen sind näher gekommen und schieben, einer großen Bugwelle gleich, ein höllisches Klanginferno vor sich her. Endzeitstimmung.
Der Blonde steht am Dachrand, das Gewehr hat er unter seinen rechten Arm geklemmt, sieht in die Richtung der Maschinen. In seinen Körper kommt Bewegung, er beugt sich über den Dachrand vor, sieht angestrengt die Straße entlang. Ihm ist klar, dass jetzt seine Zeit gekommen ist. Eine gute Gelegenheit, mit dem neuen Gewehr zu schießen! Endlich ungestört! Kein Schießstandaufpasser! Ohne Risiko! Keine Oberpisser und Rechtsanwälte und Ärzte, die einem mal zwei, drei Schüsse genehmigen! Keine Zuschauer! Er pfeift dem Pickeligen zu. Der hört ihn nicht. Er winkt ihm zu. Der sieht ihn nicht.
„Verdammtes Arschloch, du bist ja zu nichts zu gebrauchen.“
Er geht rüber, läuft rüber, das geile Gefühl des Schießens juckt ihm im Finger und ... der Pickelige hockt auf dem Boden und wimmert immer noch vor sich hin. Der Blonde sieht es an den Lippenbewegungen, die er macht. Hören kann er bei dem Lärm, der von der Straße hochschwappt, nichts. Er zieht den Pickeligen am Arm, reißt an seiner Jacke, schüttelt an seinen Schultern und zieht ihn schließlich an beiden Armen mit Gewalt hoch und brüllt ihn an:
„Das ist unsere Chance, los, du Blödmann!“

Er stößt ihn zur anderen Dachseite, treibt ihn vor sich her. Der Blonde ist nicht mehr der konzentrierte, coole Typ. Er ist gepackt vom Jagdfieber. Sein Gesicht ist leicht gefärbt, die Augen sind eiskalt, drücken brutale Entschlossenheit aus. Die Lippen sind fest aufeinander gepresst und bilden einen hellen Kontrast zum geröteten Gesicht.
Die Straßenbaumaschinen haben das Studentenheim erreicht, kriechen wie lärmspeiende Dinosaurier über die Straße. Lärm, der nicht aufhört und alles andere zupresst. Aus den Öffnungen zischt Dampf. Feuer flackert aus irgendwelchen Kesseln auf die Straße. Dampf, Feuer und Lärm suggerieren Bedrohung und Hölle. Teergeruch, der einfach alles zudeckt: Sträucher, Bäume, Häuser. Passanten drücken sich ängstlich an den Rand der Straße, versuchen schnell Abstand zu den schwarzen Lärmungeheuern zu gewinnen.
Der Blonde nimmt das Gewehr an die Schulter, visiert über Kimme und Korn und zieht dann zweimal schnell hintereinander ab:
„Geil, total geil! Schnell, Munition." Der Pickelige lässt sich von der Aufregung anstecken. Wie weggefegt sein Zorn, sein Hass, Vergessen der Faustschlag, das Blut, der ‚Blödmann'. Jetzt i s t er der Blödmann und gibt seinem Kumpel Patrone um Patrone. Vom Dachrand beobachten sie jeden Schuss, wie die Kugeln auf dem Eisen der Maschinen aufschlagen: Funken spritzen Geräusche -Lärm, Knallen, Quietschen, Zischen, Krachen, Kreischen-kommt von den Maschinen. Die Schüsse gehen im Lärm unter, sind nicht zu hören. Er reicht dem Blonden Patrone um Patrone. Der brüllt ihm ins Ohr:
„Da unten ist die blonde Schlampe."
Er ist ganz dicht an den Blonden rangekommen, spürt den Atem und seine Aufregung, er spürt, wie sie sich auf seinen Körper überträgt. Nahe an seinem Ohr brüllt der:
„Ich knall' die ab. Los ... Munition!"
Die Augen des Blonden verziehen sich zu schmalen Schlitzen, kleine, schwarze Widerhaken prallen auf den Pickeligen, bereiten diesem stachelige Pein:
„Das ist unsere Chance, los, du Blödmann!"
‚Schon wieder Blödmann.' Er spürt einen Stoß und sieht, wie der Blonde das Gewehr an die Schulter legt und dann zweimal abdrückt. Das blonde Mädchen hat sich hinter eine Eiche geflüchtet. Die Straßenbaumaschinen schieben sich langsam aber sicher zwischen sie und das Studentenheim.
Mit beispielloser Schnelligkeit packt der Blonde das Gewehr mit der linken und nimmt Blödmann an die rechte Hand. Er rennt mit dem Gewehr und dem Pickeligen im Schlepptau quer übers Dach zum Heizungshaus. Er packt ihn und stellt ihn wie ein sperriges Möbelstück an die Wand, baut sich vor ihm auf und schießt Millionen kleiner, bösartiger Eiskristalle aus seinen Au-

gen in seine Richtung. Er keucht, Klirren in der Stimme, sein Atem scheint wie durchwirkt von kleinen Eiswürfeln:
„Das ist die Gelegenheit, der blonden Schlampe einen zu verpassen, jetzt oder nie, und wenn nicht jetzt, dann treffen wir uns im Knast wieder. Hast du das kapiert?!“ Über den nächsten Schritt lässt er keine Zweifel aufkommen. Die Eiswürfel in seiner Stimme verleihen dieser einen knarrenden, unter die Haut gehenden Tonfall.
Er lässt das Gewehr auf den Boden rutschen, hält den Pickeligen aber noch mit der anderen Hand fest. Als das Gewehr unten liegt schnappt er sich den Pickeligen und schüttelt ihn durch - nicht zu hart. Der Kopf landet einige Male mit dumpfem Geräusch an der Mauer. Er zischt ihn an:
„Jetzt, wir beide ... nach unten.“ Mit der Hand zeigt er nach unten:
„Pass‘ auf, dass dich keiner sieht. Ich bin dicht hinter dir und decke dich. Wir treffen uns wieder an der Pferdekoppel. Klar?“
Der Pickelige hastet die Stufen runter, hinter sich den Ruf:
„Leiser, leiser, du Blödmann ... leiser, die hören uns sonst.“
Drei, vier Stufen auf einmal, das Geländer gibt den nötigen Halt, auf den Absätzen reißt er sich am Geländer um 180 ° rum. Richtungsänderung. Neue Stufen, so an die sechs, sieben, bis achtmal eine Richtungsänderung. Sein Körper schraubt sich jedesmal mit ungeheurer Dynamik in die neue Position. Die Tür zum Hof steht auf. Bevor er auf den Innenhof tritt, versichert er sich, dass sich niemand auf dem Hof befindet. Durch eine Glasscheibe in der Tür sieht er, wie die Straßenbaumaschinen auf dem Johannes-Roggebusch-Weg ihre Arbeit verrichten. Direkt vor ihm auf der Straße bewegen sich die zwei schwarzen, tosenden Ungeheuer. Die Luft ist immer noch erfüllt vom Höllenlärm und Teergeruch. Er hastet über den Parkplatz am Studentenheim in Richtung Wendehammer.

Der Blonde geht durch den Heizungsvorraum zur Tür zurück zum Dach. Das Gewehr liegt noch an der Mauer! Er geht schnell auf die Seite, von der aus er geschossen hat. Vom Dach sieht er den Pickeligen auf dem Weg zur Weide. Er sammelt mehr als zwanzig Patronen ein. Den Schlüssel legt er wieder auf die Konsole.
‚Das war geil.‘ Er nimmt das Gewehr und steckt es mit dem Lauf in seine Hose. Den Schaft verdeckt er mit seiner Jacke. Er sieht an sich runter und kann nichts Auffälliges entdecken:
‚Beule oder so?‘ Die Jagd kann beginnen. Im Treppenhaus begegnet ihm kein Student. ‚Die pennen alle über ihren Büchern.‘ Die Tür zum Hof steht auf, er schließt sie von außen und sieht keine Menschen auf dem Gelände.
‚Iss’ ’n Höllenlärm und stinkt in der ganzen Gegend.‘ Er hat den Wagen so geparkt, dass er, selbst wenn er beobachtet würde, nicht beim Verstauen des

Gewehrs im Kofferraum gesehen werden könnte. Er zieht Gummistiefel an und Lederhandschuhe über. Seine Schuhe verstaut er im Kofferraum. Ein Eisenrohr nimmt den Platz des Gewehrs ein, es wird von Hose und Jacke verdeckt. Er überprüft mit schnellem Blick, ob ihn jemand aus einem der Fenster beobachtet hat und geht dann zielstrebig zum Wendehammer. Ein Bauarbeiter auf dem Weg zum Einkaufszentrum um fehlendes Baumaterial oder Werkzeug zu besorgen?
‚Wir treffen uns an der Pferdekoppel. Klar?' Das war die Verabredung. Der Blödmann hat gesagt „Klar!! Wir treffen uns an der Pferdekoppel. Ich bin da, auf mich kannst du dich verlassen."
Auf der Weide, direkt gegenüber auf der anderen Seite, sieht er ein Pferd am Gatter stehen und grasen. Am Horizont schieben sich die ersten Vorboten des zu Ende gehenden Tages herauf. Das Tageslicht wirkt unschlüssig, flirrt vor sich hin, beginnt an Helligkeit zu verlieren. Bäume, Sträucher und Häuser verlieren unmerklich ihre festen Konturen. Das blonde Mädchen hat ihr Fahrrad an das Gatter gelehnt und klettert drüber. Vom Boden hebt sie einen Karton auf und geht in Richtung OSV-Heim.
„Wo bleibt der bloß, wir haben uns hier verabredet."

Auf dem Parkplatz der Firma Frantz Mörtel wartet der Pickelige auf ihn.
‚Hoffentlich spurt der jetzt, sonst ist Knast angesagt.' Als der kommt, stößt der Blonde den Pickeligen leicht in die Rippen und sagt, ohne dass der andere eine Chance zum Reden bekommt:
„Pass auf, wir nehmen die in die Zange. Du kommst von dieser Seite." Er beschreibt ihren Standort mit beiden Armen, indem er sie parallel am Körper anlegt und mit den Händen auf seine Füße zeigt. Eilig fährt er fort. Es scheint um ihrer beider Leben zu gehen. Auf den Pickeligen überträgt sich Spannung und Dramatik. Seine Pickel überziehen sein Gesicht wie ein feuerroter Teppich. Gebannt - den Mund halb geöffnet - starrt er den Blonden an.
„Ich laufe hier am Zaun lang und komm' von der anderen Seite." Mit einer Bewegung des rechten Arms beschreibt der Blonde ihm die Richtung - zum OSV-Heim. Den linken Arm hält er ebenfalls hoch, zeigt damit aber auf das Pferd und das Mädchen.
„Wir müssen uns beeilen, die darf sich gar nicht erst auf den Gaul setzen. Kapiert?"
Der Pickelige glotzt ihn an. Die Spannung hat sich seiner bemächtigt, er nickt heftig mit dem Kopf. Nachdenken? Dem Blonden hämmern unablässig zwei Worte im Schädel:
‚Keine Fragen! ... keine Fragen! ... keine Fragen! ... keine Fragen! Der darf jetzt keine Fragen stellen.'
Er packt ihn an der Schulter, greift gleichzeitig unter seine Jacke und spürt

das harte Rohr. Er reißt es - fast - unter seiner Jacke hervor und drückt es in die rechte Hand des Pickeligen, fasst dessen Finger, umschließt sie mit seiner Hand und bildet sie zu einer Faust. So stehen beide zwei, drei Sekunden reglos ‚aneinandergekettet' - ein Mordpakt. Der Blonde löst seine Hand und dreht seinen Körper in Richtung Zaun, erfasst mit der flachen Hand den Hintern des Pickeligen, wie bei der Bedienung neulich, und schiebt, stößt ihn zum Zaun. Der torkelt vorwärts und läuft wie aufgezogen davon.
‚Das hat geklappt.' Er selber läuft in Richtung Sportheim am Zaun entlang und dann rechtwinkelig auf die Bäke zu. Während er läuft beobachtet er den anderen. Der Pickelige jagt leicht geduckt über die Weide, wie ein Indianer auf der Pirsch, parallel zu ihm. Er sieht aus seiner Entfernung, wie das Mädchen beim Pferd steht und es streichelt. Sein Gesicht verzieht sich zu einem bösartigen Grinsen. ‚Dich mach' ich platt!!' Er hält plötzlich am Zaun an und beobachtet ein Schauspiel: Blödmann kommt von hinten an die Schlampe heran ... und greift ihr mit beiden Händen an den Hals. Gebannt umklammert der Blonde einen Weidepfosten. Er sieht, wie das Pferd mit den Hinterfüßen ausschlägt - Blödman und die Schlampe fallen um! - dann die Vorderfüße hoch in die Luft steigen, sich aufbäumt, den Kopf wild hin und her schüttelt, weiße Schaumfetzen fliegen durch die Luft. Das Pferd springt erneut auf die Vorderfüße und schlägt abermals mit den Hinterfüßen nach hinten - die Schlampe und Blödmann werden wieder getroffen.
Das Pferd hat Blödmann ein-, zweimal am Oberkörper getroffen - und prescht in vollem Galopp davon - Blödmann ist umgekippt - liegt auf der Weide - handlungsunfähig. Der Blonde nimmt jede einzelne Szene, vorgeführt, wie von einem kaputten Filmvorführgerät, in sich auf. Die Bilder rattern durch seinen Kopf, manche bleiben stehen, andere laufen, rutschen vor der Linse. Ihnen fehlt allein die Hintergrundmusik. Die Bilder laufen bruchstückhaft, unkontrolliert in sein Gehirn. Die blonde Schlampe sieht er nicht mehr. Und? Der Blödmann liegt auf der Weide - angeschlagen von dem Gaul.

Der Anschub auf den Hintern gibt dem Pickeligen den nötigen Anschub:
‚Jetzt lösen wir das Problem gemeinsam. Die bringt uns nicht in den Knast, der heizen wir ein und stopfen ihr das Maul.' Seine Finger umgreifen das Rohr, die Knöchel sind schneeweiß. Er steht auf der Weide und sieht drüben am Zaun den Blonden rennen, die Jacke bläht sich vom Wind auf, flattert hinter ihm her.
‚Der ist auch unterwegs. Scheiße, die Gäule haben riesige Löcher ins Gras getreten, wenn man da reintritt, bricht man sich das Genick. Etwa dreißig Meter noch, sie steht mit dem Rücken zu mir. Noch etwas weiter nach links, dann komme ich direkt in ihren Rücken.'

Zwei, drei Schritte. Er sieht gerade noch, wie der Gaul seine Hinterhand nach oben, direkt in seine Richtung bewegt. Ein Schatten, schwarz und riesig, baut sich auf, der Himmel wird pechschwarz, das Pferd steigt über die Hinterhand hoch, schlägt mehrere Male aus, trifft ihn an der Brust, einmal, zweimal, im Fallen packt er das Mädchen mit der linken Hand, sieht ihre blonden Haare auf und ab wippen, wie verzweifelt, sich rettend an ihrer Schulter, dem Hals, wieder Krachen auf der Brust:
‚Da ist was kaputt gegangen!' Er sackt zusammen und fällt seitlich ins Gras. Die Finger nehmen die Farbe der Knöchel an. Das Rohr liegt neben ihm im Gras.
‚Warum ist der Schmerz so schwarz?'

Gerade will der Blonde über den Zaun steigen, als auf dem Verbindungsweg zum Einkaufszentrum ein Radfahrer in schneller Fahrt näherkommt, auf das Gatter zusteuert und den Blick während der ganzen Fahrt starr auf die Weide richtet. Am Gatter springt er vom Rad, klettert auf die Weide und läuft rasch in Richtung Blödmann. Der Blonde hockt sich hinter einen Weidepfosten, versucht mit diesem zu verschmelzen. Er steht mit einem Bein im Wasser und beobachtet den Jungen, den er schon häufiger am Studentenheim hat vorbeifahren sehen. Der Junge läuft wie von Hunden gehetzt in Richtung Blödmann. ‚Was ist das?' Kurz vor Blödmann, zwei, drei Schritte von diesem entfernt, hält er an, geht in die Hockstellung.
‚Die Schlampe liegt auch da!' Der Junge hebt das Mädchen hoch, hält sie in seinen Armen. Kurze Zeit später, aus der Entfernung undeutlich zu erkennen, sieht er, wie sich der Draht vom Zaun bewegt. Beide ziehen etwas Längliches, Sperriges unter dem Zaun durch.
‚Das ist der Blödmann?' Vorsichtig richtet sich der Blonde auf und sieht jetzt undeutlich einen Körper auf dem Weg liegen. Die beiden machen sich an Oberkörper und Kopf zu schaffen. Der Junge hebt den Kopf hoch, und die Schlampe schiebt was drunter. Der Junge und die Schlampe gehen, rennen fast, in Richtung Gatter.
‚Blödmann liegt auf dem Weg. Die Schlampe wird von dem Jungen beim Laufen gestützt.'
Am Gatter nimmt der Junge das Mädchen vorne aufs Rad und fährt, unsicher erst, dann schneller, über die Brücke in Richtung Einkaufszentrum.
Während der Blonde über den Zaun klettert, auf die Weide springt und schnell in Richtung Blödmann läuft, sichert er sich nach allen Seiten, sieht sich um, nähert sich der Stelle, wo der Pickelige lag. Er tritt auf einen harten Gegenstand - das Rohr - hebt es auf und klettert wieder über den Zaun.
Unter dem Kopf des Pickeligen liegt eine Jacke. Blass, wie tot, liegt er da, die Augen sind geschlossen. Mit einem schnellen Griff packt der Blonde ihm ans Handgelenk. ‚Der Puls geht noch.' Spuren kann er, außer den getrockneten

Blutspuren an der Nase von seinem Schlag auf dem Dach, weder im Gesicht noch am Körper entdecken. Er kniet sich auf den Weg neben den Pickeligen. Wieder ein schneller Blick rundum. Er zerrt die Jacke unter dessen Kopf hervor und legt sie über seinen Kopf. Er zieht das Eisenrohr unter seiner Jacke hervor. Zweimal haut er mit aller Kraft auf die Jacke und dem darunterliegenden Kopf. Das Geräusch eines brechenden Astes tönt dumpf aus der Jacke. Dann zieht er die Jacke kräftig zusammen. Mit seinem ganzen Körpergewicht drückt er seine beiden Hände auf Mund und Nase des Pickeligen. Dabei beobachtet er emotionslos abwechselnd den Weg in beide Richtungen und die Jacke.

‚Scheiße, der Junge. Der fährt weiter zum Idiotenhaus ... richtig, der hat keine Jacke an ... Das ist es!!'

Der Junge entschwindet seinem Blick. Er fühlt Puls, Kopf und Oberkörper ab:

‚Der lebt nicht mehr.'

Er zieht die Jacke vom Kopf und überprüft den Blödmann nach Lebenszeichen.

‚Nichts mehr, das war's. Nicht mehr Blödmann, tot Mann. Totmann ... Totmann!'

Sein Blick streift die Bäke, ohne Regung legt er die Jacke an die Wegseite ins Gras, breitet sie aus und wischt das Rohr über die Jacke, wickelt es ein. Der Blonde hebt den Kopf und sieht, wie der Junge das Wegende erreicht und ohne sich weiter umzusehen in den Johannes-Roggebusch-Weg abbiegt. Er steht auf und stößt die Leiche mit den Füßen an der Hüfte stückweise die Böschung runter. Sie rollt mit zwei Drehungen in Richtung Wasser. An zwei Bäumen, die mit anderen Bäumen wie an einer Schnur aufgeperlt am Ufer der Bäke gepflanzt sind, bleibt sie liegen. Die Leiche passt da nicht durch, die Bäume stehen zu eng.

‚Totmann ist zu groß.' Fluchend rutscht er zu den Bäumen runter, hebt die Beine der Leiche mit beiden Händen hoch und lässt sie ins Wasser fallen, mit den Zehen nach unten. Das gleiche mit dem Oberkörper, es kostet ihn einige Mühe. Durch mehrere Ziehversuche gelingt es ihm, die Leiche mit dem Gesicht nach unten ins Wasser zu legen. Schwer atmend betrachtet er sein Werk, klettert zum Weg hoch. Er klemmt sich die Jacke mit dem eingewickelten Rohr unter den Arm und läuft geduckt den Weg so zurück, wie er gekommen ist. Stoßweise jagen Gedanken durch seinen Kopf. ‚Die kriegen mich nicht! Da kommen die nicht drauf! Die sind zu dämlich! Richtige Idioten sind das!' Vorbei am OSV-Heim am Zaun entlang und zum Parkplatz von Frantz Mörtel. Vom Einkaufszentrum hört er die Sirene eines Unfallwagens. Er sieht in die Richtung und entdeckt das Blaulicht des Fahrzeugs durch die Bäume - die Sirene ist abgestellt.

Der Weg zurück zum Auto am Studentenheim ist problemlos. Er steht am Auto und hört von Ferne wieder die Sirene. ‚Das Fahrzeug fährt wieder weg.' Gummistiefel und Handschuhe ausziehen. Schuhe anziehen. Ins Auto setzen und Musik hören ... eine rauchen, nachdenken. ‚Wem schieb' ich die Jacke und das Rohr unter? Dem Schnüffler? Dem Jungen?' Sein Auto steht auf dem Parkplatz vor dem Studentenheim, in einer Reihe geparkter Autos. Vom Fahrersitz kann er durch den Rückspiegel die Umgebung beobachten. Er hat Hunger, will aber jetzt seine Position nicht verlassen, weil er damit rechnet, dass in kurzer Zeit Bewegung in die Szenerie kommt.
‚Da muss doch gleich noch was kommen.'
Er wird kurzzeitig abgelenkt, durch drei Hunde und einen Mann, der im Haus neben dem Studentenheim wohnt. Er hat ihn neulich vom Dach beobachtet. Sie gehen in Richtung Johannes-Roggebusch-Weg.
‚Der macht 'nen ziemlich aufgelösten Eindruck. Iss' von der Rolle. Der hat den Totmann gefunden. Sicher, ich bin mir hundertprozentig sicher.' Dabei klopft er mit Zeige- und Mittelfinger wie zur Bestätigung aufs Lenkrad. Noch eine Zigarette, leichtes, zur Musik rhythmisches, Klopfen.
Nach fünfzehn Minuten startet er sein Auto, fährt in den Johannes-Roggebusch-Weg bis zum Schießstand und hält dort auf dem Parkplatz. Er wartet weitere Minuten, rührt sich nicht, beobachtet, steigt aus. Nimmt die Jacke mit dem eingewickelten Rohr unter den Arm und geht zu Fuß an die Straße. Sichert nach links in Richtung Wendehammer, nach rechts in Richtung Wald. Keine Gefahr, überquert die Straße - bleibt stehen.
Verdeckt von Büschen beobachtet er die Szenerie, die sich vor ihm abspielt. Durch das Fenster im Flachdachteil des Gebäudes sieht er den Jungen, den er an der Pferdekoppel beobachtet hat. Im runden Fenster zeichnet sich die Kontur eines langen, dünnen Typen ab, der mit einem Telefon an einem Tisch steht und telefoniert. Reglos und gebannt steht der Blonde da. ‚Das ist doch ... verdammt, wenn das nicht 'n Bulle ist ... wo hab' ich den geseh'n? Wo? Jetzt weiß ich! Das ist 'n Schnüffler! Bestimmt ist das 'n Schnüffler! Den hab' ich neulich im Kaufhaus gesehen. Hat mit 'nem Köter rumgemacht.' Vorsichtig geht er weiter aufs Grundstück, lauscht angestrengt nach Geräuschen, beobachtet die Schattenbewegungen von ... zwei Männern, die durchs runde Fenster in den Garten fallen. ‚Wo kommt der zweite Kerl her? Ist das der Junge oder der Kerl mit den Hunden?' Angestrengt versucht er zu erkennen, wer sich hinter der zweiten Kontur verbirgt. Deutlich sieht er es, der Mann mit den Hunden steht in der Küche. Die Hunde sind weder zu sehen noch zu hören.
Er ist darauf gefasst, jeden Moment von den Hunden angefallen zu werden. ‚Muss ich riskieren! Das ist meine Chance. Die kommt nicht wieder.' Vorsichtig nähert er sich weiter dem Haus und sucht jetzt etwas Bestimmtes. Was

ihn beschäftigt, seit er den ‚Totmann' verlassen hat, hier hat er es gefunden - die Lösung seines Problems, das Rad vor der Garage ist das Rad des Jungen - hundert Prozent! Und das ist die Lösung. ‚Die Schweine, die kriegen mich nicht!' Plötzlich hört er vom Flur Stimmen, die sich rasch der Haustür nähern. Blitzschnell ist er mit riesigen Sprüngen wieder auf der Straße ... hält an, duckt sich hinter den Büschen an der Straße. Der ältere Mann öffnet die Tür. Der Blonde richtet sich auf und geht mit schnellen Schritten wieder zum Parkplatz zurück. Vom Auto aus sieht er, wieder verdeckt durch die Büsche und nur schemenhaft erkennbar, wie erst der ältere Mann das Haus verlässt. Er hört, leise nur, wie der nach seinem Hund ruft: „Fritz, wo bist du? Komm Fritz, Papa will nach Hause!" Der Blonde beobachtet, wie der Mann sich auf dem Grundstück von links nach rechts und dann von rechts nach links bewegt. Er kann vage die Umrisse des Mannes erkennen, wenn er sich vor dem Licht der Haustür, dem runden Fenster oder dem des Wohnzimmers befindet. Der lange, dünne Mann hat das Haus noch nicht verlassen. Endlich bemerkt der Blonde, wie der ältere Mann zielstrebig die Einfahrt verlässt. Er kann ihn deutlich im Licht der Bogenlampe erkennen und den Johannes-Roggebusch-Weg in Richtung Idiotenhaus gehen sehen. Nach weiteren fünf Minuten kommt der Schnüffler aus der Tür und schiebt das Rad in die Garage - ‚verdammt, das hat mir noch gefehlt' - und drückt das Tor nach unten. Er bemerkt, dass sich das Tor leise bewegen lässt. Der Schnüffler schiebt den Roller, den er vorher aus der Garage geschoben hatte, in Fahrtrichtung und fährt hinter dem älteren Mann hinterher. Der Blonde kann das Rücklicht vom Roller noch sehen, als er die Straße überquert und mit raschen Schritten wiederum das Grundstück betritt. Er steuert geradewegs auf das Garagentor zu und verharrt ein, zwei Minuten. Er lauscht angestrengt in die Dunkelheit, beobachtet das Licht an den Fenstern und versucht Geräusche von den Hunden auf dem Grundstück auszumachen. Nichts!! Dann geht alles sehr schnell. Er schiebt das Tor ohne Quietschen in die Höhe, macht einige Schritte und er ist am Rad. Blitzschnell klemmt er die Jacke auf den Gepäckträger. Er dreht sich herum ist mit zwei Schritten vor dem Tor und drückt es wieder zu. Mit wenigen langen Schritten ist er zurück auf der Straße und hastet zu seinem Auto zurück.
Die ganze Aktion dauert keine fünf Minuten und dann sitzt er wieder in seinem Auto. Er kurbelt das Fenster an seiner Seite herunter und lauscht angestrengt in die beginnende Nacht.
Der Blonde beobachtet alles sehr entspannt. Er ist nicht beteiligt und will gerade den Motor starten, als er wie unbeabsichtigt auf seine Hände hinunter sieht. In dem Moment weiß er, dass er einen Fehler gemacht hat! ‚Verdammt das Rohr! Ich hab' die Handschuhe vergessen anzuziehen! Das kann mich den Kopf kosten!' Sein entspannter Zustand ist wie weggeblasen, fieberhaft

überlegt er, ob er zur Garage zurückgehen soll. Er verwirft es. In dem Augenblick, in dem er den Gedanken an eine Rückkehr aufgibt, kommt eine andere fürchterliche Idee hoch, überfällt ihn, macht ihn minutenlang handlungsunfähig: Der Schlüssel fürs Dach! ‚Wo ist der Schlüssel zum Dach?' Er sucht alle Taschen ab. Nichts!

Aus der Ferne hört er Polizeisirenen und biegt seinen Oberkörper nach hinten zum Rücksitz. Durch die Rückscheibe kann er am dunklen Himmel blaue Blitze ausmachen.

‚Jetzt kommen die Bullen.' Gelassen, fast stoisch, registriert er die entfernte Polizeisirene. ‚Der Kampf kann beginnen ... den gewinn' ich!'

Er startet seinen Motor und fährt ohne Licht anzumachen am Restaurant vorbei auf den hinteren Teil des Geländes. Das Licht der Bierreklame am Restauranteingang weist ihm für die ersten zwanzig, dreißig Meter den Weg. Ohne auf Personen zu treffen fährt er den holprigen Weg entlang. Der Weg ist nicht gepflastert und er muss einige große Löcher behutsam durchfahren. Er kennt sich offensichtlich aus. Nach einer scharfen Rechtsbiegung fährt er langsam und vorsichtig ca. 80 Meter weiter. Kurz bevor er anhält macht er die Scheinwerfer für ein, zwei Sekunden an und fährt das Auto unter einen Busch. Ein zufriedenes Grinsen huscht über sein Gesicht. ‚Die finden mich hier nie und nimmer!'

Er steigt aus und leuchtet mit einer Taschenlampe den Waldboden ab. Hinter einer Eiche zerrt er eine Plane hervor, wie sie vom Militär zur Tarnung benutzt wird, und deckt sein Auto damit ab. Zweige, die er offenbar vorher abgeschnitten hat, postiert er so, dass der Zugang vom Weg nicht auszumachen ist. Als Abschluss leuchtet er sein Werk ab, kann keinen Fehler entdecken. Er geht rasch den Weg zurück. Dunkelheit umgibt ihn. An einer Gabelung betritt er einen schmalen Pfad, der zu einer Holzhütte führt. Der Grillplatz der Schießfreunde. Er beleuchtet mit seiner Taschenlampe den Grillplatz, die Sitzbänke und die Tür zur Hütte. Die Untersuchung ergibt keine bemerkenswerten Besonderheiten. Die verschlossene Tür öffnet er mit einem gebogenen und vorne platt geklopften Nagel. Diese Tür hat er nicht zum ersten Mal so geöffnet. Feuchte Muffigkeit steigt in seine Nase. Der Raum, etwa drei mal vier Meter groß, dient in der Grillsaison als Aufenthalts- und Lagerraum. Ein einfacher, gusseiserner Ofen, ein Tisch, Holzbänke rundum an den Wänden, über den Bänken einfache Holzregale und in einer Ecke vier übereinander gestapelte rote Plastikstühle bilden die Einrichtung. Unter den Stühlen holt er eine Plastiktüte, Gaslaterne, Schlafsack und eine Isomatte hervor. Die Gaslaterne stellt er neben den Ofen und entzündet sie. Ein zischendes Geräusch erfüllt den Raum. Er dreht die Flamme klein. Isomatte und Schlafsack rollt er auf dem Boden aus und legt den Inhalt der Tüte auf den Tisch: Ein braunes, weiches Tuch mit Inhalt, ein Paket

Aluminiumfolie aus dem Öl auf den Tisch tropft und in kürzester Zeit den abgestandenen Geruch einer Pommes-Bude im Raum verbreitet. Einen Sechser-Pack Jever Pilsener stellt er neben sich auf die Bank, eine Tüte mit Brötchen daneben. Dem Tuch entnimmt er eine Waffe mit zwei Munitionspackungen und legt sie auf den Tisch. Das Tuch benutzt er als Unterlage. Aus der Alu-Folie holt er ein kaltes Brathähnchen und fängt gierig an zu essen. Zwei Jever Pilsener gegen den Durst und zwei Brötchen als Beilage runden das Menü ab. Die Gasleuchte zischelt vor sich hin, der hellweiße Strumpf der Lampe bildet einen harten Kontrast zur Dunkelheit im Raum. Kein Gedanke an den zu Ende gehenden Tag.

V Licht im Kleingartengelände „Meine Scholle“

Erich Riemer hat Ebbis Fahrrad und das Eisenrohr nach ihrer Ankunft im Präsidium sofort ins Labor bringen lassen und eine Untersuchung angeordnet.
Piet muss sich nicht in einem der kahlen Vernehmungsräume mit Schreibtisch, Telefon, Aufnahmegerät und zwei Stühlen aufhalten. Er erhält, trotz der herrschenden, arktischen Emotionstemperaturen und der absoluten Schweigsamkeit von Fässchen, den Vorzug dessen Büros.
Nach etwa einer Stunde Wartezeit und -keiner selbstgedrehten Samson, aus Achtung vor Erich Riemers Nichtraucherei- wird von einer Sekretärin ein Zettel mit einer handschriftlichen Notiz reingereicht - für Piet :
... zwei unterschiedliche Fingerabdrücke - am Gepäckträger und am Eisenrohr - Burmeester und der Junge (?)
Nach einer weiteren halben Stunde Wartezeit und - immer noch keiner Selbstgedrehten aus Achtung vor Erich Riemers Nichtraucherei - wird von der gleichen Sekretärin ein weiterer Zettel mit einer handschriftlichen Notiz reingereicht - auch diesmal für Piet :
... zwei Fingerabdrücke - am Gepäckträger und am Eisenrohr - Burmeester und Hagenow.
Piet vergleicht die beiden Zettel miteinander, registriert die Veränderung und begreift dies als Signal von Erich. Wiederaufnahme der diplomatischen Beziehungen? Er steht auf und merkt nicht, wie er automatisch sein Tabakpäckchen mit Blättchen aus der Tasche zieht und sich eine Zigarette dreht. Er steht qualmend vor dem Fenster und blickt hinüber auf das gegenüberliegende Kinodach. Er sieht auf seine brennende Zigarette und weiß im gleichen Moment, dass für ihn ein Neubeginn eingeleitet ist:
‚Der Anorak von Ebbi, das ist die Lösung! Auf dem Fahrradgepäckträger klemmten der Anorak und ein Eisenrohr noch nicht als ich das Rad in die Garage schob. Wie sind Anorak und Eisenrohr auf den Gepäckträger gekommen?‘ Er überlegt eine ganze Weile und starrt dabei unentwegt aus dem Fenster aufs Kinodach und den gegenüberliegenden Parkplatz, so als wenn da die Lösung zu ‚seinem‘ Fall zu finden ist. ‚Der Kerl muss in der Zeit, als Schwarzebunte und ich an der Bäke waren, am Fahrrad gewesen sein und Anorak und Eisenrohr auf den Gepäckträger geklemmt haben. Ganz schön abgebrüht! Verdammt, der ist cleverer als ich dachte! Wenn die Hunde ...‘ Er verwirft den Gedanken an die Hunde sofort wieder. ‚Nelly ist schwerhörig, kann nichts mehr riechen und ist fast blind. Und Fritz? Meine Güte, der hat an Nelly rumgeschnüffelt und fällt wegen Unzurechnungsfähigkeit aus. Bleibt Omo. Was war mit Omo? Auf den ist auch kein Verlass mehr!‘

Piets Haltung und sein Gesichtsausdruck verändern sich rasend schnell. Die Anspannung weicht wieder einer entschlosseneren Haltung.
‚Anorak, Eisenrohr und der Schlüssel von der Konsole im Heizungsraum, das sind unschlagbare Beweise. Die Fingerabdrücke sichern die endgültige Überführung des Täters, und der kann nur Burmeester heißen. Jetzt muss noch die Verbindung zu Gessenich, Schnüssel, Kleistermann und der Noba AG geschaffen werden. Das wird der schwierigste Teil der Beweisführung.‘
Bei aufmerksamer Beobachtung von Piet Meiners, seiner Körperhaltung, seinem Gesichtsausdruck, hätte man auf die Idee kommen können, dass er der Lösung dieses Problems schon sehr nahe ist. Eine Aura der Zuversicht umgibt ihn.

Auf dem Parkplatz vor dem Kino herrscht hektische Betriebsamkeit, an- und abfahrende Fahrzeuge, Menschen, die sich verabreden, verabschieden, Gespräche führen. Die dichten Regenschauer sind in einen feinen Nieselregen übergegangen. Ein heller Kombi fährt neben den von Margot geparkten Bully. Die Scheiben sind von innen beschlagen, vier Personen produzieren jede Menge Kondenswasser, eine heruntergedrehte Scheibe hätte Wunder gewirkt.
Herrman steigt aus dem Kombi, schiebt die Seitentür des Bullys auf und setzt sich auf die Rückbank zu Ebbi und Monika. Ebbi erzählt Herrman von seiner Idee, den ‚Killer‘ in der Kleingartenanlage zu suchen. Lissi sitzt vorne neben Margot und sieht hinüber zum Polizeipräsidium.
Die Idee, direkt vor die Höhle des Löwen zu fahren, stammt von den beiden Frauen, sie wollen den ‚Killer‘ nicht jagen, das ist ihnen zu gefährlich. Sie warten hier auf den Privatdetektiv Piet Meiners in der Hoffnung, dass er im Präsidium ist und bald herauskommt.
Herrman hatte sich bei der Sonderkommission nach Monikas Anruf sorgenvoll an diese gewandt und die Auskunft erhalten, dass Piet bei Erich Riemer in dessen Büro sitze. Er entfesselt eine hitzige Diskussion mit seinem Vorschlag, ins Präsidium zu gehen, mit dem Versteckspielen aufzuhören, der Polizei ihre Darstellung des Tathergangs zu schildern und direkt nach Piet zu fragen, der ja schließlich auch mit der Aufklärung des Falles beschäftigt ist und eine Art Verbündeter der Polizei ist.
Ebbi und Lissi sehen sich an, verdrehen wissend die Augen und sind dagegen. Beide argumentieren gegen den Vorschlag. Sie fürchten immer noch, dass Ebbi verhaftet werden könnte. M + M befürworten den Vorschlag, können sich aber nicht gegen die heftig geführte Argumentation von Ebbi und Lissi durchsetzen. Sie einigen sich schließlich darauf, weiter zu warten und das Präsidium zu beobachten.
Im kleinen Konferenzsaal des Polizeipräsidiums sind an der Stirnfront drei

Flip-Charts aufgestellt. Alle am Fall ‚Bäke' arbeitenden haben sich eingefunden, um in einem ‚finalen Gewaltakt', so Originalton Erich Riemer, die endgültige Aufklärung des Falles ‚Mord von Mirco Hagenow' einzuleiten. Die Ergebnisse der Spurensicherung, der ärztlichen Untersuchung und der Experten liegen vor. Die Sonderkommission hat sich kurz nach der Mittagspause getroffen und stellt ein vorläufiges Bild zusammen. Die Presse hat sich im großen Verhandlungssaal versammelt und verlangt nach Resultaten. Hanns Meinrichter hat die Rolle des Pressesprechers übernommen:

„Hagenow ist im Graben aufgefunden worden. Durch andere Beweismittel wissen wir aber, dass er von der Wiese zum Graben gebracht wurde. Der Arzt geht davon aus, dass Mirco Hagenow drei ‚Tode', wie er sich ausdrückt, gestorben ist :

Durch schwere innere Verletzungen im Brustbereich, wahrscheinlich hervorgerufen durch einen Sturz, oder Gewalteinwirkung z. B. von Pferdehufen oder aber einen Verkehrsunfall.

Schwere Kopfverletzungen, mit Sicherheit hervorgerufen durch einen Totschläger, einer Eisenstange oder einen anderen, massiven Gegenstand.

Erstickung, gewaltsam herbeigeführt, wie durch Körperhaltung usw. nachzuweisen ist. Herzversagen durch gewaltsames Luftabschneiden ist auch möglich.

Der Arzt hat in seinem Bericht darauf hingewiesen: Tod durch Ertrinken kann ausgeschlossen werden. „Es befand sich kein Wasser in der Lunge."

Erich Riemer setzt den Bericht mit den Ergebnissen von Piet Meiners Recherchen fort:

„Wir haben Beweismittel, die belegen, dass ein Mann, wahrscheinlich Herbert Burmeester, Arbeiter einer Dachdeckerfirma, an der Tat beteiligt ist. Burmeester ist für uns kein Unbekannter mehr. Er kommt aus der oldenburger ‚Jugendkriminellen-Szene' und hat sich seinerzeit als besonders brutaler Schläger hervorgetan. Wir vermuten, dass er mit den zahlreichen Kiosk-Einbrüchen in Zusammenhang gebracht werden kann. Bisher konnten wir ihm allerdings noch nichts nachweisen.

Uns liegen Untersuchungen über zwei Stoffproben vor, die im unmittelbaren Tatortbereich gefunden wurden. Der Stoffvergleich hat gezeigt, dass es sich bei dem gefundenen Stoffrest um Köper handelt, das von Bau- oder Zimmerleuten getragen wird. Ein direkt am Tatort entnommenes Grasbüschel enthält Teer-Partikel und Granitgranulat. Neben den genannten Teilen wurden noch Sand und Zementspuren gefunden, die normalerweise auf einer Wiese nicht zu finden sind. Alle genannten Materialien werden in irgendeiner Form bei der Abdichtung von Flachdächern verwendet. Es besteht die theoretische Möglichkeit, dass durch Verwehungen diese Teile dorthin gelangt sind. Eine Gegenprobe aus der näheren Fundortumgebung

war aber negativ. Selbst Granitgranulat, umgeben von Teer, wie es bei einer Erneuerung von Straßendecken verarbeitet wird, wurde gefunden.
Der Johannes-Roggebusch-Weg wurde am Tattag mit einer neuen Straßendecke versehen. Eine erste Maschine fräste die Straßendecke ab, die zweite versah die Straße in einem ‚one-processing'-Verfahren mit einer neuen Decke. Dazu gehört Granulat, Teer und alles mögliche andere. Wir lassen uns gerade eine Zusammenstellung über die verwendeten Materialien machen. Der Täter, wenn er vom Johannes-Roggebusch-Weg gekommen ist, kann die genannten Teile z.B. an den Schuhen gehabt haben.
Aus den Fugen der Pflasterung am Tatort gekratzte Proben weisen Spuren auf, die vom Dach des Studentenheims stammen. Das heißt, der Täter muss auf dem Dach des Studentenheims gewesen sein.
Eine gefundene Patronenhülse weist zwei Fingerabdrücke auf, es sind die Abdrücke von dem Toten, Mirco Hagenow, und von Herbert Burmeester. Wie die Patronenhülse dorthin gekommen ist, weiß ich nicht. Ich vermute aber, dass sie Burmeester aus der Tasche gefallen ist, d.h., er muss am Tatort gewesen sein.
Ein auf der Konsole im Heizungsraum des Studentenheim gefundener Schlüssel, neu geschliffen von einem Schlüsseldienst in der Stadt und von Piet Meiners entdeckt, hat nur Fingerabdrücke von Herbert Burmeester und dem Angestellten des Schlüsseldienstes. Das ist für mich der Beweis, dass er sich den Schlüssel hat nachmachen lassen und am Tattag auf dem Dach gewesen ist, wahrscheinlich mit Hagenow."
„Ich bin sicher ..." Erich Riemer fährt fort:
„Die vorgetragenen Untersuchungen beweisen, dass Herbert Burmeester und natürlich Mirco Hagenow am Tatort waren." Bei der Nennung des Namens Mirco Hagenow verzieht sich sein Gesicht zu einer starren Maske, seine Augen erreichen die Zuhörer nicht, treffen tausend Kilometer entfernt in der Ferne auf ein imaginäres Ziel. Der Abend, als sie die Leiche fanden, scheint wieder hochzukommen. Er schüttelt die Gedanken ab, seine Augen erfassen - lebhafter werdend - die Menschen im Raum. Er fährt mit einem übertrieben forschen Ton fort, verschweigt aber seinen Besuch im Krankenhaus und die von Elisabeth Borchert ausgesprochene Vermutung zum Tatgeschehen.
„Wir müssen uns auf die Person Herbert Burmeester konzentrieren, der muss gefunden werden, so schnell wie möglich."

Es herrscht Hektik. Erich Riemer steht mit drei anderen Polizeibeamten zusammen und diskutiert den vor einer halben Stunde vorgetragenen Verdacht gegen Herbert Burmeester als Täter von Hagenows Ermordung. Erich Riemer verlässt die Gruppe, stellt sich an die Stirnfront des Raumes und erklärt

die Sitzung mit der Erklärung für beendet, dass alle der Polizei zur Verfügung stehenden Beweismittel ausreichen, Herbert Burmeester zu verhaften. Der Antrag auf Ausstellung des Haftbefehls wird bei der Staatsanwaltschaft beantragt.
Als Erich Riemer sein Büro betritt, kommt er nicht dazu, sich mit Piet zu unterhalten, obwohl sie sich einiges zu sagen hätten. Er wird telefonisch von seinem Chef Kriminalrat Ostendorf angewiesen, Piet Meiners sofort wegen Verdunklungsgefahr im Fall Eberhard N. in U-Haft zu nehmen und sich selber zur Kennedystraße zu begeben. In der Wohnung von Burmeester warten er und Kollegen aus Berlin auf ihn. Die Kollegen aus Berlin sind mit der Aufklärung von Waffenschiebereien beschäftigt.
Völlig verdattert lässt sich Erich auf seinen Stuhl sacken. Er telefoniert mit seinem Chef sonst immer nur stehend. Eine Hand hält er vor das Gesicht und sagt dann zu Piet :
„Verschwinde sofort über die Treppe, nicht mit dem Fahrstuhl, und sage niemand, dass wir gemeinsam in meinem Büro gewesen sind. Du hast auf mich vor dem Konferenzsaal gewartet, mit mir einen Termin vereinbart und mich verlassen. Du bist dann aber über die Treppe gegangen. Ich soll dich verhaften, Anweisung von oben.“
Er zeigt mit dem Zeigefinger gegen die Decke und dreht dabei sein Gesicht ebenfalls nach oben. Es ist wieder so etwas wie das alte Wolbuscher Gemeinschaftsgefühl zwischen ihnen, ein Band der Solidarität.
Piet verschwindet wie empfohlen und erreicht die Straße vor dem Präsidium ohne Schwierigkeiten. Er will sich gerade in Richtung Johannes-Roggebusch-Weg in Bewegung setzen, als er auf dem gegenüberliegenden Kinoparkplatz ein kurz aufgeblendetes Autolicht bemerkt.
„Ein Signal?“
Tatsächlich, die Wiederholung des Lichtsignals gibt Gewissheit. Er überquert die Straße und befindet sich dann mitten zwischen bekannten Gesichtern, die aufgeregt auf ihn einreden. Nach fünfzehn Minuten befinden sich alle wieder auf vertrautem Terrain, in Herrmans Haus.

Die erste Aktivität von Piet, ohne weitere Diskussion, ist zum Telefon zu gehen und eine Nummer zu wählen. Er wartet länger als gewöhnlich, endlich scheint sich jemand zu melden:
„Kann ich deinen Vater sprechen? Mein Sohn ist krank, hat hohes Fieber.“
Er legt nach einer kurzen Wartezeit auf und ist sehr zufrieden.
„Der ist wieder im Land.“ Er greift zum Telefonhörer und wählt Riemers Nummer. Der ist nicht mehr im Büro. Dann also die Handynummer. Erich meldet sich sofort. Piet teilt ihm mit, dass Gessenich wieder im Land ist und er eine Idee hat, wo sich Herbert Burmeester aufhalten könnte.
Später sitzen Erich und Piet in der Küche am Johannes-Roggebusch-Weg,

vor sich haben beide den unvermeidlichen Cappuccino. „Etwas spät für Kaffee“, wie Erich findet, aber wer sich auf diesen Cappuccino-Verrückten einlässt, der kommt auch nachts um ein Uhr nicht an diesem Gebräu vorbei.
„Was haben Dr. Gessenich, Dr. Schnüssel, Dr. Kleistermann und die Noba AG mit den Schießereien und dem Mord zu tun?“ Mit dieser Frage eröffnet er einen Monolog. Das hat Riemer nicht erwartet.
‚Zum Verrücktwerden, dass ich aus diesem Kerl nicht schlau werde, dabei kommt der doch von der gleichen Scholle weg wie ich. Warum ist der nur so anders? Kann der nicht wie jeder vernünftige Wolbuscher sein Bier und HKT saufen, einmal die Woche seine Freundin ausführen und ansonsten einer geregelten Arbeit nachgehen? Pfuscht uns ständig in die Arbeit und ... zugegeben, liefert Ergebnisse ab, die wir mit unserem hochgerüsteten Polizeiapparat nicht auf die Beine stellen. Mal sehen, was nun wieder kommt.‘ Erich fügt sich in sein Schicksal.
„Man muss erst einmal trennen. Dr. Gessenich hat Kontakte zu Hagenow und Burmeester, die sich über das gemeinsame Interesse an Waffen ergeben hat. Hagenow und Burmeester haben Gessenich Waffen und Munition besorgt, vielleicht sogar als Vorleistung für einen Waffenschein. Beide hätten auf jeden Fall einen Bürgen gebraucht, um an einen Waffenschein zu kommen, und der Bürge soll selber Waffenscheininhaber sein. Was liegt da also näher, als auf Gessenich zurückzugreifen.
Hagenow und Burmeester waren Handlanger, mehr nicht. Sie haben für Gessenich ‚seinen‘ Schmuck an den Mann gebracht. An dieser Stelle, sozusagen der Schnittstelle ‚Schmuckstücke’, treffen sich die Interessen von Gessenich und Schnüssel. Gessenich wollte seinen angehäuften Schmuckreichtum zu Geld machen. Am liebsten wäre ihm gewesen, wenn er seine ganze Sammlung für einen maximalen Preis losgeworden wäre. Gessenich hat, mit Hilfe von Dr. Schnüssel und der Noba AG, 150.000 DM erhalten.
Schnüssel hat auf die Schnelle 300.000 DM verdient. Du willst wissen, wie? Beide kennen sich seit einigen Jahren durch die gemeinsame Rumballerei im Schießstand am Johannes-Roggebusch-Weg. Schnüssel bietet Gessenich nach mehreren Gesprächen 150.000 DM für seinen Schmuck an, er lässt Gessenich gezielt zappeln, das ist weit unter dem Schätzpreis. Er muss von Gessenichs Preiserwartungen, den Juwelierangeboten und den letztendlich angebotenen 100.000 DM gewusst haben. Er hatte natürlich, wie ich dir ja schon sagte, genaue Informationen. Anwalt Schnüssel kannte den Wert des Schmucks. Die alten Damen und Ömchen, Herren und Opas waren Klienten der Anwaltkanzlei und Patienten von Gessenich. Die Anwaltskanzlei hatte Kenntnisse von den ‚Schenkungen‘ an Gessenich. Es gibt im Büro von Schnüssel und Kleistermann eine Liste mit Schmuckbeschreibungen, Angaben zur Herkunft und den jeweiligen Werten. Diese Liste wird in einem Safe

aufbewahrt. Ich habe eine Kopie von dieser Liste. Ein Referendar aus der Kanzlei ist ein sehr guter Freund von mir, er liebt übrigens auch kleine Elektro-Autos, du weißt ja.
Schnüssel bietet Gessenich den Verkauf der Schmuckstücke an und irgendwie kommen sie auch auf Waffen zu sprechen. Offensichtlich hat Schnüssel über seine Kontakte zur Noba AG, die Muttergesellschaft ist die Euro Banco S.A., Verbindungen nach Spanien. Schnüssel gibt Gessenich den Auftrag, ich betrachte das als 'ne Art Versuchsballon, Waffen anzukaufen. Die Waffen sollen vermutlich über einen deutschen Fleischexporteur nach Spanien gebracht und dort auf eine international tätige Drogenorganisation verteilt werden. Die Waffen können als Arbeitsgeräte für Dealer betrachtet werden. Keiner von den genannten Personen und Firmen wollte selbst tätig werden, dazu braucht man Kriminelle, Ratten, die die Dreckarbeit verrichten. Die Idee von Schnüssel war, über Gessenich Kontakt zu willigen Handlangern zu bekommen. Er wollte ausprobieren, ob eine Verteilerlinie für Waffen aufgebaut werden kann, bei der er sich als Drahtzieher keine Hände schmutzig machen muss. Als nicht einkalkuliertes, aber willkommenes Nebenprodukt ließen sich für ihn gleichzeitig Nebeneinkünfte realisieren. Er hat damit Geschäftspartnern in Spanien einen Gefallen getan. Einstieg sollte die Schmucknummer in der Noba AG sein, eine Gefälligkeit für Gessenich, die Schnüssel aber einen dicken Extraprofit eingebracht hat.
Die Waffen, die die Ratten über Ostkanäle besorgt hatten, befinden sich übrigens in meinen Händen. Ich habe sie mit einem Moto-Guzzi-Freund aus Hamburg aus ihrem Versteck geborgen. Du wirst nie erraten, wo sie versteckt waren! Burmeester und Hagenow hatten sie in einem Gartenhäuschen in der Kleingartenanlage hinter dem Studentenwohnheim versteckt.
Woher ich das alles weiß? Ich habe in Hamburg einen sachverständigen Freund, Werner Schnelle, der sich selbständig gemacht hat, und der hat einen Koffer mit einer goldenen Krone drauf und darunter die Schrift: ‚Juwelier Herzog'. Ich bin außerdem Moto-Guzzi-Fahrer und die Moto-Guzzi-Clubs sind über ganz Deutschland, ach was, über ganz Europa verteilt. Gefälligkeiten sind in unserem Freundschaftsnetz keine Seltenheit. Eine schnelle Fahrt von Hamburg nach Berlin und zurück ist doch nicht schlecht, oder? Werner ist vereidigter Schmuckexperte und erstellt gegen Bares Wertgutachten für Schmuck. Er ist ein viel gefragter Mann, übrigens auch von der Noba AG.
Schnüssel hat Gessenich und dessen Plan, ein Sanatorium in Oldenburg zu bauen, benutzt, um das Projekt ‚Bauland Nordwesten' im Rat der Stadt durchzuboxen. Da wirkt das Prinzip Goldesel. Mache aus Dreck, aus landwirtschaftlich genutztem Moorboden, ein Sport- und Freizeitgelände. Rede darüber und lasse dich feiern als ideenreicher, selbstloser Gönner aller

Sportler von Oldenburg. Jahre später kommst du mit der grandiosen Idee Arbeitsplätze schaffen zu wollen, macht sich sehr gut in Zeiten der Rezession. Die nächste Begeisterungswelle schwappt auf dich nieder, alle Arbeitslosen schließen dich in ihre Nachtgebete ein. Dann unterbreite einen Plan, wie das alles zusammenpasst, und Moorboden wird goldenes Bauland, orkanartige Hurrarufe, Tränen der Rührung aller oldenburger Bauwilligen sind dir sicher. Die Bank, für die du im Aufsichtsrat sitzt, überlegt, ob sie dich nicht an den überproportional gestiegenen Gewinnen beteiligen soll ... 30.000 DM im Monat - 10 % vom Monatsumsatz ist das Mindeste - und dir einen Senatorentitel verleihen soll. Da du derjenige bist, der als Freizeitbanker mit überlegt, wird das alles Wirklichkeit.
Wenn du Wert auf meine Rechnung legst kann ich das sehr genau darstellen, der Umsatz der Bank beläuft sich nur bei diesem Geschäft auf eine Kreditsumme von 60 Millionen und wenn .... .
Na gut, das willst du nicht hören. Die Zahlen, die ich herausbekommen habe, erspare ich dir, das musst du dir jedoch noch anhören:
So, jetzt zum Schluss noch zu den Waffen. Ich sagte ja schon, dass sie sich in meinen Händen befinden, ich habe sie mit einem anderen Moto-Guzzi-Freund aus Hamburg aus ihrem Versteck befreit. Das Versteck liegt im Kleingartengelände „Meine Scholle". Mehrere Gärten werden seit Jahren nicht mehr bewirtschaftet. Sie verwildern. Hagenow und Burmeester haben vom Dach des Studentenheim am Ende der Straße einen guten Überblick, eine gute Sicht gehabt. Sie suchten schon länger ein gutes Versteck für ihre Waffen. Sie mussten damit rechnen, dass die Polizei eine Hausdurchsuchung macht. Burmeester hat zwar immer wieder vor Kollegen damit geprahlt, dass die Polizei ihn nicht erwischt, er sei einfach zu clever für die Bullen. Burmeester hat Hagenow in den Pausen losgeschickt, um die Gärten zu untersuchen. Sie bedienten sich dazu eines Walky-Talkis. Burmeester dirigierte Hagenow vom Dach aus in die Gärten und ließ sie ihn untersuchen. Ein Heidenspaß, wie seine Kollegen berichteten. Hagenow war nicht der hellste Kopf und wurde von Burmeester schamlos, feinfühligere Kollegen sprechen von ‚brutal', ausgenutzt, herumkommandiert, getreten und geschlagen. Zum Schluss wurde er von Burmeester widerlich erschlagen, in eine Kloake gezerrt und liegengelassen.
Du fragst nach dem Motiv. Das erzähle ich dir später.
Hagenow hat, auf Anweisung von Burmeester, die Gartenbuden untersucht. Ich glaube fast, dass Burmeester wusste, wonach er suchte. Im Krieg, nach dem Krieg, haben viele Menschen ihre Ernte lagern wollen. Erst Kartoffel- und Rübenmieten, dann Erdlöcher, später kleine, ausgemauerte oder mit Lehm verschmierte tiefe Löcher. Sie waren die Erdbunker für Kartoffeln, Wurzeln und alles, was man in einem Garten anbauen kann. Burmeester

muss von diesen Erdkellern gewusst haben. Vielleicht durch Vater und Mutter, wer weiß? Tatsächlich sind in mehreren Gärten diese Erdkeller noch vorhanden. Übrigens, in heißen Sommern immer noch ein sehr beliebter Unterbringungsort für Getränke und mitgebrachten Kuchen, Bier und Wein. Es soll sogar Kleingärtner geben, die in jüngster Zeit neue Erdkeller angelegt haben und mit dem Lager- und Kühlergebnis sehr zufrieden sind.
Zwei dieser untersuchten Gärten verfügen tatsächlich über erstaunlich große und tiefe Erdkeller. Sie sind richtig ausgemauert, im Notfall kann man in dem einen Keller sogar schlafen. Er hat ein Feldbett, nicht besonders breit, wie diese Dinger so sind, aber immerhin, zur Not kann man darauf schlafen. Sie liegen in zwei Gartenbuden, die aneinandergrenzen, Zugang über Bodenklappen, sauber gearbeitet. Die Machart weist daraufhin, dass die Leute, die diese Keller angelegt haben, irgendwie durch Familie oder Arbeit miteinander verbunden waren.
Aus dem einen Erdkeller habe ich mit meinem Moto-Guzzi-Freund aus Hamburg die Waffen geholt, zwei Taschen voll, und in dem anderen Erdkeller könnt ihr ... Burmeester finden, er schläft dort!
Warum hat Burmeester seinen Kumpel Hagenow umgebracht?
Zum Motiv: Du erinnerst dich vielleicht an eine Serie von Porno-Fotografien, die über Versandhandel, im Internet und anderswo angeboten wurden. Es wurden Porno-Fotos auf privat organisierten Partys gemacht. Frauen haben da mitgemacht. Die Bilder sollten unter der Hand verkauft werden. Der Pickelige, wie er genannt wird, hat sich auf solche Sachen spezialisiert und schlägt daraus Geld. Sein Freund, der Blonde, hat eine Freundin, sie heißt Beate. Diese Beate wurde von Hagenow erpresst. Er wusste von den von ihr gemachten Porno-Fotos. Er erpresst 1000,- DM von ihr, ohne jemals im Besitz dieser Fotos gewesen zu sein. Zu seinem Pech erfährt Burmeester von dieser Angelegenheit. Für ihn steht fest, das muss gerächt werden. Burmeester erschlägt ihn bei passender Gelegenheit grausam, schmeißt ihn in eine Kloake und lässt ihn liegen. So wird es gewesen sein!“

Das Haus von Herrman und den drei Frauen ist Beratungszentrale der ‚Alternativkriminologen‘. Die Bezeichnung stammt von Piet.
Der Einfluss seiner berliner Studentenzeit fließt in diese Wortschöpfung ein. Es gab Zeiten, da war alles ‚anti‘: antimilitaristisch, antiimperialistisch, antifaschistisch, antiautoritär, antithetisch, antiquiert, antizyklisch. Eine Ausnahme bildete antisemitisch ... der Antisemitismus. Darüber war man sich in linken Meinungsmacherkreisen noch nicht einig. Ob nun ‚anti‘ oder ‚pro‘, deshalb wurde dieses Wort schlicht nicht benutzt, es war ein U n w o r t. Ganz glaubensfeste Genossen hörte man in Diskussionen und Teach-Ins wie peitschenknallende Provokationen „antizionistisch“ oder „Der Antizionismus

an sich ...“ sagen. Spürbar wurde in solchen Momenten vom Fußvolk die Luft zwischen den Zähnen zischend eingeatmet. Diese ... Achtung aufgepasst!!! ... Ausrufezeichen-Stimmung!!!! ... Oh ha, oh ha, oh ha ... verbreitend. Das war dann nicht antijüdisch, sollte neutraler, unverfänglicher, problembewusster, von tiefer Kenntnis geprägt klingen.
Nach dem ‚Anti‘ war alles ‚Öko‘, ‚Alternativ‘ oder ‚Bio‘. ‚Turbo‘ fiel später deutlich ab und drückte Verzweiflung, eine hoffnungslos unpolitische Grundhaltung aus. Aus dieser späteren Phase stammte die Bezeichnung ‚Alternativkriminologen‘.
Herrman, Ebbi und Lissi, Monika und Margot sehen sich vor das Problem gestellt, die Vorgaben von Piet umzusetzen: Die Inszenierung einer wirkungsvollen Verhaftung: Abschreckend, unter die Haut gehend, mitreißend. Der Ort ist klar. Tag und Zeit auch. Bewegung ist in den ‚Fall‘ gekommen. Piet hatte kurz vor Verlassen des Hauses einen Anruf bekommen ... von Burmeester.
Piet, Burmeester und Gessenich sollen sich auf Niemandsland treffen, den aufgegebenen Gärten in der Kleingartenanlage „Meine Scholle“. Völlig überraschend ist die Bereitschaft von Gessenich an diesem Treffen, an diesem Ort, teilzunehmen. „Kommt der mit seinen Rechtsanwälten?“ so der Kommentar von Herrman. Alle sind inzwischen - in groben Zügen - in den Ablauf des Verbrechens eingeweiht, oder wie Lissi formuliert:
‚Verbrechen am laufenden Band, ohne Anfang und Ende‘, ‚Verbrechen im Pack‘, ‚Bündelverbrechen‘ oder ‚Verbrechen im Zwölfer-Pack‘.
Sie ist da sehr kreativ. Piet und Emmchen finden das gar nicht witzig. Margot droht gar:
„Mit Grausamkeiten und Brutalitäten macht Frau/Mann keine Witze!“ Herrman kontert:
„Da haben die Herren Mörder, Rechtsanwälte und Politiker noch gar nicht drüber nachgedacht.“
Herrman ‚liebt‘ seit dem tieferen Einblick in den ‚Fall‘ alle Rechtsanwälte. Er kann sie nicht ab. Allerdings hat er durch Scheidung und dramatischen Kampf um seine Kinder sehr gelitten und ist deshalb voreingenommen.
Ebbi macht den Anfang und versucht einen Vorschlag durchzusetzen, der ihm schon lange ein Bedürfnis ist:
„Was haltet ihr davon, wenn wir das mit der Inszenierung wörtlich nehmen. Die Verbrecher betreten die Bühne, Licht geht an, die Statisten gruppieren sich um die zwei Bösen, die Hauptdarsteller kommen hinzu, sie sind natürlich die Guten und das Finale endet mit dem Zuschnappen der Handschellen um die Gelenke der Bösen.“
Überraschung auf den Gesichtern der anderen vier zeichnet sich ab. Ebbis Schultheatergruppe hat ihn erneut inspiriert. Margot macht einen sehr ein-

fühlsamen Einwand, der nicht von der Hand zu weisen ist:
„Ebbi, die Idee finde ich nicht schlecht, aber du gehst davon aus, dass das ein Theaterstück mit guten und schlechten Kerlen ist. Wir wissen aber durch eigene Betroffenheit, dass das nicht so ist: Der Täter ist ein kleines, aber unheimlich brutales Schwein. Dann gibt es noch ein großes Schwein, den Gessenich, der fleddert alte Leute und will sich davon goldene Badewannen in sein Haus stellen. Und dann, ja dann sind da viele, viele große Kriminelle, an die keiner rankommt, auch Schweine, wenn du so willst. Die tauchen bei deinem Einakter nicht auf der Bühne auf. Die sitzen in ihren Stromlinienbüros oder Nobelhäusern, denken nicht an kleine brutale Schweine. Vielleicht haben sie das große Fledderschwein schon fallengelassen oder aber einen Plan bereit, der Fledder-Gessenich wieder in Szene setzt, zu ihren Gunsten, ohne dass er ihnen gefährlich werden kann. Die vergoldeten Anwaltkanzlei-Schilder, die goldenen Banken-Schilder und die verchromten, hochglanzpolierten Firmenschilder sind der sicherste Schutz vor jeder Strafverfolgung. Ich wette, dass der einzige, der hinter Gitter wandert, dieser Burmeester sein wird. Fledder-Gessenich wird eine Vorladung zur Vernehmung kriegen, die er jovial mit zwei hochkarätigen Rechtsanwälten bestreiten wird. Unangenehme Fragen wird es nicht geben, dafür sorgen die Anwälte. Der Kommissar und seine Leute haben nicht den Hauch einer Chance. Was wollen sie Gessenich vorwerfen? Die Schmuck-Fledderei bei den alten Leuten? Alles legal, keine Chance für die Polizei. Waffenhandel? Da müsste Gessenich 'ne ganze Kiste Handgranaten aus geklauten Bundeswehrbeständen in seiner Praxis verstecken oder auf frischer Tat ertappt werden, wie er mit 'ner Kalaschnikoff im Anschlag den Burmeester umschießen will und dabei sein Ziel knapp verfehlt. Nee, nee, ihr lieben Leute, so geht das nicht, so kommen wir nicht weiter."
Die lange Rede hat die übrigen Mitglieder der Runde in ihre Sitze sinken lassen. Geahnt haben alle, was Margot aussprach. Es hört sich jetzt, wo die Worte noch im Raum hängen, hoffnungslos an.
„Kommen alle diese Typen ohne den geringsten Kratzer davon?" Bei Lissi und Ebbi regt sich Widerstand.
„Margot, deine Analyse ist okay, keiner von uns - und ich glaube, auch Piet wird der gleichen Meinung sein - sieht Gessenich oder die Rechtsanwälte auf der Anklagebank. Wir wollen hier jetzt festlegen, wie wir den Burmeester kriegen, und natürlich auch den Gessenich ein bisschen ins rechte Licht rücken können."
Lissi lässt die letzten Worte noch einmal über ihre Lippen perlen:
„... ins Licht rücken können! Ich hab' 'ne Idee."
Sie steht auf, geht auf und ab, bleibt stehen und sieht Emmchen an, erst Margot dann Monika und dann wieder Margot und Monika. Herrman scheint für

sie nicht zu existieren. Sie prüft die Gesichter der Frauen, die Lösung scheint sich auf deren Gesichtern abzuzeichnen.
„Ich rufe WC 1 und WC 11 an, die sollen für Licht sorgen und die Bühne vorbereiten.“
WC 1 Word Communication: Word Communication ist eine englische Einrichtung, wurde als Rundfunksender gegründet, bediente sich der Sprache als Übermittlungsinstrument, im Fernsehzeitalter ging der Sender dazu über, sich der Bilder zu bedienen.
WC 11 World Communication: World Communication ist eine amerikanische Firma, sie bediente sich von Beginn an der Bilder als Übermittlungsinstrument, beide Sender streiten um den internationalen Rang ihrer Bedeutung. Ausdruck dessen sollen die beiden Zahlen 1 bzw. 11 sein. 1 steht für first oder leader, 11 steht für first - first oder first - first leader.
„Interviews können die meinetwegen später auch führen, müssen sich aber darüber später mit der Polizei auseinandersetzen. Das wird nicht unser Problem sein. Die Statisten können von den anderen Fernsehsendern gestellt werden. Die Schreiberlinge dürfen auch mitspielen. Genau so machen wir das!! Herrman, du kannst mir helfen.“ Widerrede ist nicht möglich.
„Herrman, du kannst die Koordination der Inszenierung übernehmen. Ich rufe WC 1 und WC 11 an, du kannst die Runkfunksender und Zeitungen anrufen. Wir müssen nur dafür sorgen, dass alles in absoluter Ruhe abläuft, keine Geräusche, kein Licht, keine besonderen Einrichtungen, die nicht in die Landschaft passen, alle Personen müssen versteckt sein und dürfen erst zum finalen Akt auftreten. Du musst die Einweisung am Ort übernehmen. Das Beste wird sein, alle Beteiligten treffen sich zu einem festen Zeitpunkt hier. Ach ja, das ist fürs Gelingen sehr wichtig! Das gilt für alle! Die Polizei wird von dem Plan erst unterrichtet, wenn die Inszenierung läuft. Nicht früher! Die können uns die Sache noch kaputt machen. Die beteiligte Presse, Fernsehen und Radio müssen wir auf Erfolg oder Misserfolg einschwören. Ohne Disziplin kein Erfolg ... keine Nachricht ... keine Meldung ... keine Quote! So einfach ist das!!“ Sie spielt nicht Regisseur, sie ist der Regisseur!! Herrman sieht Lissi ergeben an, er hat inzwischen einige Erfahrungen mit Frauen-Power und fügt jetzt eine weitere Erfahrung hinzu: Frauen-Power ist unabhängig vom Alter der Frauen. Er wendet sich Emmchen zu und fragt: „Wollt ihr mir helfen?“ Wohnungssolidarität - sie wollen. Ebbi und Lissi stehen an der Tür, sie sind in einer Beratungsphase. Lissi wehrt sich anfänglich, gibt ihren Widerstand aber auf, zeigt durch Kopfnicken an, dass sie mit seinem Vorschlag einverstanden ist.
Lissi telefoniert mit den Sendern WC 1 und WC 11. Beide Zentralen, die eine in Köln, die andere in Hamburg, sehen sich nicht in der Lage, Zusagen zu machen. Die Fernsehteams am Ort arbeiten auf eigene Verantwortung

und Rechnung. Sie bieten ihr Material den Sendern an. Die Zentrale entscheidet, ob die Fremdbeiträge auf Sendung gehen oder ob eigene Teams geschickt werden. Lissi hat aber zwei Handy-Nummern bekommen. Bei der ersten Kontaktnummer hat sie sofort den verantwortlichen Regisseur, Leiter oder Organisator der Truppe am Telefon, er will eine Entscheidung über Teilnahme und Sendung von der Zentrale abhängig machen. Mit der zweiten gestalten sich Kontaktaufnahme und Zusage zur Teilnahme schwieriger. Amerikanisch geführte Teams haben eine Mission und verwechseln „Nachrichten" mit „Nachrichten machen". Lissi ist sichtlich sauer und sagt noch: „Ich bin unter der Nummer 962 47 11 zu erreichen, sie müssen sich aber bis zum Mittag entschieden haben. WC 1 ist schon dabei!" und legt den Hörer auf:

Vielleicht war es die letzte Bemerkung, vielleicht auch nur die klare Linie Lissis bei der Verhandlung mit ihrem Gesprächspartner. Eine Stunde später sitzen Vertreter, Redakteure und Reporter der Sender WC 1 und WC 11 mit rund einem Dutzend anderer Pressevertreter in der viel zu kleinen Küche von Herrman, Emmchen und Sabine. Herrman erläutert in kurzen Worten den Plan der Inszenierung. Hauptakteure sind Burmeester und Dr. Gessenich. Die Pressevertreter geraten zunehmend in helle Aufregung. Einige wollen sofort ans Telefon stürzen oder bedienen ihre Handys, um ihren Redaktionen zu berichten.

Margot - immer wieder Margot - verstellt ihnen den Weg, übertönt alle Gespräche, verschafft sich Aufmerksamkeit :

„Ich erinnere an den Fall Reemtsma, der wurde mit Hilfe der Presse gelöst ... ein riesiges Lob an die Presse. Hier und heute könnt ihr euer Ansehen in der Öffentlichkeit ein weiteres Mal ein bisschen blankpolieren - es ist ja sonst nicht so besonders gut. Tut eurem Berufsstand den Gefallen und nutzt diese Chance. Bewahrt absolutes Schweigen, bis die beiden miesen Kerle im Scheinwerferlicht stehen."

Keine Betroffenheit, dazu ist das Geschäft zu hart, auch nicht aus der idyllischen Küchenperspektive von Herrman und ‚seinen' drei Frauen. Alle Beteiligten vereinbaren Verschwiegenheit bis zum verabredeten Zeitpunkt. Die beiden Fernsehteams von WC 1 und WC 11 übernehmen zusammen mit Herrman und Margot die Planung und Umsetzung der Inszenierung.

Anzahl der Scheinwerfer, Standortfragen, Schutz vor vorzeitiger Entdeckung, Sicherheitsfragen usw. usw. müssen abgesprochen und möglichst unauffällig geklärt werden.

Monika, die sich bisher mit Beiträgen zurückhielt, löst mit ihrer Bemerkung: „Was ist mit den Kleingärtnern?" eine heftige Planungskrise aus.

Ein Witzbold von WC 11 zielt mit seiner spitzen Bemerkung: „Einmal Kleingärtner, immer Kleingärtner!" weit daneben und wird von seinen Kollegen mit Missachtung bestraft. Margot kann sich ein: „Immer diese Kerle, nichts als Stroh im Kopf“, nicht verkneifen. Der Witzbold darf aber mit Ebbi, Lissi, Monika und drei anderen Journalisten die Kleingartenanlage durchkämmen und die anwesenden Kleingärtner auf die bevorstehenden Aktionen vorbereiten (*).

Schwierig, schwierig ... unglaublich schwierig die Gespräche mit den rund dreißig anwesenden Kleingärtnern. Einige wollen sofort ihre Mistforken zücken und Burmeester suchen, finden und zur Rede stellen, diesem notfalls die Mistforke in den Leib stoßen. Andere glauben, durch ihr ‚Recht am eigenen Bild‘ auf das eigene Abbild Honorarforderungen stellen zu können. Sie treten sofort in Verhandlungen ein. Erst das Eingreifen des Kleingartenpräsidenten Korkerbse ermöglicht eine Diskussion über realistische Honorarforderungen. Eine vorläufige Befriedung im Kleingartengelände ist durch dieses Eingreifen erreicht..

Über die Anlage hat sich die Nacht gelegt. Ruhe aus den Gärten. Vom Kleingarten-Restaurant tönt Musik durch die Wege, über die Beete in die kleinen Buden und Häuschen, von den Parkplätzen auf beiden Seiten der Anlage vereinzelt ankommende oder abfahrende Autos, um diese Jahreszeit ein bevorzugter Parkplatz für junge, motorisierte Paare ohne eigene Wohnung. Weit nach Mitternacht nähert sich verspätet ein Auto dem südlichem Parkplatz, ein großer Mercedes Benz. Der Fahrer bleibt sitzen, löscht die Lichter, stellt den Motor aus. Die Beifahrertür wird geöffnet, ein junger Mann steigt hastig aus, geht schnell auf die Fahrerseite, reißt die Tür auf und bedeutet mit einer Pistole dem Mann hinter dem Lenkrad auszusteigen. Mühsam, gequält, sich immer wieder am Auto festhaltend, steigt der Fahrer aus, bis er endlich neben dem Wagen steht. Der junge Mann dreht den Mann mit dem Oberkörper gegen die Fahrertür, zieht die beiden Handgelenke auf den Rücken des Mannes und bindet sie mit einer Kunststoffschnur zusammen. Die Handgelenke schmerzen dem Mann an der Fahrertür, er stöhnt leise auf, kaum hörbar. Der junge Mann tritt dem Fahrer gegen das Schienenbein: „Schnauze, ich habe gesagt, kein Laut. Verstanden?“ Vom Restaurant immer noch Musik. Eine Hochzeit?
Der Mann mit der Pistole kniet sich hinter den anderen Mann auf den Boden und löst eine Fußfessel, die Pistole immer auf den Fahrer gerichtet. Die

(*) Der Beginn der erfolgreichen Fernsehserie: ‚Aus deutschen Kleingärten‘ basiert auf den hier gemachten Erfahrungen. Ein „Muss“ für jeden Kleingärtner. Recherchiert, erdacht und produziert von dem ‚Witzbold‘. Die Serie hat hohe Einschaltquoten.

Schnüre steckt er in seine Jackentasche, drückt die Pistole in den Rücken und sagt: „Los, jetzt!“ Der Fahrer voraus gehen sie den Birkenweg in Richtung Nordparkplatz. Nach etwa 60, 70 Metern biegen sie in einen Seitenweg ein, die Musik klingt vom Restaurant herüber. In der Mitte des Weges der Halt vor einem gammeligen Gartentor, der junge Mann schiebt mit einem Bein das Tor auf, leise quietschend öffnet es sich. Der Fahrer wieder vor dem jungen Mann. In der Mitte des Weges, genau auf der Grundstückshälfte, wird die Dunkelheit weggefegt, klafft gleißendes Licht blitzschnell in den Garten, erfasst die beiden Männer. Zwei erstarrte Lichtsäulen, umgeben von ... SCHWARZ ... NICHTS.
Burmeester und der gefesselte Gessenich.
Vielleicht eine Sekunde später startet Burmeester, rennt los, rechtwinklig zum gepflasterten Weg, fünf, sechs Meter, schmeißt sich hin, zielt auf einen Scheinwerfer ... ein peitschender Knall ... der Scheinwerfer ... aus. Gessenich schmeißt sich ebenfalls hin, wo er steht. Zwei weitere Schüsse, aus der gleichen Waffe. Getümmel, anschwellender Lärm ... aus einem Megaphon tönt die Stimme von Piet Meiners, metallisch kompromisslos:
„Ergeben sie sich Burmeester, sie haben keine Chance ... keine Chance.“
Von Gessenich ist nicht die Rede.
Eindringlicher, schärfer:
„Ergeben sie sich Burmeester, sie haben keine Chance!!“

Leser, die sich zum Buch äußern möchten, können dies über eMail tun: oldenburg.krimi@t-online.de oder die Homepage: http://www.geocities.com/athens/olympus/4841/